Nouvelle Collection illustrée.

L'ouvrage complet **95** centimes.

Alexandre Dumas Fils

DE L'ACADÉMIE FRANÇAISE

LA Dame aux Camélias

Calmann-Lévy, éditeurs

La Dame aux Camélias

ALEXANDRE DUMAS FILS

DE L'ACADÉMIE FRANÇAISE

La Dame aux Camélias

ILLUSTRATIONS

DE

JORDIC

PARIS

CALMANN-LÉVY, ÉDITEURS

3, RUE AUBER, 3

objets de curiosité. Cette vente avait lieu après décès. L'affiche ne nommait pas la personne morte, mais la vente devait se faire rue d'Antin, n° 9, le 16, de midi à cinq heures.

L'affiche portait en outre que l'on pourrait, le 13 et le 14, visiter l'appartement et les meubles.

J'ai toujours été amateur de curiosités. Je me promis de ne pas manquer cette occasion, sinon d'en acheter, du moins d'en voir

Le lendemain, je me rendis rue d'Antin, n° 9.

Il était de bonne heure, et cependant il y avait déjà dans l'appartement des visiteurs et même des visiteuses, qui, quoique vêtues de velours, couvertes de cachemires et attendues à la porte par leurs élégants coupés, regardaient avec étonnement, avec admiration même, le luxe qui s'étalait sous leurs yeux.

Plus tard je compris cette admiration et cet étonnement, car m'étant mis aussi à examiner, je reconnus aisément que j'étais dans l'appartement d'une femme entretenue. Or, s'il y a une chose que les femmes du monde désirent voir, et il y avait là des femmes du monde, c'est l'intérieur de ces femmes, dont les équipages éclaboussent chaque jour le leur, qui ont, comme elles et à côté d'elles, leur loge à l'Opéra et aux Italiens, et qui étalent, à Paris, l'insolente opulence de leur beauté, de leurs bijoux et de leurs scandales.

Celle chez qui je me trouvais était morte : les femmes les plus vertueuses pouvaient donc pénétrer jusque dans sa chambre. La mort avait purifié l'air de ce cloaque splendide, et d'ailleurs elles

I

Mon avis est qu'on ne peut créer des personnages que lorsque l'on a beaucoup étudié les hommes, comme on ne peut parler une langue qu'à la condition de l'avoir sérieusement apprise.

N'ayant pas encore l'âge où l'on invente, je me contente de raconter.

J'engage donc le lecteur à être convaincu de la réalité de cette histoire dont tous les personnages, à l'exception de l'héroïne, vivent encore.

D'ailleurs, il y a à Paris des témoins de la plupart des faits que je recueille ici, et qui pourraient les confirmer, si mon témoignage ne suffisait pas. Par une circonstance particulière, seul je pouvais les écrire, car seul j'ai été le confident des derniers détails sans lesquels il eût été impossible de faire un récit intéressant et complet.

Or, voici comment ces détails sont parvenus à ma connaissance. — Le 12 du mois de mars 1847, je lus, dans la rue Laffitte, une grande affiche jaune annonçant une vente de meubles et de riches avaient pour excuse, s'il en était besoin, qu'elles venaient à une vente sans savoir chez qui elles venaient. Elles avaient lu des affiches, elles voulaient visiter ce que ces affiches promettaient et faire leur choix à l'avance; rien de plus simple; ce qui ne les empêchait pas de chercher, au milieu de toutes ces merveilles, les traces de cette vie de courtisane dont on leur avait fait, sans doute, de si étranges récits.

Malheureusement les mystères étaient morts avec la déesse, et, malgré toute leur bonne volonté, ces dames ne surprirent que ce qui était à vendre depuis le décès, et rien de ce qui se vendait du vivant de la locataire.

Du reste, il y avait de quoi faire des emplettes. Le mobilier était superbe. Meubles de bois de rose et de Boulle, vases de Sèvres et de Chine, statuettes de Saxe, satin, velours et dentelle, rien n'y manquait.

Je me promenai dans l'appartement et je suivis les nobles curieuses qui m'y avaient précédé. Elles entrèrent dans une chambre tendue d'étoffe perse, et j'allais y entrer aussi, quand elles en sortirent presque aussitôt en souriant et comme si elles eussent eu honte de cette nouvelle curiosité. Je n'en désirai que plus vivement pénétrer dans cette chambre. C'était le cabinet de toilette, revêtu de ses plus minutieux détails, dans lesquels paraissait s'être développée au plus haut point la prodigalité de la morte.

Sur une grande table, adossée au mur, table de trois pieds de large sur six de long, brillaient tous les trésors d'Aucoc et d'Odiot. C'était là une magnifique collection, et pas un de ces mille objets, si nécessaires à la toilette d'une femme comme celle chez qui nous étions, n'était en autre métal qu'or ou argent. Cependant cette collection n'avait pu se faire que peu à peu, et ce n'était pas le même amour qui l'avait complétée.

Moi qui ne m'effarouchais pas à la vue du cabinet de toilette d'une femme entretenue, je m'amusais à en examiner les détails, quels qu'ils fussent, et je m'aperçus que tous ces ustensiles magnifiquement ciselés portaient des initiales variées et des couronnes différentes.

Je regardais toutes ces choses dont chacune me représentait une prostitution de la pauvre fille, et je me disais que Dieu avait été clément pour elle, puisqu'il n'avait pas permis qu'elle en arrivât au châtiment ordinaire, et qu'il l'avait laissée mourir dans son luxe et sa beauté, avant la vieillesse, cette première mort des courtisanes.

En effet, quoi de plus triste à voir que la vieillesse du vice, surtout chez la femme? Elle ne renferme aucune dignité et n'inspire aucun intérêt. Ce repentir éternel, non pas de la mauvaise route suivie, mais des calculs mal faits et de l'argent mal employé, est une des plus attristantes choses que l'on puisse entendre. J'ai connu une ancienne femme galante à qui il ne restait plus de son passé qu'une fille presque aussi belle que, au dire de ses contemporains, avait été sa mère. Cette pauvre enfant à qui sa mère n'avait jamais dit : Tu es ma fille, que pour lui ordonner de nourrir sa vieillesse comme elle-même avait nourri son enfance, cette pauvre créature se nommait Louise, et, obéissant à sa mère, elle se livrait sans volonté, sans passion, sans plaisir, comme elle eût fait un métier si l'on eût songé à lui en apprendre un.

La vue continuelle de la débauche, une débauche précoce, alimentée par l'état continuellement maladif de cette fille, avaient éteint en elle l'intelligence du mal et du bien que Dieu lui avait donnée peut-être, mais qu'il n'était venu à l'idée de personne de développer.

Je me rappellerai toujours cette jeune fille, qui passait sur les boulevards presque tous les jours à la même heure. Sa mère l'accompagnait sans cesse, aussi assidument qu'une vraie mère eût accompagné sa vraie fille. J'étais bien jeune alors, et prêt à accepter pour moi la facile morale de mon siècle. Je me souviens cependant que la vue de cette surveillance scandaleuse m'inspirait le mépris et le dégoût.

Joignez à cela que jamais visage de vierge n'eut un pareil sentiment d'innocence, une pareille expression de souffrance mélancolique.

On eût dit une figure de la Résignation.

Un jour, le visage de cette fille s'éclaira. Au milieu des débauches dont sa mère tenait le programme, il sembla à la pécheresse que Dieu lui permettait un bonheur. Et pourquoi, après tout, Dieu qui l'avait faite sans force, l'aurait-il laissée sans consolation, sous le poids douloureux de sa vie ? Un jour donc, elle s'aperçut qu'elle était enceinte, et ce qu'il y avait en elle de chaste encore tressaillit de joie. L'âme a d'étranges refuges. Louise courut annoncer à sa mère cette nouvelle qui la rendait si joyeuse. C'est honteux à dire, cependant nous ne faisons pas ici de l'immoralité à plaisir, nous racontons un fait vrai, que nous ferions peut-être mieux de taire, si nous ne croyions qu'il faut de temps en temps révéler les martyres de ces êtres, que l'on condamne sans les entendre, que l'on méprise sans les juger; c'est honteux, disons-nous, mais la mère répondit à sa fille qu'elles n'avaient déjà pas trop pour deux et qu'elles n'auraient pas assez pour trois; que de pareils enfants sont inutiles et qu'une grossesse est du temps perdu.

Le lendemain, une sage-femme, que nous signalons seulement comme l'amie de la mère, vint voir Louise qui resta quelques jours au lit, et s'en releva plus pâle et plus faible qu'autrefois.

Trois mois après, un homme se prit de pitié pour elle et entreprit sa guérison morale et physique; mais la dernière secousse avait été trop violente, et Louise mourut des suites de la fausse couche qu'elle avait faite.

La mère vit encore : comment? Dieu le sait.

Cette histoire m'était revenue à l'esprit pendant que je contemplais les nécessaires d'argent, et un certain temps s'était écoulé, à ce qu'il paraît, dans ces réflexions, car il n'y avait plus dans l'appartement que moi et un gardien qui, de la porte, examinait avec attention si je ne dérobais rien.

Je m'approchai de ce brave homme à qui j'inspirais de si graves inquiétudes.

— Monsieur, lui dis-je, pourriez-vous me dire le nom de la personne qui demeurait ici?

— Mademoiselle Marguerite Gautier.

Je connaissais cette fille de nom et de vue.

— Comment! dis-je au gardien, Marguerite Gautier est morte?

— Oui, monsieur.

— Et quand cela?

— Il y a trois semaines, je crois.

— Et pourquoi laisse-t-on visiter l'appartement?

— Les créanciers ont pensé que cela ne pouvait que faire monter la vente. Les personnes peuvent voir d'avance l'effet que font les étoffes et les meubles; vous comprenez, cela encourage à acheter.

— Elle avait donc des dettes?

— Oh! monsieur, en quantité.

— Mais la vente les couvrira sans doute?

— Et au delà.

— A qui reviendra le surplus, alors?

— A sa famille?

— Elle a donc une famille?

— A ce qu'il paraît.

— Merci, monsieur.

Le gardien, rassuré sur mes intentions, me salua, et je sortis.

— Pauvre fille! me disais-je en rentrant chez moi, elle a dû mourir bien tristement, car, dans son monde, on n'a d'amis qu'à la condition qu'on se portera bien.

Et malgré moi je m'apitoyais sur le sort de Marguerite Gautier.

Cela paraîtra peut-être ridicule à bien des gens, mais j'ai une indulgence inépuisable pour les courtisanes, et je ne me donne même pas la peine de discuter cette indulgence.

Un jour, en allant prendre un passeport à la préfecture, je vis dans une des rues adjacentes une fille que deux gendarmes emmenaient. J'ignore ce qu'avait fait cette fille, tout ce que je puis dire, c'est qu'elle pleurait à chaudes larmes en embrassant un enfant de quelques mois dont son arrestation la séparait. Depuis ce jour, je n'ai plus su mépriser une femme à première vue.

II

La vente était pour le 16.

Un jour d'intervalle avait été laissé entre les visites et la vente pour donner aux tapissiers le temps de déclouer les tentures, rideaux, etc.

A cette époque, je revenais de voyage. Il était assez naturel que l'on ne m'eût pas appris la mort de Marguerite comme une de ces grandes nouvelles que ses amis apprennent toujours à celui qui revient dans la capitale des nouvelles. Marguerite était jolie, mais autant la vie recherchée de ces femmes fait du bruit, autant leur mort en fait peu. Ce sont de ces soleils qui se couchent comme ils se sont levés, sans éclat. Leur mort, quand elles meurent jeunes, est apprise de tous leurs amants en même temps, car à Paris presque tous les amants d'une fille connue vivent en intimité. Quelques souvenirs s'échangent à son sujet, et la vie des uns et des autres continue sans que cet incident la trouble même d'une larme.

Aujourd'hui quand on a vingt-cinq ans, les larmes deviennent une chose si rare qu'on ne peut les donner à la première venue. C'est tout au plus si les parents qui payent pour être pleurés le sont en raison du prix qu'ils y mettent.

Quant à moi, quoique mon chiffre ne se retrouvât sur aucun des nécessaires de Marguerite, cette indulgence instinctive, cette pitié naturelle que je viens d'avouer tout à l'heure me faisaient songer à sa mort plus longtemps qu'elle ne méritait peut-être que j'y songeasse.

Je me rappelais avoir rencontré Marguerite très souvent aux Champs-Élysées, où elle venait assidument, tous les jours, dans un petit coupé bleu attelé de deux magnifiques chevaux bais, et avoir alors remarqué en elle une distinction peu commune à ses semblables, distinction que rehaussait encore une beauté vraiment exceptionnelle.

Ces malheureuses créatures sont toujours, quand elles sortent, accompagnées on ne sait de qui.

Comme aucun homme ne consent à afficher publiquement l'amour nocturne qu'il a pour elles, comme elles ont horreur de la solitude, elles emmènent ou celles qui, moins heureuses, n'ont pas de voiture, ou quelques-unes de ces vieilles élégantes dont rien ne motive l'élégance, et à qui l'on peut s'adresser sans crainte, quand on veut avoir quelques détails que ce soient sur la femme qu'elles accompagnent.

Il n'en était pas ainsi pour Marguerite. Elle arrivait aux Champs-Élysées toujours seule, dans sa voiture, où elle s'effaçait le plus possible, l'hiver enveloppée d'un grand cachemire, l'été vêtue de robes fort simples; et quoiqu'il y eût sur sa promenade favorite bien des gens qu'elle connût, quand par hasard elle leur souriait, le sourire était visible pour eux seuls, et une duchesse eût pu sourire ainsi.

Elle ne se promenait pas du rond-point à l'entrée des Champs-Élysées, comme le font et le faisaient toutes ses collègues. Ses deux chevaux l'emportaient rapidement au Bois. Là, elle descendait de voiture, marchait pendant une heure, remontait dans son coupé, et rentrait chez elle au grand trot de son attelage.

Toutes ces circontances, dont j'avais quelquefois été le témoin, repassaient devant moi et je regrettais la mort de cette fille comme on regrette la destruction totale d'une belle œuvre.

Or, il était impossible de voir une plus charmante beauté que celle de Marguerite.

Grande et mince jusqu'à l'exagération, elle possédait au suprême degré l'art de faire disparaître cet oubli de la nature par le simple arrangement des choses qu'elle revêtait. Son cachemire, dont la pointe touchait à terre, laissait échapper de chaque côté les larges volants d'une

SES DEUX CHEVAUX L'EMPORTAIENT RAPIDEMENT AU BOIS

robe de soie, et l'épais manchon qui cachait ses mains et qu'elle appuyait contre sa poitrine, était entouré de plis si habilement ménagés, que l'œil n'avait rien à redire, si exigeant qu'il fût, au contour des lignes.

La tête, une merveille, était l'objet d'une coquetterie particulière. Elle était toute petite, et sa mère, comme dirait de Musset, semblait l'avoir faite ainsi pour la faire avec soin.

LA TÊTE, UNE MERVEILLE, ÉTAIT L'OBJET D'UNE COQUETTERIE PARTICULIÈRE.

Dans un ovale d'une grâce indescriptible, mettez des yeux noirs surmontés de sourcils d'un arc si pur qu'il semblait peint; voilez ces yeux de grands cils qui, lorsqu'ils s'abaissaient, jetaient de l'ombre sur la teinte rose des joues; tracez un nez fin, droit, spirituel, aux narines un peu ouvertes par une aspiration ardente vers la vie sensuelle; dessinez une bouche régulière, dont les lèvres s'ouvraient gracieusement sur des dents blanches comme du lait; colorez la peau de ce velouté qui couvre les pêches qu'aucune main n'a touchées, et vous aurez l'ensemble de cette charmante tête.

Les cheveux noirs comme du jais, ondés naturellement ou non, s'ouvraient sur le front en deux larges bandeaux, et se perdaient derrière la tête, en laissant voir un bout des oreilles, auxquelles brillaient deux diamants d'une valeur de quatre à cinq mille francs chacun.

Comment sa vie ardente laissait-elle au visage de Marguerite l'expression virginale, enfantine même qui le caractérisait, c'est ce que nous sommes forcé de constater sans le comprendre.

Marguerite avait d'elle un merveilleux portrait fait par Vidal, le seul homme dont le crayon pouvait la reproduire. J'ai eu depuis sa mort ce portrait pendant quelques jours à ma disposition, et il était d'une si étonnante ressemblance qu'il m'a servi à donner les renseignements pour lesquels ma mémoire ne m'eût peut-être pas suffi.

Parmi les détails de ce chapitre, quelques-uns ne me sont parvenus que plus tard, mais je les écris tout de suite pour n'avoir pas à y revenir, lorsque commencera l'histoire anecdotique de cette femme.

Marguerite assistait à toutes les premières représentations et passait toutes ses soirées au spectacle ou au bal. Chaque fois que l'on jouait une pièce nouvelle, on était sûr de l'y voir, avec trois choses qui ne la quittaient jamais, et qui occupaient toujours le devant de sa loge de rez-de chaussée : sa lorgnette, un sac de bonbons et un bouquet de camélias.

Pendant vingt-cinq jours du mois, les camélias étaient blancs, et pendant cinq ils étaient rouges; on n'a jamais su la raison de cette variété de couleurs, que je signale sans pouvoir l'expliquer et que les habitués des théâtres où elle allait le plus fréquemment et ses amis avaient remarquée comme moi.

On n'avait jamais vu à Marguerite d'autres fleurs que des camélias. Aussi chez madame Barjon, sa fleuriste, avait-on fini par la surnommer la Dame aux Camélias, et ce surnom lui était resté.

Je savais en outre, comme tous ceux qui vivent dans un certain monde, à Paris, que Marguerite avait été la maîtresse des jeunes gens les plus élégants, qu'elle le disait hautement, et qu'eux-mêmes s'en vantaient, ce qui prouvait qu'amants et maîtresse étaient contents l'un de l'autre.

Cependant, depuis trois ans environ, depuis un voyage à Bagnères, elle ne vivait plus, disait-on, qu'avec un vieux duc étranger, énormément riche et qui avait essayé de la détacher le plus possible de sa vie passée, ce que du reste elle avait paru se laisser faire d'assez bonne grâce.

Voici ce qu'on m'a raconté à ce sujet.

Au printemps de 1842, Marguerite était si faible, si changée que les médecins lui ordonnèrent les eaux et qu'elle partit pour Bagnères.

Là, parmi les malades, se trouvait la fille de ce duc, laquelle avait non seulement la même maladie, mais encore le même visage que Marguerite, au point qu'on eût pu les prendre pour les deux sœurs. Seulement la jeune duchesse était au troisième degré de la phtisie, et peu de jours après l'arrivée de Marguerite elle succombait.

Un matin le duc, resté à Bagnères comme on reste sur le sol qui ensevelit une partie du cœur, aperçut Marguerite au détour d'une allée.

Il lui sembla voir passer l'ombre de son enfant et, marchant vers elle, il lui prit les mains, l'embrassa en pleurant, et, sans lui demander qui elle était, implora la permission de la voir et d'aimer en elle l'image vivante de sa fille morte.

Marguerite, seule à Bagnères avec sa femme de chambre, et d'ailleurs n'ayant aucune crainte de se compromettre, accorda au duc ce qu'il lui demandait.

Il se trouvait à Bagnères des gens qui vinrent officiellement avertir le duc de la véritable position de mademoiselle Gautier. Ce fut un coup pour le vieillard, car là cessait la ressemblance avec sa fille, mais il était trop tard. La jeune femme était devenue un besoin de son cœur et son seul prétexte, sa seule excuse de vivre encore.

Il ne lui fit aucun reproche, il n'avait pas le droit de lui en faire, mais il lui demanda si elle se sentait capable de changer sa vie, lui offrant en échange de ce sacrifice toutes les compensations qu'elle pourrait désirer. Elle promit.

Il faut dire qu'à cette époque, Marguerite, nature enthousiaste, était malade. Le passé lui apparaissait comme une des causes principales de sa maladie, et une sorte de superstition lui fit espérer que Dieu lui laisserait la beauté et la santé, en échange de son repentir et de sa conversion.

En effet, les eaux, les promenades, la fatigue naturelle et le sommeil l'avaient à peu près rétablie quand vint la fin de l'été.

Le duc accompagna Marguerite à Paris, où il continua de venir la voir comme à Bagnères.

Cette liaison, dont on ne connaissait ni la véritable origine, ni le véritable motif, causa une grande sensation ici, car le duc, connu par sa grande fortune, se faisait connaître maintenant par sa prodigalité.

On attribua au libertinage, fréquent chez les vieillards riches, ce rapprochement du vieux duc et de la jeune femme. On supposa tout, excepté ce qui était.

Cependant le sentiment de ce père pour Marguerite avait une cause si chaste, que tout autre rapport que des rapports de cœur avec elle lui eût semblé un inceste, et jamais il ne lui avait dit un mot que sa fille n'eût pu entendre.

Loin de nous la pensée de faire de notre héroïne autre chose que ce qu'elle était. Nous dirons donc que tant qu'elle était restée à Bagnères, la promesse faite au duc n'avait pas été difficile à tenir, et qu'elle avait été tenue ; mais une fois de retour à Paris, il avait semblé à cette fille habituée à la vie dissipée, aux bals, aux orgies même, que sa solitude, troublée seulement par les visites périodiques du duc, la ferait mourir d'ennui, et les souffles brûlants de sa vie d'autrefois passaient à la fois sur sa tête et sur son cœur.

Ajoutez que Marguerite était revenue

de ce voyage plus belle qu'elle n'avait jamais été, qu'elle avait vingt ans, et que la maladie endormie, mais non vaincue, continuait à lui donner ces désirs fiévreux qui sont presque

MARGUERITE ASSISTAIT A TOUTES LES PREMIÈRES.

toujours le résultat des affections de poitrine.

Le duc eut donc une grande douleur le jour où ses amis, sans cesse aux aguets pour surprendre un scandale de la part de la jeune femme avec laquelle il se compromettait, disaient-ils, vinrent lui dire et lui prouver qu'à l'heure où elle était sûre de ne pas le voir venir, elle recevait des visites, et que ces visites se prolongeaient souvent jusqu'au lendemain.

Interrogée, Marguerite avoua tout au duc, lui conseillant, sans arrière-pensée, de cesser de s'occuper d'elle, car elle ne se sentait pas la force de tenir les engagements pris, et ne voulait pas recevoir plus longtemps les bienfaits d'un homme qu'elle trompait.

Le duc resta huit jours sans paraître, ce fut tout ce qu'il put faire, et, le huitième jour, il vint supplier Marguerite de l'admettre encore, lui promettant de l'accepter telle qu'elle serait, pourvu qu'il la vît, et lui jurant que, dût-il mourir, il ne lui ferait jamais un reproche.

Voilà où en étaient les choses trois mois après le retour de Marguerite, c'est-à-dire en novembre ou décembre 1842.

III

Le 16, à une heure, je me rendis rue d'Antin.

De la porte cochère on entendait crier les commissaires-priseurs.

L'appartement était plein de curieux.

Il y avait là toutes les célébrités du vice élégant, sournoisement examinées par quelques grandes dames qui avaient pris encore une fois le prétexte de la vente, pour avoir le droit de voir de près des femmes avec qui elles n'auraient jamais eu occasion de se retrouver, et dont elles enviaient peut-être en secret les faciles plaisirs.

Madame la duchesse de F... coudoyait mademoiselle A..., une des plus tristes épreuves de nos courtisanes modernes; madame la marquise de T... hésitait pour acheter un meuble sur lequel enchérissait madame D..., la femme adultère la plus élégante et la plus connue de notre époque; le duc d'Y... qui passe à Madrid pour se ruiner à Paris, à Paris pour se ruiner à Madrid, et qui, somme toute, ne dépense même pas son revenu, tout en causant avec madame M..., une de nos plus spirituelles conteuses qui veut bien de temps en temps écrire ce qu'elle dit et signer ce qu'elle écrit, échangeait des regards confidentiels avec madame de N..., cette belle promeneuse des Champs Élysées, presque toujours vêtue de rose ou de bleu et qui fait traîner sa voiture par deux grands chevaux noirs, que Tony lui a vendus dix mille francs et... qu'elle lui a payés; enfin mademoiselle R... qui se fait avec son seul talent le double de ce que les femmes du monde se font avec leur dot, et le triple de ce que les autres se font avec leurs amours, était, malgré le froid, venue faire quelques emplettes, et ce n'était pas elle qu'on regardait le moins.

Nous pourrions citer encore les initiales de bien des gens réunis dans ce salon, et bien étonnés de se trouver ensemble; mais nous craindrions de lasser le lecteur.

Disons seulement que tout le monde était d'une gaieté folle, et que parmi toutes celles qui se trouvaient là beaucoup avaient connu la morte, et ne paraissaient pas s'en souvenir.

On riait fort; les commissaires criaient à tue-tête; les marchands qui avaient envahi les bancs disposés devant les tables de vente essayaient en vain d'imposer silence, pour faire leurs affaires tranquillement. Jamais réunion ne fut plus variée, plus bruyante.

Je me glissai humblement au milieu de ce tumulte attristant quand je songeais qu'il avait lieu près de la chambre où avait expiré la pauvre créature, dont on vendait les meubles pour payer les dettes. Venu pour examiner plus que pour acheter, je regardais les figures des fournisseurs qui faisaient vendre, et dont les traits s'épanouissaient chaque fois qu'un objet arrivait à un prix qu'ils n'eussent pas espéré.

Honnêtes gens qui avaient spéculé sur la prostitution de cette femme, qui avaient gagné cent pour cent sur elle, qui avaient poursuivi de papiers timbrés les derniers moments de sa vie, et qui venaient après sa mort recueillir les fruits de leurs honorables calculs en même temps que les intérêts de leur honteux crédit.

Combien avaient raison les anciens qui n'avaient qu'un même Dieu pour les marchands et pour les voleurs?

Robes, cachemires, bijoux se vendaient avec une rapidité incroyable. Rien de tout cela ne me convenait, et j'attendais toujours.

Tout à coup j'entendis crier :

— Un volume, parfaitement relié, doré sur tranche, *intitulé* : Manon Lescaut. *Il y a quelque chose d'écrit sur la première page* : Dix francs.

— Douze, dit une voix après un silence assez long.

— Quinze, dis-je.

Pourquoi? Je n'en savais rien. Sans doute pour ce *quelque chose d'écrit.*

— Quinze, répéta le commissaire-priseur.
— Trente, fit le premier enchérisseur,

SUR LA PREMIÈRE PAGE ÉTAIT ÉCRITE LA DÉDICACE.

d'un ton qui semblait défier qu'on mît davantage.

Cela devenait une lutte.

— Trente-cinq! criai-je alors du même ton.

— Quarante.

— Cinquante.

— Soixante.

— Cent.

J'avoue que si j'avais voulu faire de l'effet, j'aurais complètement réussi, car à cette enchère un grand silence se fit, et l'on me regarda pour savoir quel était ce monsieur qui paraissait si résolu à posséder ce volume.

Il paraît que l'accent donné à mon dernier mot avait convaincu mon antagoniste : il préféra donc abandonner un combat qui n'eût servi qu'à me faire payer ce volume dix fois sa valeur, et, s'inclinant, il me dit fort gracieusement, quoique un peu tard :

— Je cède, monsieur.

Personne n'ayant plus rien dit, le livre me fut adjugé.

Comme je redoutais un nouvel entêtement que mon amour-propre eût peut-être soutenu, mais dont ma bourse se fût certainement trouvée très mal, je fis inscrire mon nom, mettre de côté le volume, et je descendis. Je dus donner beaucoup à penser aux gens qui, témoins de cette scène, se demandèrent sans doute dans quel but j'étais venu payer cent francs un livre que je pouvais avoir partout pour dix ou quinze francs au plus.

Une heure après j'avais envoyé chercher mon achat.

Sur la première page était écrite à la plume, et d'une écriture élégante, la dédicace du donataire de ce livre. Cette dédicace portait ces seuls mots :

Manon à Marguerite,
Humilité.

Elle était signée· Armand Duval.

Que voulait dire ce mot : Humilité?

Manon reconnaissait-elle dans Marguerite, par l'opinion de ce M. Armand Duval, une supériorité de débauche ou de cœur?

La seconde interprétation était la plus vraisemblable, car la première n'eût été qu'une impertinente franchise que n'eût pas acceptée Marguerite, malgré son opinion sur elle-même.

Je sortis de nouveau et je ne m'occupai plus de ce livre que le soir lorsque je me couchai.

Certes, *Manon Lescaut* est une touchante histoire dont pas un détail ne m'est inconnu, et cependant lorsque je trouve ce volume sous ma main, ma sympathie pour lui m'attire toujours, je l'ouvre et pour la centième fois je revis avec l'héroïne de l'abbé Prévost. Or, cette héroïne est tellement vraie, qu'il me semble l'avoir connue. Dans ces circonstances nouvelles, l'espèce de comparaison faite entre elle et Marguerite donnait pour moi un attrait inattendu à cette lecture, et mon indulgence s'augmenta de pitié, presque d'amour pour la pauvre fille à l'héritage de laquelle je devais ce volume. Manon était morte dans un désert, il est vrai, mais dans les bras de l'homme qui l'aimait avec toutes les énergies de l'âme, qui, morte, lui creusa une fosse, l'arrosa de ses larmes et y ensevelit son cœur; tandis que Marguerite, pécheresse comme Manon, et peut-être convertie comme elle, était morte au sein d'un luxe somptueux, s'il fallait en croire ce que j'avais vu, dans le lit de son passé, mais aussi au milieu de ce désert du cœur, bien plus aride, bien plus vaste, bien plus impitoyable que celui dans lequel avait été enterrée Manon.

Marguerite, en effet, comme je l'avais appris de quelques amis informés des dernières circonstances de sa vie, n'avait pas vu s'asseoir une réelle consolation à son chevet, pendant les deux mois qu'avait duré sa lente et douloureuse agonie.

Puis de Manon et de Marguerite ma pensée se reportait sur celles que je connaissais et que je voyais s'acheminer en chantant vers une mort presque toujours invariable.

Pauvres créatures! Si c'est un tort de les aimer, c'est bien le moins qu'on les plaigne. Vous plaignez l'aveugle qui n'a jamais vu les rayons du jour, le sourd qui n'a jamais entendu les accords de la nature, le muet qui n'a jamais pu rendre la voix de son âme, et, sous un faux prétexte de pudeur, vous ne voulez pas plaindre cette cécité du cœur, cette surdité de l'âme, ce mutisme de la conscience qui rendent folle la malheureuse affligée et qui la font malgré elle incapable de voir le bien, d'entendre le Seigneur et de parler la langue pure de l'amour et de la foi.

Hugo a fait *Marion Delorme*, Musset a fait *Bernerette*, Alexandre Dumas a fait *Fernande*, les penseurs et les poètes de tous les temps ont apporté à la courtisane l'offrande de leur miséricorde, et quelquefois un grand homme les a réhabilitées de son amour et même de son nom. Si j'insiste ainsi sur ce point, c'est que parmi ceux qui vont me lire, beaucoup peut-être sont déjà prêts à rejeter ce livre, dans lequel ils craignent de ne voir qu'une apologie du vice et de la prostitution, et l'âge de l'auteur contribue sans doute encore à motiver cette crainte. Que ceux qui penseraient ainsi se détrompent, et qu'ils continuent, si cette crainte seule les retenait.

Je suis tout simplement convaincu d'un principe qui est que : Pour la femme à qui l'éducation n'a pas enseigné le bien, Dieu ouvre presque toujours deux sentiers qui l'y ramènent; ces sentiers sont la douleur et l'amour. Ils sont difficiles; celles qui s'y engagent s'y ensanglantent les pieds, s'y déchirent les mains, mais elles laissent en même temps aux ronces de la route les parures du vice et arrivent au but avec cette nudité dont on ne rougit pas devant le Seigneur.

Ceux qui rencontrent ces voyageuses hardies doivent les soutenir et dire à tous qu'ils les ont rencontrées, car en le publiant ils montrent la voie.

Il ne s'agit pas de mettre tout bonnement à l'entrée de la vie deux poteaux, portant l'un cette inscription : *Route du bien*, l'autre cet avertissement : *Route du mal*, et de dire à ceux qui se présentent : Choisissez! il faut, comme le Christ, montrer des chemins qui ramènent de la seconde route à la première ceux qui s'étaient laissé tenter par les abords; et il ne faut pas surtout que le commencement de ces chemins soit trop douloureux, ni paraisse trop impénétrable.

Le christianisme est là avec sa merveilleuse parabole de l'enfant prodigue pour nous conseiller l'indulgence et le pardon. Jésus était plein d'amour pour ces âmes blessées par les passions des hommes, et dont il aimait à panser les plaies en tirant le baume qui devait les guérir des plaies elles-mêmes. Ainsi, il disait à Madeleine : « Il te sera beaucoup remis parce que tu as beaucoup aimé », sublime pardon qui devait éveiller une foi sublime.

Pourquoi nous ferions-nous plus rigides que le Christ? Pourquoi, nous en tenant obstinément aux opinions de ce monde qui se fait dur pour qu'on le croie fort, rejetterions-nous avec lui des âmes saignantes souvent de blessures par où, comme le mauvais sang d'un malade, s'épanche le mal de leur passé, et n'attendant qu'une main amie qui les panse et leur rende la convalescence du cœur?

C'est à ma génération que je m'adresse, à ceux pour qui les théories de M. de Voltaire n'existent heureusement plus, à ceux qui, comme moi, comprennent que l'humanité est depuis quinze ans dans un de ses plus audacieux élans. La science du bien et du mal est à jamais acquise; la foi se reconstruit, le respect des choses saintes nous est rendu, et si le monde ne se fait pas tout à fait bon, il se fait du moins meilleur. Les efforts de tous les hommes intelligents tendent au même but, et toutes les grandes volontés s'attellent au même principe : soyons bons, soyons jeunes, soyons vrais! Le mal n'est qu'une vanité, ayons l'orgueil du bien, et surtout ne désespérons pas. Ne méprisons pas la femme qui n'est ni mère, ni sœur, ni fille, ni épouse. Ne réduisons pas l'estime à la famille, l'indulgence à l'égoïsme. Puisque le ciel est plus en joie pour le repentir d'un pécheur que pour cent justes qui n'ont jamais péché, essayons de réjouir le ciel. Il peut nous le rendre avec usure. Laissons sur notre chemin l'aumône de notre pardon à ceux que les désirs terrestres ont perdus, que sauvera peut-être une espérance divine, et, comme disent les bonnes vieilles femmes quand elles conseillent un remède de leur façon, si cela ne fait pas de bien, cela ne peut pas faire de mal.

Certes, il doit paraître bien hardi à moi de vouloir faire sortir ces grands résultats du mince sujet que je traite; mais je suis de ceux qui croient que tout est dans peu. L'enfant est petit, et il renferme l'homme; le cerveau est étroit, et il abrite la pensée; l'œil n'est qu'un point, et il embrasse des lieues.

IV

Deux jours après, la vente était complètement terminée. Elle avait produit cent cinquante mille francs.

Les créanciers s'en étaient partagé les deux tiers, et la famille, composée d'une sœur et d'un petit-neveu, avait hérité du reste.

Cette sœur avait ouvert de grands yeux quand l'homme d'affaires lui avait écrit qu'elle héritait de cinquante mille francs.

Il y avait six ou sept ans que cette jeune fille n'avait vu sa sœur, laquelle avait disparu un jour sans que l'on sût, ni par elle ni par d'autres, le moindre détail sur sa vie depuis le moment de sa disparition.

Elle était donc arrivée en toute hâte à Paris, et l'étonnement de ceux qui connaissaient Marguerite avait été grand quand ils avaient vu que son unique héritière était une grosse et belle fille de campagne qui jusqu'alors n'avait jamais quitté son village.

Sa fortune se trouva faite d'un seul coup, sans qu'elle sût même de quelle source lui venait cette fortune inespérée.

Elle retourna, m'a-t-on dit depuis, à sa campagne, emportant de la mort de sa sœur une grande tristesse que compensait néanmoins le placement à quatre et demi qu'elle venait de faire.

Toutes ces circonstances répétées dans Paris, la ville mère du scandale, commençaient à être oubliées et j'oubliais même à peu près en quoi j'avais pris part à ces événements, quand un nouvel incident me fit connaître toute la vie de Marguerite et m'apprit des détails si touchants, que l'envie me prit d'écrire cette histoire et que je l'écris.

Depuis trois ou quatre jours l'appartement, vide de tous ses meubles vendus, était à louer, quand on sonna un matin chez moi.

Mon domestique, ou plutôt mon portier qui me servait de domestique, alla ouvrir et me rapporta une carte, en me disant que la personne qui la lui avait remise désirait me parler.

Je jetai les yeux sur cette carte et j'y lus ces deux mots :

Armand Duval.

Je cherchai où j'avais déjà vu ce nom, et je me rappelai la première feuille du volume de *Manon Lescaut.*

Que pouvait me vouloir la personne qui avait donné ce livre à Marguerite? Je dis de faire entrer tout de suite celui qui attendait.

Je vis alors un jeune homme blond, grand, pâle, vêtu d'un costume de voyage qu'il semblait ne pas avoir quitté depuis quelques jours et ne s'être même pas donné la peine de brosser en arrivant à Paris, car il était couvert de poussière.

M. Duval, fortement ému, ne fit aucun effort pour cacher son émotion, et ce fut des larmes dans les yeux et un tremblement dans la voix qu'il me dit :

— Monsieur, vous excuserez, je vous prie, ma visite et mon costume; mais outre qu'entre jeunes gens on ne se gêne pas beaucoup, je désirais tant vous voir aujourd'hui, que je n'ai pas même pris le temps de descendre à l'hôtel où j'ai envoyé mes malles et je suis accouru chez vous craignant encore, quoiqu'il soit de bonne heure, de ne pas vous rencontrer.

Je priai M. Duval de s'asseoir auprès du feu, ce qu'il fit tout en tirant de sa poche un mouchoir avec lequel il cacha un moment sa figure.

— Vous ne devez pas comprendre, reprit-il en soupirant tristement, ce que vous veut ce visiteur inconnu, à pareille heure, dans une pareille tenue et pleurant comme il le fait. Je viens tout simplement, monsieur, vous demander un grand service.

— Parlez, monsieur, je suis tout à votre disposition?

— Vous avez assisté à la vente de Marguerite Gautier?

A ce mot, l'émotion dont ce jeune homme avait triomphé un instant fut

JE PRIAI M. DUVAL DE S'ASSEOIR.

plus forte que lui, et il fut forcé de porter les mains à ses yeux.

— Je dois vous paraître bien ridicule, ajouta-t-il, excusez-moi encore pour cela, et croyez que je n'oublierai jamais la patience avec laquelle vous voulez bien m'écouter.

— Monsieur, répliquai-je, si le service que je parais pouvoir vous rendre doit calmer un peu le chagrin que vous éprouvez, dites-moi vite à quoi je puis vous être bon, et vous trouverez en moi un homme heureux de vous obliger

La douleur de M. Duval était sympathique, et malgré moi j'aurais voulu lui être agréable.

Il me dit alors :

— Vous avez acheté quelque chose à la vente de Marguerite?

— Oui, monsieur, un livre.

— *Manon Lescaut?*

— Justement.

— Avez-vous encore ce livre?

— Il est dans ma chambre à coucher.

Armand Duval, à cette nouvelle, parut soulagé d'un grand poids et me remercia comme si j'avais déjà commencé à lui rendre un service en gardant ce volume.

Je me levai alors, j'allai dans ma chambre prendre le livre et je le lui remis.

— C'est bien cela, fit-il en regardant la dédicace de la première page et en feuilletant, c'est bien cela.

Et deux grosses larmes tombèrent sur les pages.

— Eh bien, monsieur, dit-il en relevant la tête sur moi, en n'essayant même plus de me cacher qu'il avait pleuré et qu'il était près de pleurer encore, tenez-vous beaucoup à ce livre?

— Pourquoi, monsieur?

— Parce que je viens vous demander de me le céder.

— Pardonnez-moi ma curiosité, dis-je alors; mais c'est donc vous qui l'avez donné à Marguerite Gautier?

— C'est moi-même.

— Ce livre est à vous, monsieur, reprenez-le, je suis heureux de pouvoir vous le rendre.

— Mais, reprit M. Duval avec embarras, c'est bien le moins que je vous en donne le prix que vous l'avez payé.

— Permettez-moi de vous l'offrir. Le prix d'un seul volume dans une vente pareille est une bagatelle, et je ne me rappelle plus combien j'ai payé celui-ci.

— Vous l'avez payé cent francs.

— C'est vrai, fis-je embarrassé à mon tour, comment le savez-vous?

— C'est bien simple, j'espérais arriver à Paris à temps pour la vente de Marguerite, et je ne suis arrivé que ce matin. Je voulais absolument avoir un objet qui vînt d'elle et je courus chez le commissaire-priseur lui demander la permission de visiter la liste des objets vendus et des noms des acheteurs. Je vis que ce volume avait été acheté par vous, je me résolus à vous prier de me le céder, quoique le prix que vous y aviez mis me fît craindre que vous n'eussiez attaché vous-même un souvenir quelconque à la possession de ce volume.

En parlant ainsi, Armand paraissait évidemment craindre que je n'eusse connu Marguerite comme lui l'avait connue.

Je m'empressai de le rassurer.

— Je n'ai connu mademoiselle Gautier que de vue, lui dis-je; sa mort m'a fait l'impression que fait toujours sur un jeune homme la mort d'une jolie femme qu'il avait du plaisir à rencontrer. J'ai voulu acheter quelque chose à sa vente et je me suis entêté à renchérir sur ce volume, je ne sais pourquoi, pour le plaisir de faire enrager un monsieur qui s'acharnait dessus et semblait me défier de l'avoir. Je vous le répète donc, monsieur, ce livre est à votre disposition et je vous prie de nouveau de l'accepter pour que vous ne le teniez pas de moi comme je le tiens d'un commissaire-priseur, et pour qu'il soit entre nous l'engagement d'une connaissance plus longue et de relations plus intimes.

— C'est bien, monsieur, me dit Armand en me tendant la main et en serrant la mienne, j'accepte et je vous serai reconnaissant toute ma vie.

J'avais bien envie de questionner Armand sur Marguerite, car la dédicace du livre, le voyage du jeune homme, son désir de posséder ce volume piquaient ma curiosité; mais je craignais en questionnant mon visiteur de paraître n'avoir refusé son argent que pour avoir le droit de me mêler de ses affaires.

On eût dit qu'il devinait mon désir, car il me dit :

— Vous avez lu ce volume?

— En entier.

— Qu'avez-vous pensé des deux lignes que j'ai écrites?

— J'ai compris tout de suite qu'à vos yeux la pauvre fille à qui vous aviez donné ce volume sortait de la catégorie ordinaire, car je ne voulais pas ne voir dans ces lignes qu'un compliment banal.

— Et vous aviez raison, monsieur. Cette fille était un ange. Tenez, me dit-il, lisez cette lettre.

Et il me tendit un papier qui paraissait avoir été relu bien des fois.

Je l'ouvris, voici ce qu'il contenait :

« Mon cher Armand, j'ai reçu votre lettre, vous êtes resté bon et j'en remercie Dieu. Oui, mon ami, je suis malade, et d'une de ces maladies qui ne pardonnent pas; mais l'intérêt que vous voulez bien prendre encore à moi diminue beaucoup ce que je souffre. Je ne vivrai sans doute pas assez longtemps pour avoir le bonheur de serrer la main qui a écrit la bonne lettre que je viens de recevoir et dont les paroles me guériraient, si quelque chose pouvait me guérir. Je ne vous verrai pas, car je suis tout près de la mort, et des centaines de lieues vous séparent de moi. Pauvre ami! votre Marguerite d'autrefois est bien changée, et il vaut peut-être mieux que vous ne la revoyiez plus que de la voir telle qu'elle est. Vous me demandez si je vous pardonne; oh! de grand cœur, ami, car le mal que vous avez voulu me faire n'était qu'une preuve de l'amour que vous aviez pour moi. Il y a un mois que je suis au lit, et je tiens tant à votre estime que chaque jour j'écris le journal de ma vie, depuis le moment où nous nous sommes quittés jusqu'au moment où je n'aurai plus la force d'écrire.

» Si l'intérêt que vous prenez à moi est réel, Armand, à votre retour, allez chez Julie Duprat. Elle vous remettra ce journal. Vous y trouverez la raison et l'excuse de ce qui s'est passé entre nous. Julie est bien bonne pour moi; nous causons souvent de vous ensemble. Elle était là quand votre lettre est arrivée, nous avons pleuré en la lisant.

» Dans le cas où vous ne m'auriez pas donné de vos nouvelles, elle était chargée de vous remettre ces papiers à votre arrivée en France. Ne m'en soyez pas reconnaissant. Ce retour quotidien sur les seuls moments heureux de ma vie me fait un bien énorme, et si vous devez trouver dans cette lecture l'excuse du passé, j'y trouve, moi, un continuel soulagement.

» Je voudrais vous laisser quelque chose qui me rappelât toujours à votre esprit, mais tout est saisi chez moi, et rien ne m'appartient.

» Comprenez-vous, mon ami? je vais mourir, et de ma chambre à coucher j'entends marcher dans le salon le gardien que mes créanciers ont mis là pour qu'on n'emporte rien et qu'il ne me reste rien dans le cas où je ne mourrais pas. Il faut espérer qu'ils attendront la fin pour vendre.

» Oh! les hommes sont impitoyables! ou plutôt, je me trompe, c'est Dieu qui est juste et inflexible.

» Eh bien, cher aimé, vous viendrez à

IL CONSIDÉRA L'ÉCRITURE DE CETTE LETTRE.

ma vente, et vous achèterez quelque chose, car si je mettais de côté le moindre objet pour vous et qu'on l'apprît, on serait capable de vous attaquer en détournement d'objets saisis.

» Triste vie que celle que je quitte!

» Que Dieu serait bon, s'il permettait que je vous revisse avant de mourir! Selon toutes probabilités, adieu, mon ami; pardonnez-moi si je ne vous en écris pas plus long, mais ceux qui disent qu'ils me guériront m'épuisent de saignées, et ma main se refuse à écrire davantage.

» MARGUERITE GAUTIER. »

En effet, les derniers mots étaient à peine lisibles.

Je rendis cette lettre à Armand qui venait de la relire sans doute dans sa pensée comme moi je l'avais lue sur le papier, car il me dit en la reprenant :

— Qui croirait jamais que c'est une fille entretenue qui a écrit cela!

Et tout ému de ses souvenirs, il considéra quelque temps l'écriture de cette lettre qu'il finit par porter à ses lèvres.

— Et quand je pense, reprit-il, que celle-ci est morte sans que j'aie pu la revoir et que je ne la reverrai jamais; quand je pense qu'elle a fait pour moi ce qu'une sœur n'eût pas fait, je ne me pardonne pas de l'avoir laissée mourir ainsi. Morte! morte! en pensant à moi, en écrivant et en disant mon nom, pauvre chère Marguerite!

Et Armand, donnant un libre cours à ses pensées et à ses larmes, me tendait la main et continuait :

— On me trouverait bien enfant, si l'on me voyait me lamenter ainsi sur une pareille morte; c'est que l'on ne saurait pas ce que je lui ai fait souffrir à cette femme, combien j'ai été cruel, combien elle a été bonne et résignée. Je croyais qu'il m'appartenait de lui pardonner, et aujourd'hui, je me trouve indigne du pardon qu'elle m'accorde. Oh! je donnerais dix ans de ma vie pour pleurer une heure à ses pieds.

Il est toujours difficile de consoler une douleur que l'on ne connaît pas, et cependant j'étais pris d'une si vive sympathie pour ce jeune homme, il me faisait avec tant de franchise le confident de son chagrin, que je crus que ma parole ne lui serait pas indifférente, et je lui dis :

— N'avez-vous pas des parents, des amis? espérez, voyez-les, et ils vous consoleront, car moi je ne puis que vous plaindre.

— C'est juste, dit-il en se levant et en se promenant à grands pas dans ma chambre, je vous ennuie. Excusez-moi, je ne réfléchissais pas que ma douleur doit vous importer peu, et que je vous importune d'une chose qui ne peut et ne doit vous intéresser en rien.

— Vous vous trompez au sens de mes paroles, je suis tout à votre service; seulement je regrette mon insuffisance à calmer votre chagrin. Si ma société et celle de mes amis peuvent vous distraire, si enfin vous avez besoin de moi en quoi que ce soit, je veux que vous sachiez bien tout le plaisir que j'aurai à vous être agréable.

— Pardon, pardon, me dit-il, la douleur exagère les sensations. Laissez-moi rester quelques minutes encore, le temps de m'essuyer les yeux, pour que les badauds de la rue ne regardent pas comme une curiosité ce grand garçon qui pleure. Vous venez de me rendre bien heureux en me donnant ce livre; je ne saurai jamais comment reconnaître ce que je vous dois.

— En m'accordant un peu de votre amitié, dis-je à Armand, et en me disant la cause de votre chagrin. On se console en racontant ce qu'on souffre.

— Vous avez raison; mais aujourd'hui j'ai trop besoin de pleurer, et je ne vous dirais que des paroles sans suite. Un jour je vous ferai part de cette histoire, et vous verrez si j'ai raison de regretter la pauvre fille. Et maintenant, ajouta-t-il en se frottant une dernière fois les yeux et en se regardant dans la glace, dites-moi que vous ne me trouvez pas trop niais, et permettez-moi de revenir vous voir.

Le regard de ce jeune homme était bon et doux ; je fus au moment de l'embrasser.

Quant à lui, ses yeux commençaient de nouveau à se voiler de larmes; il vit que je m'en apercevais, et il détourna son regard de moi.

— Voyons, lui dis-je, du courage.

— Adieu, me dit-il alors.

Et faisant un effort inouï pour ne pas pleurer, il se sauva de chez moi plutôt qu'il n'en sortit.

Je soulevai le rideau de ma fenêtre, et je le vis remonter dans le cabriolet qui l'attendait à la porte; mais à peine y était-il qu'il fondit en larmes et cacha son visage dans son mouchoir.

V

Un assez long temps s'écoula sans que j'entendisse parler d'Armand, mais en revanche il avait souvent été question de Marguerite.

Je ne sais pas si vous l'avez remarqué, il suffit que le nom d'une personne qui paraissait devoir vous rester inconnue ou tout au moins indifférente soit prononcé une fois devant vous, pour que des détails viennent peu à peu se grouper autour de ce nom, et pour que vous entendiez alors tous vos amis vous parler d'une chose dont ils ne vous avaient jamais entretenu auparavant. Vous découvrez alors que cette personne vous touchait presque, vous vous apercevez qu'elle a passé bien des fois dans votre vie sans être remar-

JE LE VIS REMONTER DANS LE CABRIOLET.

quée; vous trouvez dans les événements que l'on vous raconte une coïncidence, une affinité réelle avec certains événements de votre propre existence. Je n'en étais pas positivement là avec Marguerite, puisque je l'avais vue, rencontrée, et que je la connaissais de visage et d'habitudes; cependant, depuis cette vente, son nom était revenu si fréquemment à mes oreilles, et dans la circonstance que j'ai dite au dernier chapitre, ce nom s'était trouvé mêlé à un chagrin si profond, que mon étonnement en avait grandi, en augmentant ma curiosité.

Il en était résulté que je n'abordais plus mes amis auxquels je n'avais jamais parlé de Marguerite, qu'en disant :

— Avez-vous connu une nommée Marguerite Gautier?

— La Dame aux Camélias?

— Justement.

— Beaucoup!

Ces : Beaucoup! étaient quelquefois accompagnés de sourires incapables de laisser aucun doute sur leur signification.

— Eh bien, qu'est-ce que c'était que cette fille-là? continuais-je.

— Une bonne fille.

— Voilà tout?

— Mon Dieu! oui, plus d'esprit et peut-être un peu plus de cœur que les autres.

— Et vous ne savez rien de particulier sur elle?

— Elle a ruiné le baron G...

— Seulement?

— Elle a été la maîtresse du vieux duc de...

— Était-elle bien sa maîtresse?

— On le dit : en tout cas, il lui donnait beaucoup d'argent.

Toujours les mêmes détails généraux.

Cependant j'aurais été curieux d'apprendre quelque chose sur la liaison de Marguerite et d'Armand.

Je rencontrai un jour un de ceux qui vivent continuellement dans l'intimité des femmes connues. Je le questionnai :

— Avez-vous connu Marguerite Gautier?

Le même *beaucoup* me fut répondu.

— Quelle fille était-ce?

— Belle et bonne fille. Sa mort m'a fait une grande peine.

— N'a-t-elle pas eu un amant nommé Armand Duval?

— Un grand blond?

— Oui.

— C'est vrai.

— Qu'est-ce que c'était que cet Armand?

— Un garçon qui a mangé avec elle le peu qu'il avait, je crois, et qui a été forcé de la quitter. On dit qu'il en a été fou.

— Et elle?

— Elle l'aimait beaucoup aussi, dit-on toujours, mais comme ces filles-là aiment. Il ne faut pas leur demander plus qu'elles ne peuvent donner.

— Qu'est devenu Armand?

— Je l'ignore. Nous l'avons très peu connu. Il est resté cinq ou six mois avec Marguerite, mais à la campagne. Quand elle est revenue, il est parti.

— Et vous ne l'avez pas revu depuis?

— Jamais.

Moi non plus je n'avais pas revu Armand. J'en étais arrivé à me demander si, lorsqu'il s'était présenté chez moi, la nouvelle récente de la mort de Marguerite n'avait pas exagéré son amour d'autrefois et par conséquent sa douleur, et je me disais que peut-être il avait déjà oublié avec la morte la promesse faite de revenir me voir.

Cette supposition eût été assez vraisemblable à l'égard d'un autre, mais il y avait eu dans le désespoir d'Armand des accents sincères, et passant d'un extrême à l'autre, je me figurai que le chagrin s'était changé en maladie, et que si je n'avais pas de ses nouvelles, c'est qu'il était malade et peut-être bien mort.

Je m'intéressais malgré moi à ce jeune homme. Peut-être dans cet intérêt y avait-il de l'égoïsme; peut-être avais-je entrevu sous cette douleur une touchante histoire de cœur, peut-être enfin mon désir de la connaître était-il pour beaucoup dans le souci que je prenais du silence d'Armand.

Puisque M. Duval ne revenait pas chez moi, je résolus d'aller chez lui. Le prétexte n'était pas difficile à trouver; malheureusement je ne savais pas son adresse, et parmi tous ceux que j'avais questionnés, personne n'avait pu me la dire.

Je me rendis rue d'Antin. Le portier de Marguerite savait peut-être où demeurait Armand. C'était un nouveau portier. Il l'ignorait comme moi. Je m'informai alors du cimetière où avait été enterrée mademoiselle Gautier. C'était le cimetière Montmartre.

Avril avait reparu, le temps était beau, les tombes ne devaient plus avoir cet aspect douloureux et désolé que leur

LES TOMBES NE DEVAIENT PLUS AVOIR CET ASPECT DOULOUREUX QUE LEUR DONNE L'HIVER.

donne l'hiver; enfin, il faisait déjà assez chaud pour que les vivants se souvinssent des morts et les visitassent. Je me rendis au cimetière, en me disant : A la seule inspection de la tombe de Marguerite, je verrai bien si la douleur d'Armand existe encore, et j'apprendrai peut-être ce qu'il est devenu.

J'entrai dans la loge du gardien, et je lui demandai si le 22 du mois de février une femme nommée Marguerite Gautier n'avait pas été enterrée au cimetière Montmartre.

Cet homme feuilleta un gros livre où sont inscrits et numérotés tous ceux qui entrent dans ce dernier asile, et me répondit qu'en effet le 22 février, à midi, une femme de ce nom avait été inhumée.

Je le priai de me faire conduire à la tombe, car il n'y a pas moyen de se reconnaître sans cicerone, dans cette ville des morts qui a ses rues comme la ville des vivants. Le gardien appela un jardinier à qui il donna les indications nécessaires et qui l'interrompit en disant :

— Je sais, je sais.... Oh! la tombe est bien facile à reconnaître, continua-t-il en se tournant vers moi.

— Pourquoi? lui dis-je.

— Parce qu'elle a des fleurs bien différentes des autres.

— C'est vous qui en prenez soin?

— Oui, monsieur, et je voudrais que tous les parents eussent soin des décédés comme le jeune homme qui m'a recommandé celle-là.

Après quelques détours, le jardinier s'arrêta et me dit :

— Nous y voici.

En effet, j'avais sous les yeux un carré de fleurs qu'on n'eût jamais pris pour une tombe, si un marbre blanc portant un nom ne l'eût constaté.

Ce marbre était posé droit, un treillage de fer limitait le terrain acheté, et ce terrain était couvert de camélias blancs.

— Que dites-vous de cela? me dit le jardinier.

— C'est très beau.

— Et chaque fois qu'un camélia se fane, j'ai ordre de le renouveler.

— Et qui vous a donné cet ordre?

— Un jeune homme qui a bien pleuré, la première fois qu'il est venu, un ancien à la morte, sans doute, car il paraît que c'était une gaillarde, celle-là. On dit qu'elle était très jolie. Monsieur l'a-t-il connue?

— Oui.

— Comme l'autre, me dit le jardinier avec un sourire malin.

— Non, je ne lui ai jamais parlé.

— Et vous venez la voir ici; c'est bien gentil de votre part, car ceux qui viennent voir la pauvre fille n'encombrent pas le cimetière.

— Personne ne vient donc?

— Personne, excepté ce jeune monsieur qui est venu une fois.

— Une seule fois?

— Oui, monsieur.

— Et il n'est pas revenu depuis?

— Non, mais il reviendra à son retour.

— Il est donc en voyage?

— Oui.

— Et vous savez où il est?

— Il est, je crois, chez la sœur de mademoiselle Gautier.

— Et que fait-il là?

— Il va lui demander l'autorisation de faire exhumer la morte, pour la faire mettre autre part.

— Pourquoi ne la laisserait il pas ici?

— Vous savez, monsieur, que pour les morts on a des idées. Nous voyons cela tous les jours, nous autres. Ce terrain n'est acheté que pour cinq ans, et ce jeune homme veut une concession à perpétuité et un terrain plus grand; dans le quartier neuf ce sera mieux.

— Qu'appelez-vous le quartier neuf?

— Les terrains nouveaux que l'on vend maintenant, à gauche. Si le cimetière avait toujours été tenu comme maintenant, il n'y en aurait pas un pareil au monde; mais il y a encore bien à faire avant que ce soit tout à fait comme ce doit être. Et puis les gens sont si drôles.

— Que voulez-vous dire?

— Je veux dire qu'il y a des gens qui sont fiers jusqu'ici. Ainsi, cette demoiselle Gautier, il paraît qu'elle a fait un peu la vie, passez-moi l'expression. Maintenant, la pauvre demoiselle, elle est morte; et il en reste autant que de celles dont on n'a rien à dire et que nous arrosons tous les jours; eh bien, quand les parents des personnes qui sont enterrées à côté d'elle ont appris qui elle était, ne se sont-ils pas imaginé de dire qu'ils s'opposeraient à ce qu'on la mît ici, et qu'il devait y avoir des terrains à part pour ces sortes de femmes comme pour les pauvres. A-t-on jamais vu cela? Je les ai joliment relevés, moi; des gros rentiers qui ne viennent pas quatre fois l'an visiter leurs défunts, qui apportent leurs fleurs eux-mêmes, et voyez

QUE DITES-VOUS DE CELA ? ME DIT LE JARDINIER.

quelles fleurs! qui regardent à un entretien pour ceux qu'ils disent pleurer, qui écrivent sur leurs tombes des larmes qu'ils n'ont jamais versées, et qui viennent faire les difficiles pour le voisinage. Vous me croirez si vous voulez, monsieur, je ne connaissais pas cette demoiselle, je ne sais pas ce qu'elle a fait; eh bien, je l'aime, cette pauvre petite, et j'ai soin d'elle, et je lui passe les camélias au plus juste prix. C'est ma morte de prédilection. Nous autres, monsieur, nous sommes bien forcés d'aimer les morts, car nous sommes si occupés, que nous n'avons presque pas le temps d'aimer autre chose.

Je regardais cet homme, et quelques-uns de mes lecteurs comprendront, sans que j'aie besoin de le leur expliquer, l'émotion que j'éprouvais à l'entendre.

Il s'en aperçut sans doute, car il continua.

— On dit qu'il y avait des gens qui se ruinaient pour cette fille-là, et qu'elle avait des amants qui l'adoraient; eh bien, quand je pense qu'il n'y en a pas un qui vienne lui acheter une fleur seulement, c'est cela qui est curieux et triste. Et encore, celle-ci n'a pas à se plaindre, car elle a sa tombe, et s'il n'y en a qu'un qui se souvienne d'elle, il fait les choses pour les autres. Mais nous avons ici de pauvres filles du même genre et du même âge qu'on jette dans la fosse commune, et cela me fend le cœur quand j'entends tomber leurs pauvres corps dans la terre. Et pas un être ne s'occupe d'elles, une fois qu'elles sont mortes! Ce n'est pas toujours gai, le métier que nous faisons, surtout tant qu'il nous reste un peu de cœur. Que voulez-vous? c'est plus fort que moi. J'ai une belle grande fille de vingt ans, et quand on apporte ici une morte de son âge je pense à elle, et, que ce soit une grande dame ou une vagabonde, je ne peux pas m'empêcher d'être ému.

» Mais je vous ennuie sans doute avec mes histoires et ce n'est pas pour les écouter que vous voilà ici. On m'a dit de vous amener à la tombe de mademoiselle Gautier, vous y voilà; puis-je vous être bon encore à quelque chose?

— Savez-vous l'adresse de monsieur Armand Duval? demandai-je à cet homme.

— Oui, il demeure rue de... c'est là du moins que je suis allé toucher le prix de toutes les fleurs que vous voyez.

— Merci, mon ami.

Je jetai un dernier regard sur cette tombe fleurie, dont malgré moi j'eusse voulu sonder les profondeurs pour voir ce que la terre avait fait de la belle créature qu'on lui avait jetée, et je m'éloignai tout triste.

— Est-ce que Monsieur veut voir monsieur Duval? reprit le jardinier qui marchait à côté de moi.

— Oui.

— C'est que je suis bien sûr qu'il n'est pas encore de retour, sans quoi je l'aurais déjà vu ici.

— Vous êtes donc convaincu qu'il n'a pas oublié Marguerite?

— Non seulement j'en suis convaincu, mais je parierais que son désir de la changer de tombe n'est que le désir de la revoir.

— Comment cela?

— Le premier mot qu'il m'a dit en venant au cimetière a été : Comment faire pour la voir encore? Cela ne pouvait avoir lieu que par le changement de tombe, et je l'ai renseigné sur toutes les formalités à remplir pour obtenir ce changement, car vous savez que pour transférer les morts d'un tombeau dans un autre, il faut les reconnaître, et la famille seule peut autoriser cette opération à laquelle doit présider un commissaire de police. C'est pour avoir cette autorisation que monsieur Duval est allé chez la sœur de mademoiselle Gautier et sa première visite sera évidemment pour nous.

Nous étions arrivés à la porte du cimetière; je remerciai de nouveau le jardinier en lui mettant quelques pièces de monnaie dans la main et je me rendis à l'adresse qu'il m'avait donnée.

Armand n'était pas de retour.

Je laissai un mot chez lui, le priant de me venir voir dès son arrivée, ou de me faire dire où je pourrais le trouver.

Le lendemain, au matin, je reçus une lettre de Duval, qui m'informait de son retour, et me priait de passer chez lui, ajoutant qu'épuisé de fatigue, il lui était impossible de sortir.

VI

Je trouvai Armand dans son lit.

En me voyant il me tendit sa main brûlante.

— Vous avez la fièvre, lui dis-je.

— Ce ne sera rien, la fatigue d'un voyage rapide, voilà tout.

— Vous venez de chez la sœur de Marguerite?

— Oui, qui vous l'a dit?

— Je le sais, et vous avez obtenu ce que vous vouliez?

— Oui encore; mais qui vous a informé du voyage et du but que j'avais en le faisant?

— Le jardinier du cimetière.

— Vous avez vu la tombe?

C'est à peine si j'osais répondre, car le ton de cette phrase me prouvait que celui qui me l'avait dite était toujours en proie à l'émotion dont j'avais été le témoin, et que chaque fois que sa pensée ou la parole d'un autre le reporterait sur ce douloureux sujet, pendant longtemps encore cette émotion trahirait sa volonté.

Je me contentai donc de répondre par un signe de tête.

— Il en a eu bien soin? continua Armand.

Deux grosses larmes roulèrent sur les joues du malade qui détourna la tête pour me les cacher. J'eus l'air de ne pas les voir et j'essayai de changer la conversation.

— Voilà trois semaines que vous êtes parti, lui dis-je.

Armand passa la main sur ses yeux et me répondit :

— Trois semaines juste.

— Votre voyage a été long.

— Oh! je n'ai pas toujours voyagé, j'ai été malade quinze jours, sans quoi je fusse revenu depuis longtemps; mais à peine arrivé là-bas, la fièvre m'a pris et j'ai été forcé de garder la chambre.

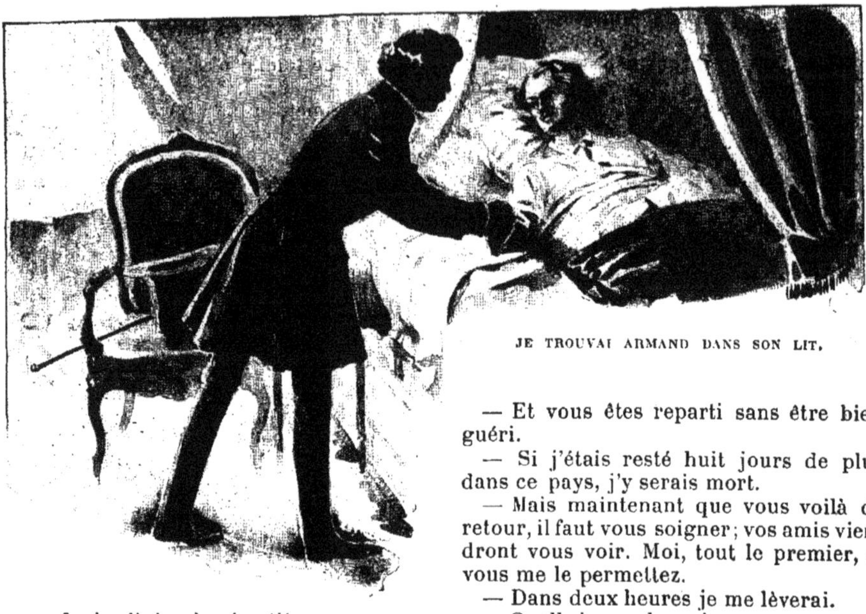

JE TROUVAI ARMAND DANS SON LIT.

— Et vous êtes reparti sans être bien guéri.

— Si j'étais resté huit jours de plus dans ce pays, j'y serais mort.

— Mais maintenant que vous voilà de retour, il faut vous soigner; vos amis viendront vous voir. Moi, tout le premier, si vous me le permettez.

— Dans deux heures je me lèverai.

— Quelle imprudence!

— Il le faut.

— Qu'avez-vous donc à faire de si pressé?

— Il faut que j'aille chez le commissaire de police.

— Pourquoi ne chargez-vous pas quelqu'un de cette mission qui peut vous rendre plus malade encore?

— C'est la seule chose qui puisse me guérir. Il faut que je la voie. Depuis que j'ai appris sa mort, et surtout depuis que j'ai vu sa tombe, je ne dors plus. Je ne peux pas me figurer que cette femme que j'ai quittée si jeune et si belle est morte. Il faut que je m'en assure par moi-même. Il faut que je voie ce que Dieu a fait de cet être que j'ai tant aimé, et peut-être le dégoût du spectacle remplacera-t-il le désespoir du souvenir; vous m'accompagnerez, n'est-ce pas... si cela ne vous ennuie pas trop?

— Que vous a dit sa sœur?

— Rien. Elle a paru fort étonnée qu'un étranger voulût acheter un terrain et faire faire une tombe à Marguerite, et elle m'a signé tout de suite l'autorisation que je lui demandais.

— Croyez-moi, attendez pour cette translation que vous soyez bien guéri.

— Oh! je serai fort, soyez tranquille. D'ailleurs je deviendrais fou, si je n'en finissais au plus vite avec cette résolution dont l'accomplissement est devenu un besoin de ma douleur. Je vous jure que je ne puis être calme que lorsque j'aurai vu Marguerite. C'est peut-être une soif de la fièvre qui me brûle, un rêve de mes insomnies, un résultat de mon délire; mais dussé-je me faire trappiste, comme monsieur de Rancé, après avoir vu, je verrai.

— Je comprends cela, dis-je à Armand, et je suis tout à vous; avez-vous vu Julie Duprat?

— Oui. Oh! je l'ai vue le jour même de mon premier retour.

— Vous a-t-elle remis les papiers que Marguerite lui avait laissés pour vous?

— Les voici.

Armand tira un rouleau de dessous son oreiller, et l'y replaça immédiatement.

— Je sais par cœur ce que ces papiers renferment, me dit-il. Depuis trois semaines je les ai relus dix fois par jour. Vous les lirez aussi, mais plus tard, quand je serai plus calme et quand je pourrai vous faire comprendre tout ce que cette confession révèle de cœur et d'amour.

Pour le moment, j'ai un service à réclamer de vous.

— Lequel?

— Vous avez une voiture en bas?

— Oui.

— Eh bien, voulez-vous prendre mon passeport et aller demander à la poste restante s'il y a des lettres pour moi? Mon père et ma sœur ont dû m'écrire à Paris, et je suis parti avec une telle précipitation que je n'ai pas pris le temps de m'en informer avant mon départ. Lorsque vous reviendrez, nous irons ensemble prévenir le commissaire de police de la cérémonie de demain.

Armand me remit son passeport, et je me rendis rue Jean-Jacques-Rousseau.

Il y avait deux lettres au nom de Duval, je les pris et je revins.

Quand je reparus, Armand était tout habillé et prêt à sortir.

— Merci, me dit-il en prenant ses lettres. Oui, ajouta-t-il, après avoir regardé les adresses, oui, c'est de mon père et de ma sœur. Ils ont dû ne rien comprendre à mon silence

Il ouvrit les lettres, et les devina plutôt qu'il ne les lut, car elles étaient de quatre pages chacune, et au bout d'un instant il les avait repliées.

— Partons, me dit-il, je répondrai demain.

Nous allâmes chez le commissaire de police, à qui Armand remit la procuration de la sœur de Marguerite.

Le commissaire lui donna en échange une lettre d'avis pour le gardien du cimetière; il fut convenu que la translation aurait lieu le lendemain, à dix heures du matin, que je viendrais le prendre une heure auparavant, et que nous nous rendrions ensemble au cimetière.

Moi aussi, j'étais curieux d'assister à ce spectacle, et j'avoue que la nuit je ne dormis pas.

A en juger par les pensées qui m'assaillirent, ce dut être une longue nuit pour Armand.

Quand, le lendemain à neuf heures, j'entrai chez lui, il était horriblement pâle, mais il paraissait calme.

Il me sourit et me tendit la main.

Ses bougies étaient brûlées jusqu'au bout, et, avant de sortir, Armand prit une lettre fort épaisse, adressée à son père, et confidente sans doute de ses impressions de la nuit.

Une demi-heure après nous arrivions à Montmartre.

Le commissaire nous attendait déjà.

On s'achemina lentement dans la direction de la tombe de Marguerite. Le commissaire marchait le premier, Armand et moi nous le suivions à quelques pas.

De temps en temps je sentais tressaillir convulsivement le bras de mon compagnon, comme si des frissons l'eussent parcouru tout à coup. Alors, je le regardais; il comprenait mon regard et me souriait, mais depuis que nous étions sortis de chez lui, nous n'avions pas échangé une parole.

Un peu avant la tombe, Armand s'arrêta pour essuyer son visage qu'inondaient de grosses gouttes de sueur.

Je profitai de cette halte pour respirer, car moi-même j'avais le cœur comprimé comme dans un étau.

D'où vient le douloureux plaisir qu'on prend à ces sortes de spectacles! Quand nous arrivâmes à la tombe, le jardinier avait retiré tous les pots de fleurs, le treillage de fer avait été enlevé, et deux hommes piochaient la terre.

Armand s'appuya contre un arbre et regarda.

Toute sa vie semblait être passée dans ses yeux.

Tout à coup une des deux pioches grinça contre une pierre.

A ce bruit Armand recula comme à une commotion électrique, et me serra la main avec une telle force qu'il me fit mal.

Un fossoyeur prit une large pelle et vida peu à peu la fosse; puis, quand il n'y eut plus que les pierres dont on couvre la bière, il les jeta dehors une à une.

J'observais Armand, car je craignais à chaque minute que ses sensations qu'il concentrait visiblement ne le brisassent; mais il regardait toujours; les yeux fixes et ouverts comme dans la folie, et un léger tremblement des joues et des lèvres prouvait seul qu'il était en proie à une violente crise nerveuse.

Quant à moi, je ne puis dire qu'une chose, c'est que je regrettais d'être venu.

Quand la bière fut tout à fait découverte, le commissaire dit aux fossoyeurs :

— Ouvrez.

Ces hommes obéirent, comme si c'eût été la chose du monde la plus simple.

La bière était en chêne, et ils se mirent à dévisser la paroi supérieure qui faisait couvercle. L'humidité de la terre avait rouillé les vis et ce ne fut pas sans efforts que la bière s'ouvrit. Une odeur infecte s'en exhala, malgré les plantes aromatiques dont elle était semée.

— O mon Dieu! mon Dieu! murmura Armand.

Et il pâlit encore.

Les fossoyeurs eux-mêmes se reculèrent.

Un grand linceul blanc couvrait le cadavre dont il dessinait quelques sinuosités. Ce linceul était presque complètement mangé à l'un des bouts, et laissait passer un pied de la morte.

J'étais bien près de me trouver mal, et à l'heure où j'écris ces lignes, le souvenir de cette scène m'apparaît encore dans son imposante réalité.

— Hâtons-nous, dit le commissaire.

Alors un des deux hommes étendit la main, se mit à découdre le linceul, et le prenant par le bout, découvrit brusquement le visage de Marguerite.

C'était terrible à voir, c'est horrible à raconter.

Les yeux ne faisaient plus que deux trous, les lèvres avaient disparu, et les dents blanches étaient serrées les unes contre les autres. Les longs cheveux noirs et secs étaient collés sur les tempes et voilaient un peu les cavités vertes des joues, et cependant je reconnaissais dans ce visage, le visage blanc, rose et joyeux que j'avais vu si souvent..

Armand, sans pouvoir détourner son regard de cette figure, avait porté son mouchoir à sa bouche et le mordait.

Pour moi, il me sembla qu'un cercle de fer m'étreignait la tête, un voile couvrit mes yeux, des bourdonnements m'emplirent les oreilles, et tout ce que je pus faire fut d'ouvrir un flacon que j'avais apporté à tout hasard et de respirer fortement les sels qu'il renfermait.

Au milieu de cet éblouissement, j'entendis le commissaire dire à M Duval :

— Reconnaissez-vous?

— Oui, répondit sourdement le jeune homme.

— Alors fermez et emportez, dit le commissaire.

Les fossoyeurs rejetèrent le linceul sur le visage de la morte, fermèrent la bière, la prirent chacun par un bout et se dirigèrent vers l'endroit qui leur avait été désigné.

Armand ne bougeait pas. Ses yeux étaient rivés à cette fosse vide; il était pâle comme le cadavre que nous venions de voir... On l'eût dit pétrifié.

Je compris ce qui allait arriver lorsque la douleur diminuerait par l'absence du spectacle, et par conséquent ne le soutiendrait plus.

Je m'approchai du commissaire :

— La présence de monsieur, lui dis-je en montrant Armand, est-elle nécessaire encore?

— Non, me dit-il, et même je vous conseille de l'emmener, car il paraît malade.

— Venez, dis-je alors à Armand en lui prenant le bras.

— Quoi? fit-il en me regardant comme s'il ne m'eût pas reconnu.

— C'est fini, ajoutai-je, il faut vous en aller, mon ami, vous êtes pâle, vous avez froid, vous vous tuerez avec ces émotions-là.

— Vous avez raison, allons-nous-en, répondit-il machinalement, mais sans faire un pas.

Alors je le saisis par le bras et je l'entraînai.

Il se laissait conduire comme un enfant, murmurant seulement de temps à autre : Tout ce qu'il pouvait faire, c'était de se laisser conduire.

RECONNAISSEZ-VOUS ?

— Avez-vous vu les yeux?

Et il se retournait comme si cette vision l'eût rappelé.

Cependant sa marche devint saccadée; il semblait ne plus avancer que par secousses; ses dents claquaient, ses mains étaient froides, une violente agitation nerveuse s'emparait de toute sa personne.

Je lui parlai, il ne me répondit pas.

A la porte nous retrouvâmes une voiture. Il était temps

A peine y eut-il pris place, que le frisson augmenta et qu'il eut une véritable attaque de nerfs, au milieu de laquelle la crainte de m'effrayer lui faisait murmurer en me pressant la main :

— Ce n'est rien, ce n'est rien, je voudrais pleurer.

Et j'entendais sa poitrine se gonfler, et le sang se portait à ses yeux, mais les larmes n'y venaient pas.

Je lui fis respirer le flacon qui m'avait servi, et quand nous arrivâmes chez lui, le frisson seul se manifestait encore.

Avec l'aide du domestique, je le couchai, je fis allumer un grand feu dans sa chambre, et courus chercher mon médecin à qui je racontai ce qui venait de se passer.

Il accourut.

Armand était pourpre, il avait le délire, et bégayait des mots sans suite, à travers lesquels le nom seul de Marguerite se faisait entendre distinctement.

— Eh bien? dis-je au docteur quand il eut examiné le malade.

— Eh bien, il a une fièvre cérébrale ni plus ni moins, et c'est bien heureux, car je crois, Dieu me pardonne, qu'il serait devenu fou. Heureusement la maladie physique tuera la maladie morale, et dans un mois il sera sauvé de l'une et de l'autre peut-être.

VII

Les maladies comme celle dont Armand avait été atteint ont cela d'agréable qu'elles tuent sur le coup ou se laissent vaincre très vite.

Quinze jours après les événements que je viens de raconter, Armand était en pleine convalescence, et nous étions liés d'une étroite amitié. A peine si j'avais quitté sa chambre tout le temps qu'avait duré sa maladie.

Le printemps avait semé à profusion ses fleurs, ses feuilles, ses oiseaux, ses chansons, et la fenêtre de mon ami s'ouvrait gaiement sur son jardin dont les saines exhalaisons montaient jusqu'à lui.

Le médecin avait permis qu'il se levât, et nous restions souvent à causer, assis auprès de la fenêtre ouverte à l'heure où le soleil est le plus chaud, de midi à deux heures.

Je me gardais bien de l'entretenir de Marguerite, craignant toujours que ce nom ne réveillât un triste souvenir endormi sous le calme apparent du malade; mais Armand, au contraire, semblait prendre plaisir à parler d'elle, non plus comme autrefois, avec des larmes dans les yeux, mais avec un doux sourire qui me rassurait sur l'état de son âme.

J'avais remarqué que, depuis sa dernière visite au cimetière, depuis le spectacle qui avait déterminé en lui cette crise violente, la mesure de la douleur morale semblait avoir été comblée par la maladie, et que la mort de Marguerite ne lui apparaissait plus sous l'aspect du passé. Une sorte de consolation était résultée de la certitude acquise, et pour chasser l'image sombre qui se représentait souvent à lui, il s'enfonçait dans les souvenirs heureux de sa liaison avec Marguerite, et ne semblait plus vouloir accepter que ceux-là

Le corps était trop épuisé par l'atteinte et même par la guérison de la fièvre pour permettre à l'esprit une émotion violente, et la joie printanière et universelle dont Armand était entouré reportait malgré lui sa pensée aux images riantes.

Il s'était toujours obstinément refusé à informer sa famille du danger qu'il courait, et lorsqu'il avait été sauvé, son père ignorait encore sa maladie.

Un soir, nous étions restés à la fenêtre plus tard que de coutume; le temps avait été magnifique et le soleil s'endormait dans un crépuscule éclatant d'azur et d'or. Quoique nous fussions dans Paris, la verdure qui nous entourait semblait nous isoler du monde, et à peine si de temps en temps le bruit d'une voiture troublait notre conversation.

— C'est à peu près à cette époque de l'année et le soir d'un jour comme celui-ci que je connus Marguerite, me dit Armand, écoutant ses propres pensées et non ce que je lui disais.

Je ne répondis rien.

Alors, il se retourna vers moi, et me dit :

— Il faut pourtant que je vous raconte cette histoire; vous en ferez un livre auquel on ne croira pas, mais qui sera peut-être intéressant à faire.

— Vous me conterez cela plus tard, mon

ami, lui dis-je, vous n'êtes pas encore assez bien rétabli.

— La soirée est chaude, j'ai mangé mon blanc de poulet, me dit-il en souriant; je n'ai pas la fièvre, nous n'avons rien à faire, je vais tout vous dire.

— Puisque vous le voulez absolument, j'écoute.

— C'est une bien simple histoire,

C'EST UNE BIEN SIMPLE HISTOIRE...

ajouta-t-il alors, et que je vous raconterai en suivant l'ordre des événements. Si vous en faites quelque chose plus tard, libre à vous de la conter autrement.

Voici ce qu'il me raconta, et c'est à peine si j'ai changé quelques mots à ce touchant récit.

— Oui, reprit Armand, en laissant retomber sa tête sur le dos de son fauteuil, oui, c'était par une soirée comme celle-ci! J'avais passé ma journée à la campagne avec un de mes amis, Gaston R.... Le soir nous étions revenus à Paris, et ne sachant que faire, nous étions entrés au théâtre des Variétés.

Pendant un entr'acte nous sortîmes, et, dans le corridor nous vîmes passer une grande femme que mon ami salua.

— Qui saluez-vous donc-là? lui demandai-je.

— Marguerite Gautier, me dit-il.

— Il me semble qu'elle est bien changée, car je ne l'ai pas reconnue, dis-je avec une émotion que vous comprendrez tout à l'heure.

— Elle a été malade; la pauvre fille n'ira pas loin.

Je me rappelle ces paroles comme si elles m'avaient été dites hier.

Il faut que vous sachiez, mon ami, que depuis deux ans la vue de cette fille, lorsque je la rencontrais, me causait une impression étrange.

Sans que je susse pourquoi, je devenais pâle et mon cœur battait violemment. J'ai un de mes amis qui s'occupe de sciences occultes, et qui appellerait ce que j'éprouvais l'affinité des fluides; moi je crois tout simplement que j'étais destiné à devenir amoureux de Marguerite, et que je le pressentais.

Toujours est-il qu'elle me causait une impression réelle, que plusieurs de mes amis en avaient été témoins, et qu'ils avaient beaucoup ri en reconnaissant de qui cette impression me venait.

La première fois que je l'avais vue, c'était place de la Bourse, à la porte de Susse. Une calèche découverte y stationnait, et une femme vêtue de blanc en était descendue. Un murmure d'admiration avait accueilli son entrée dans le magasin. Quant à moi, je restai cloué à ma place, depuis le moment où elle sortit. A travers les vitres, je la regardai choisir dans la boutique ce qu'elle venait y acheter. J'aurais pu entrer, mais je n'osais. Je ne savais quelle était cette femme, et je craignais qu'elle ne devinât la cause de mon entrée dans le magasin et ne s'en offensât. Cependant je ne me croyais pas appelé à la revoir.

Elle était élégamment vêtue, elle portait une robe de mousseline tout entourée de volants, un châle de l'Inde carré, aux coins brodés d'or et de fleurs de soie, un chapeau de paille d'Italie et un unique bracelet, grosse chaîne d'or dont la mode commençait à cette époque.

Elle remonta dans sa calèche et partit.

Un des garçons du magasin resta sur la porte, suivant des yeux la voiture de l'élégante acheteuse. Je m'approchai de lui et le priai de me dire le nom de cette femme.

— C'est mademoiselle Marguerite Gautier, me répondit-il.

ELLE ÉTAIT ÉLÉGAMMENT VÊTUE.

Je n'osai pas lui demander l'adresse, et je m'éloignai.

Le souvenir de cette vision, car c'en était une véritable, ne me sortit pas de l'esprit comme bien des visions que j'avais eues déjà, et je cherchais partout cette femme blanche si royalement belle.

A quelques jours de là, une grande représentation eut lieu à l'Opéra-Comique. J'y allai. La première personne que j'aperçus dans une loge d'avant-scène de la galerie fut Marguerite Gautier.

Le jeune homme avec qui j'étais la reconnut aussi, car il me dit, en me la nommant :

— Voyez donc cette jolie fille.

Fn ce moment, Marguerite lorgnait de notre côté, elle aperçut mon ami, lui sourit et lui fit signe de venir lui faire visite.

— Je vais lui dire bonsoir, me dit-il, et je reviens dans un instant.

Je ne pus m'empêcher de lui dire :

— Vous êtes bien heureux!

— De quoi?

— D'aller voir cette femme.

— Est-ce que vous en êtes amoureux?

— Non, dis-je en rougissant, car je ne savais vraiment pas à quoi m'en tenir là-dessus; mais je voudrais bien la connaître.

— Venez avec moi, je vous présenterai.

— Demandez-lui-en d'abord la permission.

— Ah! pardieu, il n'y a pas besoin de se gêner avec elle; venez.

Ce qu'il disait là me faisait peine. Je tremblais d'acquérir la certitude que Marguerite ne méritait pas ce que j'éprouvais pour elle.

Il y a dans un livre d'Alphonse Karr, intitulé · *Am Rauchen*, un homme qui suit, le soir, une femme très élégante, et dont, à la première vue, il est devenu amoureux, tant elle est belle. Pour baiser la main de cette femme, il se sent la force de tout entreprendre, la volonté de tout conquérir, le courage de tout faire. A peine s'il ose regarder le bas de jambe coquet qu'elle dévoile pour ne pas souiller sa robe au contact de la terre. Pendant qu'il rêve à tout ce qu'il ferait pour posséder cette femme, elle l'arrête au coin d'une rue et lui demande s'il veut monter chez elle

Il détourne la tête, traverse la rue et rentre tout triste chez lui.

Je me rappelais cette étude, et moi qui aurais voulu souffrir pour cette femme, je craignais qu'elle ne m'acceptât trop vite et ne me donnât trop promptement un amour que j'eusse voulu payer d'une longue attente ou d'un grand sacrifice. Nous sommes ainsi, nous autres hommes; et il est bien heureux que l'imagination laisse cette poésie aux sens, et que les désirs du corps fassent cette concession aux rêves de l'âme.

Enfin, on m'eût dit : « Vous aurez cette femme ce soir, et vous serez tué demain, » j'eusse accepté. On m'eût dit : « Donnez dix louis, et vous serez son amant, » j'eusse refusé et pleuré, comme un enfant qui voit s'évanouir au réveil le château entrevu la nuit.

Cependant, je voulais la connaître; c'était un moyen, et même le seul, de savoir à quoi m'en tenir sur son compte.

Je dis donc à mon ami que je tenais à ce qu'elle lui accordât la permission de me présenter, et je rôdai dans les corridors, me figurant qu'à partir de ce moment elle allait me voir, et que je ne saurais quelle contenance prendre sous son regard.

Je tâchais de lier à l'avance les paroles que j'allais lui dire.

Quel sublime enfantillage que l'amour!

Un instant après mon ami redescendit.

— Elle nous attend, me dit-il.

— Est-elle seule? demandai-je

— Avec une autre femme.

— Il n'y a pas d'hommes?

— Non

— Allons.

Mon ami se dirigea vers la porte du théâtre.

— Eh bien, ce n'est pas par là, lui dis-je.

— Nous allons chercher des bonbons. Elle m'en a demandé.

Nous entrâmes chez un confiseur du passage de l'Opéra

J'aurais voulu acheter toute la boutique, et je regardais même de quoi l'on pouvait composer le sac, quand mon ami demanda :

— Une livre de raisins glacés.

— Savez-vous si elle les aime?

— Elle ne mange jamais d'autres bonbons, c'est connu. Ah! continua-t-il quand nous fûmes sortis, savez-vous à quelle femme je vous présente? Ne vous figurez pas que c'est à une duchesse, c'est tout simplement à une femme entretenue, tout ce qu'il y a de plus entretenue, mon cher; ne vous gênez donc pas, et dites tout ce qui vous passera par la tête.

— Bien, bien, balbutiai-je.

Et je le suivis, en me disant que j'allais me guérir de ma passion.

Quand j'entrai dans la loge, Marguerite riait aux éclats.

J'aurais voulu qu'elle fût triste.

Mon ami me présenta. Marguerite me fit une légère inclination de tête, et dit :

— Et mes bonbons?

— Les voici.

En les prenant elle me regarda. Je baissai les yeux, je rougis.

Elle se pencha à l'oreille de sa voisine, lui dit quelques mots tout bas, et toutes deux éclatèrent de rire.

Bien certainement j'étais la cause de cette hilarité; mon embarras en redoubla. A cette époque, j'avais pour maîtresse une petite bourgeoise fort tendre et fort sentimentale, dont le sentiment et les lettres mélancoliques me faisaient rire. Je compris le mal que j'avais dû lui faire par celui que j'éprouvais, et pendant cinq minutes, je l'aimai comme jamais on n'aima une femme.

Marguerite mangeait ses raisins sans plus s'occuper de moi.

Mon introducteur ne voulut pas me laisser dans cette position ridicule.

— Marguerite, fit-il, il ne faut pas vous étonner si monsieur Duval ne vous dit rien, vous le bouleversez tellement qu'il ne trouve pas un mot.

— Je crois plutôt que monsieur vous a accompagné ici parce que cela vous ennuyait d'y venir seul.

— Si cela était vrai, dis-je à mon tour, je n'aurais pas prié Ernest de vous demander la permission de me présenter.

— Ce n'était peut-être qu'un moyen de retarder le moment fatal.

Pour peu que l'on ait vécu avec les filles du genre de Marguerite, on sait le plaisir qu'elles prennent à faire de l'esprit à faux et à taquiner les gens qu'elles voient pour la première fois. C'est sans doute une revanche des humiliations qu'elles sont souvent forcées de subir de la part de ceux qu'elles voient tous les jours.

Aussi faut-il pour leur répondre une certaine habitude de leur monde, habitude que je n'avais pas; puis, l'idée que je m'étais faite de Marguerite m'exagéra sa plaisanterie. Rien ne m'était indifférent de la part de cette femme. Aussi je me levai en lui disant, avec une altération de voix qu'il me fut impossible de cacher complètement :

— Si c'est là ce que vous pensez de moi, madame, il ne me reste plus qu'à vous demander pardon de mon indiscrétion, et à prendre congé de vous en vous assurant qu'elle ne se renouvellera pas.

Là-dessus, je saluai et je sortis.

A peine eus-je fermé la porte, que j'entendis un troisième éclat de rire. J'aurais bien voulu que quelqu'un me coudoyât en ce moment.

Je retournai à ma stalle.

On frappa le lever de la toile.

Ernest revint auprès de moi.

— Comme vous y allez ! me dit-il en s'asseyant; elles vous croient fou.

— Qu'a dit Marguerite, quand j'ai été parti?

— Elle a ri, et m'a assuré qu'elle n'avait jamais rien vu d'aussi drôle que vous. Mais il ne faut pas vous tenir pour battu; seulement ne faites pas à ces filles-là l'honneur de les prendre au sérieux. Elles ne savent pas ce que c'est que l'élégance et la politesse; c'est comme les chiens auxquels on met des parfums, ils trouvent que cela sent mauvais et vont se rouler dans le ruisseau.

JE VIS MARGUERITE APPUYÉE SUR LE BALCON.

— Après tout, que m'importe? dis-je en essayant de prendre un ton dégagé, je ne reverrai jamais cette femme, et si elle me plaisait avant que je la connusse, c'est bien changé maintenant que je la connais.

— Bah! je ne désespère pas de vous voir un jour dans le fond de sa loge, et d'entendre dire que vous vous ruinez pour elle. Du reste, vous aurez raison, elle est mal élevée, mais c'est une jolie maîtresse à avoir.

Heureusement, on leva le rideau et mon ami se tut. Vous dire ce que l'on jouait me serait impossible. Tout ce que je me rappelle, c'est que de temps en temps je levais les yeux sur la loge que j'avais si brusquement quittée, et que des figures de visiteurs nouveaux s'y succédaient à chaque instant.

Cependant, j'étais loin de ne plus penser à Marguerite. Un autre sentiment s'emparait de moi. Il me semblait que j'avais son insulte et mon ridicule à faire oublier; je me disais que, dussé-je y dépenser ce que je possédais, j'aurais cette fille et prendrais de droit la place que j'avais abandonnée si vite.

Avant que le spectacle fût terminé, Marguerite et son amie quittèrent leur loge.

Malgré moi, je quittai ma stalle.

— Vous vous en allez? me dit Ernest.

— Oui.

— Pourquoi?

En ce moment, il s'aperçut que la loge était vide.

— Allez, allez, dit-il, et bonne chance, ou plutôt meilleure chance.

Je sortis.

J'entendis dans l'escalier des frôlements de robes et des bruits de voix. Je me mis à l'écart et je vis passer, sans être vu, les deux femmes et les deux jeunes gens qui les accompagnaient.

Sous le péristyle du théâtre se présenta à elles un petit domestique.

— Va dire au cocher d'attendre à la porte du café Anglais, dit Marguerite, nous irons à pied jusque-'à.

Quelques minutes après, en rôdant sur le boulevard, je vis à une fenêtre d'un des grands cabinets du restaurant, Marguerite, appuyée sur le balcon, effeuillant un à un les camélias de son bouquet.

Un des deux hommes était penché sur son épaule et lui parlait tout bas.

J'allai m'installer à la Maison-d'Or, dans les salons du premier étage, et je ne perdis pas de vue la fenêtre en question.

A une heure du matin, Marguerite remontait dans sa voiture avec ses trois amis.

Je pris un cabriolet et je la suivis.

La voiture s'arrêta rue d'Antin, nº 9.

Marguerite en descendit et rentra seule chez elle.

C'était sans doute un hasard, mais ce hasard me rendit bien heureux.

A partir de ce jour, je rencontrai souvent Marguerite au spectacle, aux Champs-Élysées. Toujours même gaieté chez elle, toujours même émotion chez moi.

Quinze jours se passèrent cependant sans que je la revisse nulle part. Je me trouvai avec Gaston à qui je demandai de ses nouvelles.

— La pauvre fille est bien malade, me répondit-il.

— Qu'a-t-elle donc?

— Elle a qu'elle est poitrinaire, et que, comme elle a fait une vie qui n'est pas destinée à la guérir, elle est dans son lit et qu'elle se meurt.

Le cœur est étrange : je fus presque content de cette maladie.

J'allai tous les jours savoir des nouvelles de la malade, sans cependant m'inscrire, ni laisser ma carte. J'appris ainsi sa convalescence et son départ pour Bagnères.

Puis, le temps s'écoula, l'impression, sinon le souvenir, parut s'effacer peu à peu de mon esprit. Je voyageai; des liaisons, des habitudes, des travaux prirent la place de cette pensée, et lorsque je songeais à cette première aventure, je ne voulais voir ici qu'une de ces passions comme on en a lorsque l'on est tout jeune, et dont on rit peu de temps après.

Du reste, il n'y aurait pas eu de mérite à triompher de ce souvenir, car j'avais perdu Marguerite de vue depuis son départ, et, comme je vous l'ai dit, quand elle passa près de moi, dans le corridor des Variétés, je ne la reconnus pas.

Elle était voilée, il est vrai; mais si voilée qu'elle eût été, deux ans plus tôt, je n'aurais pas eu besoin de la voir pour la reconnaître : je l'aurais devinée.

Ce qui n'empêcha pas mon cœur de battre quand je sus que c'était elle; et les deux années passées sans la voir et les résultats que cette séparation avait paru amener s'évanouirent dans la même fumée au seul toucher de sa robe.

VIII

Cependant, continua Armand après une pause, tout en comprenant que j'étais encore amoureux, je me sentais plus fort qu'autrefois, et dans mon désir de me retrouver avec Marguerite, il y avait aussi la volonté de lui faire voir que je lui étais devenu supérieur.

Que de routes prend et que de raisons se donne le cœur pour en arriver à ce qu'il veut!

Aussi, je ne pus rester longtemps dans les corridors, et je retournai prendre ma place à l'orchestre, en jetant un coup d'œil rapide dans la salle, pour voir dans quelle loge elle était.

Elle était dans l'avant-scène du rez-de-chaussée, et toute seule. Elle était changée, comme je vous l'ai dit, je ne retrouvais plus sur sa bouche son sourire indifférent. Elle avait souffert, elle souffrait encore.

Quoiqu'on fût déjà en avril, elle était encore vêtue comme en hiver et toute couverte de velours.

Je la regardais si obstinément que mon regard attira le sien.

Elle me considéra quelques instants, prit sa lorgnette pour mieux me voir, et crut sans doute me reconnaître, sans pouvoir positivement dire qui j'étais, car lorsqu'elle reposa sa lorgnette, un sourire, ce charmant salut des femmes, erra sur ses lèvres, pour répondre au salut qu'elle avait l'air d'attendre de moi; mais je n'y

ELLE ME CONSIDÉRA QUELQUES INSTANTS, PRIT SA LORGNETTE.

répondis point, comme pour prendre barres sur elle et paraître avoir oublié, quand elle se souvenait.

Elle crut s'être trompée et détourna la tête.

On leva le rideau.

J'ai vu bien des fois Marguerite au spectacle, je ne l'ai jamais vue prêter la moindre attention à ce qu'on jouait.

Quant à moi, le spectacle m'intéressait aussi fort peu, et je ne m'occupais que d'elle, mais en faisant tous mes efforts pour qu'elle ne s'en aperçût pas.

Je la vis ainsi échanger des regards avec la personne occupant la loge en face de la sienne; je portai mes yeux sur cette loge, et je reconnus dedans une femme avec qui j'étais assez familier.

Cette femme était une ancienne femme entretenue, qui avait essayé d'entrer au théâtre, qui n'y avait pas réussi, et qui, comptant sur ses relations avec les élégantes de Paris, s'était mise dans le commerce et avait pris un magasin de modes.

Je vis en elle un moyen de me rencontrer avec Marguerite, et je profitai d'un moment où elle regardait de mon côté pour lui dire bonsoir de la main et des yeux.

Ce que j'avais prévu arriva, elle m'appela dans sa loge.

Prudence Duvernoy, c'était l'heureux nom de la modiste, était une de ces grosses femmes de quarante ans avec lesquelles il n'y a pas besoin d'une grande diplomatie pour leur faire dire ce que l'on veut savoir, surtout quand ce que l'on veut savoir est aussi simple que ce que j'avais à lui demander.

Je profitai d'un moment où elle recommençait ses correspondances avec Marguerite pour lui dire :

— Qui regardez-vous ainsi?

— Marguerite Gautier.

— Vous la connaissez?

— Oui; je suis sa modiste, et elle est ma voisine.

— Vous demeurez donc rue d'Antin?

— N°7. La fenêtre de son cabinet de toilette donne sur la fenêtre du mien.

— On dit que c'est une charmante fille.

— Vous ne la connaissez pas?

— Non, mais je voudrais bien la connaître.

— Voulez-vous que je lui dise de venir dans notre loge?

— Non, j'aime mieux que vous me présentiez à elle.

— Chez elle?

— Oui.

— C'est plus difficile.

— Pourquoi?

— Parce qu'elle est protégée par un vieux duc très jaloux.

— *Protégée* est charmant.

— Oui, protégée, reprit Prudence. Le pauvre vieux, il serait bien embarrassé d'être son amant.

Prudence me raconta alors comment Marguerite avait fait connaissance du duc à Bagnères.

— C'est pour cela, continuai-je, qu'elle est seule ici?

— Justement.

— Mais, qui la reconduira?

— Lui.

— Il va donc venir la prendre?

— Dans un instant.

— Et vous, qui vous reconduit?

— Personne.

— Je m'offre.

— Mais vous êtes avec un ami, je crois.

— Nous nous offrons alors.

— Qu'est-ce que c'est que votre ami?

— C'est un garçon, fort spirituel, et qui sera enchanté de faire votre connaissance.

— Eh bien, c'est convenu, nous partirons tous les quatre après cette pièce, car je connais la dernière.

— Volontiers; je vais prévenir mon ami.

— Allez.

— Ah! me dit Prudence au moment

PRUDENCE ÉTAIT UNE DE CES GROSSES FEMMES DE QUARANTE ANS.

où j'allais sortir, voilà le duc qui entre dans la loge de Marguerite.

Je regardai.

Un homme de soixante-dix ans, en effet, venait de s'asseoir derrière la jeune femme et lui remettait un sac de bonbons dans lequel elle puisa aussitôt en souriant, puis elle l'avança sur le devant de sa loge en faisant à Prudence un signe qui pouvait se traduire par :

— En voulez-vous?

— Non, fit Prudence.

Marguerite reprit le sac et, se retournant, se mit à causer avec le duc.

Le récit de tous ces détails ressemble à de l'enfantillage, mais tout ce qui avait rapport à cette fille est si présent à ma mémoire, que je ne puis m'empêcher de le rappeler aujourd'hui.

Je descendis prévenir Gaston de ce que je venais d'arranger pour lui et pour moi.

Il accepta.

Nous quittâmes nos stalles pour monter

dans la loge de madame Duvernoy.

A peine avions-nous ouvert la porte des orchestres que nous fûmes forcés de nous arrêter pour laisser passer Marguerite et le duc qui s'en allaient.

J'aurais donné dix ans de ma vie pour être à la place de ce vieux bonhomme.

Arrivé sur le boulevard, il lui fit prendre place sur un phaéton qu'il conduisait lui-même, et ils disparurent emportés au trot de deux superbes chevaux.

Nous entrâmes dans la loge de Prudence.

Quand la pièce fut finie, nous descendîmes prendre un simple fiacre qui nous conduisit rue d'Antin, n° 7. A la porte de sa maison, Prudence nous offrit de monter chez elle pour nous faire voir ses magasins que nous ne connaissions pas et dont elle paraissait être très fière. Vous jugez avec quel empressement j'acceptai.

Il me semblait que je me rapprochais peu à peu de Marguerite. J'eus bientôt fait retomber la conversation sur elle.

— Le vieux duc est chez votre voisine ? dis-je à Prudence.

— Non pas; elle doit être seule.

— Mais elle va s'ennuyer horriblement, dit Gaston.

— Nous passons presque toutes nos soirées ensemble, ou, lorsqu'elle rentre, elle m'appelle. Elle ne se couche jamais avant deux heures du matin. Elle ne peut pas dormir plus tôt.

— Pourquoi ?

— Parce qu'elle est malade de la poitrine et qu'elle a presque toujours la fièvre.

— Elle n'a pas d'amants? demandai-je.

— Je ne vois jamais personne rester quand je m'en vais; mais je ne réponds pas qu'il ne vient personne quand je suis partie, souvent je rencontre chez elle, le soir, un certain comte de N... qui croit avancer ses affaires en faisant ses visites à onze heures, en lui envoyant des bijoux tant qu'elle en veut; mais elle ne peut pas le voir en peinture. Elle a tort, c'est un garçon très riche. J'ai beau lui dire de temps en temps : Ma chère enfant, c'est l'homme qu'il vous faut ! Elle qui m'écoute assez ordinairement, elle me tourne le dos et me répond qu'il est trop bête. Qu'il soit bête, j'en conviens; mais ce serait pour elle une position, tandis que ce vieux duc peut mourir d'un jour à l'autre. Les vieillards sont égoïstes; sa famille lui reproche sans cesse son affection pour Marguerite : voilà deux raisons pour qu'il ne lui laisse rien. Je lui fais de la morale, à laquelle elle répond qu'il sera toujours temps de prendre le comte à la mort du duc. Cela n'est pas toujours drôle, continua Prudence, de vivre comme elle vit. Je sais bien, moi, que cela ne m'irait pas et que j'enverrais bien vite promener le bonhomme. Il est insipide, ce vieux; il l'appelle sa fille, il a soin d'elle comme d'un enfant, il est toujours sur son dos. Je suis

MARGUERITE, SE RETOURNANT, SE MIT A CAUSER.

sûre qu'à cette heure un de ses domestiques rôde dans la rue pour voir qui sort, et surtout qui entre.

— Ah! cette pauvre Marguerite, dit Gaston en se mettant au piano et en jouant une valse, je ne savais pas cela, moi. Cependant je lui trouvais l'air moins gai depuis quelque temps.

— Chut! dit Prudence en prêtant l'oreille.

Gaston s'arrêta.

— Elle m'appelle, je crois.

Nous écoutâmes.

En effet, une voix appelait Prudence.

— Allons, messieurs, allez-vous-en, nous dit madame Duvernoy.

— Ah! c'est comme cela que vous entendez l'hospitalité, dit Gaston en riant, nous nous en irons quand bon nous semblera

— Pourquoi nous en irions-nous?

— Je vais chez Marguerite

— Nous attendrons ici.

— Cela ne se peut pas.

— Alors nous irons avec vous.

— Encore moins.

— Je connais Marguerite, moi, fit Gaston, je puis bien aller lui faire une visite.

— Mais Armand ne la connaît pas.

— Je le présenterai.

— C'est impossible.

Nous entendîmes de nouveau la voix de Marguerite appelant toujours Prudence.

Celle-ci courut à son cabinet de toilette. Je l'y suivis avec Gaston. Elle ouvrit la fenêtre.

MARGUERITE, ASSISE DEVANT SON PIANO.

Nous nous cachâmes de façon à ne pas être vus du dehors.

— Il y a dix minutes que je vous appelle, dit Marguerite de sa fenêtre et d'un ton presque impérieux.

— Que me voulez-vous?

— Je veux que vous veniez tout de suite.

— Pourquoi

— Parce que le comte de N... est encore là et qu'il m'ennuie à périr.

— Je ne peux pas maintenant.

— Qui vous en empêche?

— J'ai chez moi deux jeunes gens qui ne veulent pas s'en aller.

— Dites-leur qu'il faut que vous sortiez.

— Je le leur ai dit.

— Eh bien, laissez-les chez vous; quand ils vous verront sortie, ils s'en iront.

— Après avoir mis tout sens dessus dessous!

— Mais qu'est-ce qu'ils veulent?

— Ils veulent vous voir.

— Comment se nomment-ils?

— Vous en connaissez un, monsieur Gaston R....

— Ah! oui, je le connais; et l'autre?

— Monsieur Armand Duval. Vous ne le connaissez pas?

— Non; mais amenez-les toujours, j'aime mieux tout que le comte. Je vous attends, venez vite.

Marguerite referma sa fenêtre, Prudence la sienne.

Marguerite, qui s'était un instant rappelé mon visage, ne se rappelait pas mon nom. J'aurais mieux aimé un souvenir à mon désavantage que cet oubli.

— Je savais bien, dit Gaston, qu'elle serait enchantée de nous voir.

— Enchantée n'est pas le mot, répondit Prudence en mettant son châle et son chapeau, elle vous reçoit pour faire partir le comte. Tâchez d'être plus aimables que lui, ou, je connais Marguerite, elle se brouillera avec moi.

Nous suivîmes Prudence qui descendait.

Je tremblais; il me semblait que cette visite allait avoir une grande influence sur ma vie.

J'étais encore plus ému que le soir de ma présentation dans la loge de l'Opéra-Comique

En arrivant à la porte de l'appartement que vous connaissez, le cœur me battait si fort que la pensée m'échappait.

Quelques accords de piano arrivaient jusqu'à nous.

Prudence sonna.

Le piano se tut.

Une femme qui avait plutôt l'air d'une dame de compagnie que d'une femme de chambre vint nous ouvrir.

Nous passâmes dans le salon, du salon dans le boudoir qui était à cette époque ce que vous l'avez vu depuis.

Un jeune homme était appuyé contre la cheminée.

Marguerite, assise devant son piano, laissait courir ses doigts sur les touches, et commençait des morceaux qu'elle n'achevait pas.

L'aspect de cette scène était l'ennui, résultant pour l'homme de l'embarras de sa nullité, pour la femme de la visite de ce lugubre personnage.

A la voix de Prudence, Marguerite se leva, et venant à nous après avoir échangé un regard de remerciements avec madame Duvernoy, elle nous dit :

— Entrez, messieurs, et soyez les bienvenus.

IX

— Bonsoir, mon cher Gaston, dit Marguerite à mon compagnon, je suis bien aise de vous voir. Pourquoi n'êtes-vous pas entré dans ma loge aux Variétés?

— Je craignais d'être indiscret.

— Les amis, et Marguerite appuya sur ce mot, comme si elle eût voulu faire comprendre à ceux qui étaient là que malgré la façon familière dont elle l'accueillait, Gaston n'était et n'avait toujours été qu'un ami, les amis ne sont jamais indiscrets.

— Alors, vous me permettez de vous présenter monsieur Armand Duval!

— J'avais déjà autorisé Prudence à le faire

— Du reste, madame, dis-je alors en m'inclinant et en parvenant à rendre des sons à peu près intelligibles, j'ai déjà eu l'honneur de vous être présenté.

L'œil charmant de Marguerite sembla chercher dans son souvenir, mais elle ne se souvint point, ou parut ne point se souvenir.

— Madame, repris-je alors, je vous suis reconnaissant d'avoir oublié cette première présentation, car j'y fus très ridicule et dus vous paraître très ennuyeux. C'était, il y a deux ans, à l'Opéra-Comique; j'étais avec Ernest de ***.

— Ah! je me rappelle! reprit Marguerite avec un sourire. Ce n'est pas vous qui étiez ridicule, c'est moi qui étais taquine, comme je le suis encore un peu, mais moins cependant. Vous m'avez pardonné, monsieur?

Et elle me tendit sa main que je baisai.

— C'est vrai, reprit-elle. Figurez-vous que j'ai la mauvaise habitude de vouloir embarrasser les gens que je vois pour la première fois. C'est très sot. Mon médecin dit que c'est parce que je suis nerveuse et toujours souffrante : croyez mon médecin.

— Mais vous paraissez très bien portante.

— Oh! j'ai été bien malade.

— Je le sais

— Qui vous l'a dit

— Tout le monde le savait; je suis venu souvent savoir de vos nouvelles, et j'ai appris avec plaisir votre convalescence.

— On ne m'a jamais remis votre carte.

— Je ne l'ai jamais laissée.

— Serait-ce vous ce jeune homme qui venait tous les jours s'informer de moi pendant ma maladie, et qui n'a jamais voulu dire son nom?

— C'est moi.

— Alors, vous êtes plus qu'indulgent, vous êtes généreux. Ce n'est pas vous, comte, qui auriez fait cela, ajouta-t-elle en se tournant vers M. de N..., et après avoir jeté sur moi un de ces regards par lesquels les femmes complètent leur opinion sur un homme.

ELLE ME TENDIT SA MAIN QUE JE BAISAI.

— Je ne vous connais que depuis deux mois, répliqua le comte.

— Et monsieur qui ne me connaît que depuis cinq minutes. Vous répondez toujours des niaiseries.

Les femmes sont impitoyables avec les gens qu'elles n'aiment pas.

Le comte rougit et se mordit les lèvres.

J'eus pitié de lui, car il paraissait être amoureux comme moi, et la dure franchise de Marguerite devait le rendre bien malheureux, surtout en présence de deux étrangers.

— Vous faisiez de la musique quand nous sommes entrés, dis-je alors pour changer la conversation, ne me ferez-vous pas le plaisir de me traiter en vieille connaissance, et ne continuerez-vous pas?

— Oh! fit-elle en se jetant sur le canapé et en nous faisant signe de nous y asseoir, Gaston sait bien quel genre de musique je fais. C'est bon quand je suis seule avec le comte, mais je ne voudrais pas vous faire endurer pareil supplice.

— Vous avez cette préférence pour moi? répliqua M. de N... avec un sourire qu'il essaya de rendre fin et ironique.

— Vous avez tort de me la reprocher; c'est la seule

Il était décidé que ce pauvre garçon ne dirait pas un mot. Il jeta sur la jeune femme un regard vraiment suppliant.

— Dites donc, Prudence, continua-t-elle, avez-vous fait ce que je vous avais priée de faire?

— Oui.

— C'est bien, vous me conterez cela plus tard. Nous avons à causer, vous ne vous en irez pas sans que je vous parle.

— Nous sommes sans doute indiscrets, dis-je alors, et maintenant que nous avons ou plutôt que j'ai obtenu une seconde présentation pour faire oublier la première, nous allons nous retirer, Gaston et moi.

— Pas le moins du monde; ce n'est pas pour vous que je dis cela. Je veux au contraire que vous restiez.

Le comte tira une montre fort élégante, à laquelle il regarda l'heure :

— Il est temps que j'aille au club, dit-il.

Marguerite ne répondit rien.

Le comte quitta alors la cheminée, et venant à elle.

— Adieu, madame.

Marguerite se leva.

— Adieu, mon cher comte, vous vous en allez déjà?

— Oui, je crains de vous ennuyer.

— Vous ne m'ennuyez pas plus aujourd'hui que les autres jours. Quand vous verra-t-on?

— Quand vous le permettrez.

— Adieu, alors!

C'était cruel, vous l'avouerez.

Le comte avait heureusement une fort bonne éducation et un excellent caractère. Il se contenta de baiser la main que Marguerite lui tendait assez nonchalamment, et de sortir après nous avoir salués.

Au moment où il franchissait la porte, il regarda Prudence.

Celle-ci leva les épaules d'un air qui signifiait :

— Que voulez-vous, j'ai fait tout ce que j'ai pu.

— Nanine! cria Marguerite, éclaire monsieur le comte.

Nous entendîmes ouvrir et fermer la porte.

— Enfin! s'écria Marguerite en reparaissant, le voilà parti; ce garçon-là me porte horriblement sur les nerfs.

— Ma chère enfant, dit Prudence, vous

LE COMTE TIRA UNE MONTRE.

êtes vraiment trop méchante avec lui, lui qui est si bon et si prévenant pour vous. Voilà encore sur votre cheminée une montre qu'il vous a donnée, et qui lui a coûté au moins mille écus, j'en suis sûre.

Et madame Duvernoy, qui s'était approchée de la cheminée, jouait avec le bijou dont elle parlait, et jetait dessus des regards de convoitise.

— Ma chère, dit Marguerite en s'asseyant à son piano, quand je pèse d'un côté ce qu'il me donne et de l'autre ce qu'il me dit, je trouve que je lui passe ses visites bon marché.

— Ce pauvre garçon est amoureux de vous.

— S'il fallait que j'écoutasse tous ceux qui sont amoureux de moi, je n'aurais seulement pas le temps de dîner.

Et elle fit courir ses doigts sur le piano, après quoi se retournant elle nous dit :

— Voulez-vous prendre quelque chose? moi, je boirais bien un peu de punch.

— Et moi, je mangerais bien un peu de poulet, dit Prudence, si nous soupions?

— C'est cela, allons souper, dit Gaston.

— Non, nous allons souper ici.

Elle sonna. Nanine parut.

— Envoie chercher à souper.

— Que faut-il prendre?

— Ce que tu voudras, mais tout de suite, tout de suite.

Nanine sortit.

— C'est cela, dit Marguerite en sautant comme une enfant, nous allons souper. Que cet imbécile de comte est ennuyeux!

Plus je voyais cette femme, plus elle m'enchantait. Elle était belle à ravir. Sa maigreur même était une grâce.

J'étais en contemplation.

Ce qui se passait en moi, j'aurais peine à l'expliquer. J'étais plein d'indulgence pour sa vie, plein d'admiration pour sa beauté. Cette preuve de désintéressement qu'elle donnait en n'acceptant pas un homme jeune élégant et riche, tout prêt à se ruiner pour elle, excusait à mes yeux toutes ses fautes passées.

Il y avait dans cette femme quelque chose comme de la candeur.

On voyait qu'elle en était encore à la virginité du vice. Sa marche assurée, sa taille souple, ses narines roses et ouvertes, ses grands yeux légèrement cerclés de bleu, dénotaient une de ces natures ardentes qui répandent autour d'elles un parfum de volupté, comme ces flacons d'Orient qui, si bien fermés qu'ils soient, laissent échapper le parfum de la liqueur qu'ils renferment.

Enfin, soit nature, soit conséquence de son état maladif, il passait de temps en temps dans les yeux de cette femme des éclairs de désir dont l'expansion eût été une révélation du ciel pour celui qu'elle eût aimé. Mais ceux qui avaient aimé Marguerite ne se comptaient plus, et ceux qu'elle avait aimés ne se comptaient pas encore.

Bref, on reconnaissait dans cette fille la vierge qu'un rien fait courtisane, et la courtisane dont un rien eût fait la vierge la plus amoureuse et la plus pure. Il y avait encore chez Marguerite de la fierté et de l'indépendance : deux sentiments qui, blessés, sont capables de faire ce que fait la pudeur. Je ne disais rien, mon âme semblait être passée toute dans mon cœur et mon cœur dans mes yeux.

— Ainsi reprit-elle tout à coup, c'est vous qui veniez savoir de mes nouvelles quand j'étais malade?

— Oui.

— Savez-vous que c'est très beau, cela? Et que puis-je faire pour vous remercier!

— Me permettre de venir de temps en temps vous voir.

— Tant que vous voudrez, de cinq heures à six, de onze heures à minuit. Dites donc, Gaston, jouez-moi l'*Invitation à la valse.*

— Pourquoi?

— Pour me faire plaisir d'abord, et ensuite parce que je ne puis pas arriver à la jouer seule.

— Qu'est-ce qui vous embarrasse donc?

— La troisième partie, le passage en dièse.

Gaston se leva, se mit au piano et commença cette merveilleuse mélodie de Weber, dont la musique était ouverte sur le pupitre.

Marguerite, une main appuyée sur le piano, regardait le cahier, suivait des yeux chaque note qu'elle accompagnait tout bas de la voix, et quand Gaston en arriva au passage qu'elle lui avait indiqué, elle chantonna en faisant aller ses doigts sur le dos du piano.

— Ré, mi, ré, do, ré, fa, mi, ré, voilà ce que je ne puis faire. Recommencez.

Gaston recommença, après quoi Marguerite lui dit :

— Maintenant laissez-moi essayer.

Elle prit sa place et joua à son tour; mais ses doigts rebelles se trompaient toujours sur l'une des notes que nous venons de dire.

— Est-ce incroyable, dit-elle avec une véritable intonation d'enfant, que je ne puisse pas arriver à jouer ce passage! Croiriez-vous que je reste quelquefois jusqu'à deux heures du matin dessus! Et quand je pense que cet imbécile de comte le joue sans musique et admirablement, c'est cela qui me rend furieuse contre lui, je crois.

Et elle recommença, toujours avec les mêmes résultats.

— Que le diable emporte Weber, la musique et les pianos! dit-elle en jetant le cahier à l'autre bout de la chambre; comprend-on que je ne puisse pas faire huit dièses de suite?

Et elle se croisait les bras en nous regardant et en frappant du pied

Le sang lui monta aux joues et une toux légère entr'ouvrit ses lèvres.

— Voyons, voyons, dit Prudence, qui avait ôté son chapeau et qui lissait ses bandeaux devant la glace, vous allez encore vous mettre en colère et vous faire mal, allons souper, cela vaudra mieux; moi, je meurs de faim.

Marguerite sonna de nouveau, puis elle se remit au piano et commença à demi-voix une chanson libertine, dans l'accompagnement de laquelle elle ne s'embrouilla point.

Gaston savait cette chanson, et ils en firent une espèce de duo.

— Ne chantez donc pas ces saletés-là, dis-je familièrement à Marguerite et avec un ton de prière.

— Oh! comme vous êtes chaste! me dit-elle en souriant et en me tendant la main.

— Ce n'est pas pour moi, c'est pour vous

Marguerite fit un geste qui voulait dire : Oh! il y a longtemps que j'en ai fini, moi, avec la chasteté.

En ce moment Nanine parut.

— Le souper est-il prêt? demanda Marguerite.

— Oui, madame, dans un instant.

— A propos, me dit Prudence, vous n'avez pas vu l'appartement; venez, que je vous le montre.

Vous le savez, le salon était une merveille.

Marguerite nous accompagna un peu, puis elle appela Gaston et passa avec lui dans la salle à manger pour voir si le souper était prêt.

— Tiens, dit tout haut Prudence en regardant sur une étagère et en y prenant une figure de Saxe, je ne vous connaissais pas ce petit bonhomme-là!

— Lequel?

— Un petit berger qui tient une cage avec un oiseau.

— Prenez-le, s'il vous fait plaisir.

— Ah! mais je crains de vous en priver.

— Je voulais le donner à ma femme de chambre, je le trouve hideux; mais puisqu'il vous plaît, prenez-le.

Prudence ne vit que le cadeau et non la manière dont il était fait. Elle mit son bonhomme de côté, et m'emmena dans le cabinet de toilette où, me montrant deux miniatures qui se faisaient pendant, elle me dit :

— Voilà le comte de G... qui a été très amoureux de Marguerite; c'est lui qui l'a lancée. Le connaissez-vous?

— Non. Et celui-ci? demandai-je en montrant l'autre miniature.

— C'est le petit vicomte de L... Il a été forcé de partir.

— Pourquoi?

— Parce qu'il était à peu près ruiné. En voilà un qui aimait Marguerite!

— Et elle l'aimait beaucoup sans doute.

— C'est une si drôle de fille, on ne sait jamais à quoi s'en tenir. Le soir du jour où il est parti, elle était au spectacle, comme d'habitude, et cependant elle avait pleuré au moment du départ.

En ce moment Nanine parut, nous annonçant que le souper était servi.

Quand nous entrâmes dans la salle à manger, Marguerite était appuyée contre le mur, et Gaston, lui tenant les mains, lui parlait tout bas.

— Vous êtes fou, lui répondait Marguerite, vous savez bien que je ne veux pas de vous. Ce n'est pas au bout de deux ans que l'on connaît une femme comme moi, qu'on lui demande à être son amant. Nous autres, nous nous donnons tout de suite ou jamais. Allons, messieurs, à table.

Et s'échappant des mains de Gaston, Marguerite le fit asseoir à sa droite, moi à sa gauche, puis elle dit à Nanine :

— Avant de t'asseoir, recommande à la cuisine que l'on n'ouvre pas si l'on vient sonner.

Cette recommandation était faite à une heure du matin.

On rit, on but et l'on mangea beaucoup à ce souper. Au bout de quelques instants, la gaieté était descendue aux derniéres limites, et ces mots qu'un certain monde trouve plaisants et qui salissent toujours la bouche qui les dit éclataient de temps à autre, aux grandes acclamations de Nanine, de Prudence et de Marguerite. Gaston s'amusait franchement; c'était un garçon plein de cœur, mais dont l'esprit avait été un peu faussé par les premières habitudes. Un moment, j'avais voulu m'étourdir, faire mon cœur et ma pensée indifférents au spectacle que j'avais sous les yeux et prendre ma part de cette gaieté qui semblait un des mets du repas; mais peu à peu, je m'étais isolé de ce bruit, mon verre était resté plein, et j'étais devenu presque triste en voyant cette belle créature de vingt ans, boire, parler comme un portefaix, et rire d'autant plus que ce que l'on disait était plus scandaleux.

Cependant, cette gaieté, cette façon de parler et de boire, qui me paraissaient chez les autres convives les résultats de la débauche, de l'habitude ou de la force, me semblaient chez Marguerite un besoin d'oublier, une fièvre, une irritabilité nerveuse. A chaque verre de vin de Champagne, ses joues se couvraient d'un rouge fiévreux, et une toux, légère au commencement du souper, était devenue à la longue assez forte pour la forcer à renverser sa tête sur le dos de sa chaise et à comprimer sa poitrine dans ses mains toutes les fois qu'elle toussait.

Je souffrais du mal que devaient faire à cette frêle organisation ces excès de tous les jours.

Enfin, arriva une chose que j'avais prévue et que je redoutais. Vers la fin du souper, Marguerite fut prise d'un accès de toux plus fort que tous ceux qu'elle avait eus depuis que j'étais là. Il me sembla que sa poitrine se déchirait intérieurement. La pauvre fille devint pourpre, ferma les yeux sous la douleur et porta à ses lèvres sa serviette qu'une goutte de sang rougit. Alors elle se leva et courut dans son cabinet de toilette.

— Qu'a donc Marguerite? demanda Gaston.

— Elle a qu'elle a trop ri et qu'elle crache le sang, fit Prudence. Oh! ce ne sera rien, cela lui arrive tous les jours. Elle va revenir. Laissons-la seule, elle aime mieux cela.

Quant à moi, je ne pus y tenir, et au grand ébahissement de Prudence et de Nanine qui me rappelaient, j'allai rejoindre Marguerite.

RENVERSÉE SUR UN CANAPÉ, ELLE TENAIT UNE MAIN SUR SON CŒUR...

X

La chambre où elle s'était réfugiée n'était éclairée que par une seule bougie posée sur une table. Renversée sur un grand canapé, sa robe défaite, elle tenait une main sur son cœur et laissait pendre l'autre. Sur la table il y avait une cuvette d'argent à moitié pleine d'eau; cette eau était marbrée de filets de sang.

Marguerite, très pâle et la bouche entr'ouverte, essayait de reprendre haleine. Par moments, sa poitrine se gonflait d'un long soupir qui, exhalé, paraissait la soulager un peu, et la laissait pendant quelques secondes dans un sentiment de bien-être.

Je m'approchai d'elle, sans qu'elle fît un mouvement, je m'assis et pris celle de ses mains qui reposait sur le canapé.

— Ah! c'est vous? me dit-elle avec un sourire.

Il paraît que j'avais la figure bouleversée, car elle ajouta :

— Est-ce que vous êtes malade aussi?

— Non; mais vous, souffrez-vous encore?

— Très peu; et elle essuya avec son mouchoir les larmes que la toux avait fait venir à ses yeux; je suis habituée à cela maintenant.

— Vous vous tuez, madame, lui dis-je alors d'une voix émue; je voudrais être votre ami, votre parent, pour vous empêcher de vous faire mal ainsi.

— Ah! cela ne vaut vraiment pas la peine que vous vous alarmiez, répliqua-t-elle d'un ton un peu amer; voyez si les autres s'occupent de moi. c'est qu'ils savent bien qu'il n'y a rien à faire à ce mal-là.

Après quoi elle se leva et, prenant la bougie, elle la mit sur la cheminée et se regarda dans la glace.

— Comme je suis pâle! dit-elle en rattachant sa robe et en passant ses doigts sur ses cheveux délissés. Ah bah! allons nous remettre à table. Venez-vous?

Mais j'étais assis et je ne bougeais pas.

Elle comprit l'émotion que cette scène m'avait causée, car elle s'approcha de moi et, me tendant la main, elle me dit :

— Voyons, venez.

Je pris sa main, je la portai à mes lèvres en la mouillant malgré moi de deux larmes longtemps contenues.

— Eh bien, mais êtes-vous enfant! dit-elle en se rasseyant auprès de moi; voilà que vous pleurez! Qu'avez-vous?

— Je dois vous paraître bien niais, mais ce que je viens de voir m'a fait un mal affreux.

— Vous êtes bien bon! Que voulez-vous? je ne puis pas dormir, il faut bien que je me distraie un peu. Et puis des filles comme moi, une de plus ou de moins, qu'est-ce que cela fait? Les médecins me disent que le sang que je crache vient des bronches; j'ai l'air de les croire, c'est tout ce que je puis faire pour eux.

— Écoutez, Marguerite, dis-je alors avec une expansion que je ne pus retenir, je ne sais pas l'influence que vous devez prendre sur ma vie, mais ce que je sais, c'est qu'à l'heure qu'il est, il n'y a personne, pas même ma sœur, à qui je m'intéresse comme à vous. C'est ainsi depuis que je vous ai vue. Eh bien, au nom du ciel, soignez-vous, et ne vivez plus comme vous le faites.

— Si je me soignais, je mourrais. Ce qui me soutient, c'est la vie fiévreuse que je mène. Puis, se soigner, c'est bon pour les femmes du monde qui ont une famille et des amis; mais nous, dès que nous ne pouvons plus servir à la vanité ou au plaisir de nos amants, ils nous abandonnent, et les longues soirées succèdent aux longs jours. Je le sais bien, allez, j'ai été deux mois dans mon lit; au bout de trois semaines, personne ne venait plus me voir.

— Il est vrai que je ne vous suis rien, repris-je, mais si vous le vouliez je vous soignerais comme un frère, je ne vous quitterais pas et je vous guérirais. Alors, quand vous en auriez la force, vous reprendiez la vie que vous menez, si bon vous semblait; mais j'en suis sûr, vous aimeriez mieux une existence tranquille qui vous ferait plus heureuse et vous garderait jolie.

— Vous pensez comme cela ce soir, parce que vous avez le vin triste, mais vous n'auriez pas la patience dont vous vous vantez.

— Permettez-moi de vous dire, Marguerite, que vous avez été malade pendant deux mois, et que, pendant ces deux mois, je suis venu tous les jours savoir de vos nouvelles.

— C'est vrai; mais pourquoi ne montiez-vous pas?

— Parce que je ne vous connaissais pas alors.

— Est-ce qu'on se gêne avec une fille comme moi?

— On se gêne toujours avec une femme, c'est mon avis du moins.

— Ainsi, vous me soigneriez?

— Oui.

— Vous resteriez tous les jours auprès de moi?

— Oui.

— Et même toutes les nuits?

— Tout le temps que je ne vous ennuierais pas.

— Comment appelez-vous cela?

— Du dévouement.

— Et d'où vient ce dévouement?

— D'une sympathie irrésistible que j'ai pour vous.

— Ainsi vous êtes amoureux de moi? dites-le tout de suite, c'est bien plus simple.

— C'est possible; mais si je dois vous le dire un jour, ce n'est pas aujourd'hui.

— Vous ferez mieux de ne me le dire jamais.

— Pourquoi?

— Parce qu'il ne peut résulter que deux choses de cet aveu.

— Lesquelles?

— Ou que je ne vous accepte pas, alors vous m'en voudrez, ou que je vous accepte, alors vous aurez une triste maîtresse; une femme nerveuse, malade, triste, ou gaie d'une gaieté plus triste que le chagrin, une femme qui crache le sang et qui dépense cent mille francs par an, c'est bon pour un vieux richard comme le duc, mais c'est bien ennuyeux pour un jeune homme comme vous, et la preuve, c'est que tous les jeunes amants que j'ai eus m'ont bien vite quittée.

Je ne répondais rien : j'écoutais. Cette franchise qui tenait presque de la confession, cette vie douloureuse que j'entrevoyais sous le voile doré qui la couvrait, et dont la pauvre fille fuyait la réalité dans la débauche, l'ivresse et l'insomnie, tout cela m'impressionnait tellement que je ne trouvais pas une seule parole.

— Allons, continua Marguerite, nous disons là des enfantillages. Donnez-moi la main et rentrons dans la salle à manger. On ne doit pas savoir ce que notre absence veut dire.

— Rentrez, si bon vous semble, mais je vous demande la permission de rester ici.

— Pourquoi?

— Parce que votre gaieté me fait trop de mal.

— Eh bien, je serai triste.

— Tenez, Marguerite, laissez-moi vous dire une chose que l'on vous a dite souvent sans doute, et à laquelle l'habitude de l'entendre vous empêchera peut-être d'ajouter foi, mais qui n'en est pas moins réelle, et que je ne vous répéterai jamais.

— C'est?... dit-elle avec le sourire que prennent les jeunes mères pour écouter une folie de leur enfant.

— C'est que depuis que je vous ai vue, je ne sais comment ni pourquoi, vous avez pris une place dans ma vie, c'est que j'ai eu beau chasser votre image de ma pensée, elle y est toujours revenue, c'est qu'aujourd'hui quand je vous ai rencontrée, après être resté deux ans sans vous voir, vous avez pris sur mon cœur et mon esprit un ascendant plus grand encore, c'est qu'enfin, maintenant que vous m'avez reçu, que je vous connais, que je sais tout ce qu'il y a d'étrange en vous, vous m'êtes devenue indispensable, et que je deviendrai fou, non pas seulement si vous ne m'ai-

COMME JE SUIS PALE ! DIT-ELLE.

mez pas, mais si vous ne me laissez pas vous aimer.

— Mais, malheureux que vous êtes, je vous dirai ce que disait madame D... : vous êtes donc bien riche ! Mais vous ne savez donc pas que je dépense six ou sept mille francs par mois, et que cette dépense est devenue nécessaire à ma vie ; mais vous ne savez donc pas, mon pauvre ami, que je vous ruinerais en un rien de temps, et que votre famille vous ferait interdire pour vous apprendre à vivre avec une créature comme moi. Aimez-moi bien, comme un bon ami, mais pas autrement. Venez me voir, nous rirons, nous causerons, mais ne vous exagérez pas ce que je vaux, car je ne vaux pas grand'chose. Vous avez un bon cœur, vous avez besoin d'être aimé, vous êtes trop jeune et trop sensible pour vivre dans notre monde. Prenez une femme mariée. Vous voyez que je suis une bonne fille et que je vous parle franchement.

— Ah çà ! que diable faites-vous là ? cria Prudence que nous n'avions pas entendue venir, et qui apparaissait sur le seuil de la chambre avec ses cheveux à moitié défaits et sa robe ouverte.

Je reconnaissais dans ce désordre la main de Gaston.

— Nous parlons raison, dit Marguerite, laissez-nous un peu, nous vous rejoindrons tout à l'heure.

— Bien, bien, causez, mes enfants, dit Prudence en s'en allant et en fermant la porte comme pour ajouter encore au ton dont elle avait prononcé ces dernières paroles.

— Ainsi, c'est convenu, reprit Marguerite, quand nous fûmes seuls, vous ne m'aimerez plus.

— Je partirai.

— C'est à ce point-là ?

J'étais trop avancé pour reculer, et d'ailleurs cette fille me bouleversait. Ce mélange de gaieté, de tristesse, de candeur, de prostitution, cette maladie même qui devait développer chez elle la sensibilité des impressions comme l'irritabilité des nerfs, tout me faisait comprendre que si, dès la première fois, je ne prenais pas d'empire sur cette nature oublieuse et légère, elle était perdue pour moi.

— Voyons, c'est donc sérieux ce que vous dites ! fit-elle.

— Très sérieux.

— Mais pourquoi ne m'avez-vous pas dit cela plus tôt ?

— Quand vous l'aurais-je dit ?

— Le lendemain du jour où vous m'avez été présenté à l'Opéra-Comique.

— Je crois que vous m'auriez fort mal reçu, si j'étais venu vous voir.

— Pourquoi ?

— Parce que j'avais été stupide la veille.

— Cela, c'est vrai. Mais cependant vous m'aimiez déjà à cette époque.

— Oui.

— Ce qui ne vous a pas empêché d'aller vous coucher et de dormir bien tranquillement après le spectacle. Nous savons ce que sont ces grands amours-là.

— Eh bien, c'est ce qui vous trompe. Savez-vous ce que j'ai fait le soir de l'Opéra-Comique ?

— Non.

— Je vous ai attendue à la porte du café Anglais. J'ai suivi la voiture qui vous a emmenés, vous et vos trois amis, et quand je vous ai vue descendre seule et rentrer seule chez vous, j'ai été bien heureux.

Marguerite se mit à rire.

— De quoi riez-vous ?

— De rien.

— Dites-le-moi, je vous en supplie, ou je vais croire que vous vous moquez encore de moi.

— Vous ne vous fâcherez pas ?

— De quel droit me fâcherais-je ?

— Eh bien, il y avait une bonne raison pour que je rentrasse seule.

— Laquelle ?

— On m'attendait ici.

Elle m'eût donné un coup de couteau qu'elle ne m'eût pas fait plus de mal. Je me levai, et, lui tendant la main :

— Adieu, lui dis-je.

— Je savais bien que vous vous fâcheriez, dit-elle. Les hommes ont la rage de vouloir apprendre ce qui doit leur faire de la peine.

— Mais je vous assure, ajoutai-je d'un ton froid, comme si j'avais voulu prouver que j'étais à jamais guéri de ma passion, je vous assure que je ne suis pas fâché. Il était tout naturel que quelqu'un vous attendît, comme il est naturel que je m'en aille à trois heures du matin.

— Est-ce que vous avez aussi quelqu'un qui vous attend chez vous ?

— Non, mais il faut que je parte.

— Adieu, alors.

— Vous me renvoyez.

— Pas le moins du monde.

— Pourquoi me faites-vous de la peine ?

— Quelle peine vous ai-je faite ?

— Vous me dites que quelqu'un vous attendait.

— Je n'ai pas pu m'empêcher de rire à l'idée que vous aviez été si heureux de me voir rentrer seule, quand il y avait une si bonne raison pour cela.

— On se fait souvent une joie d'un enfantillage, et il est méchant de détruire cette joie, quand, en la laissant subsister, on peut rendre plus heureux encore celui qui la trouve.

— Mais à qui croyez-vous donc avoir affaire? Je ne suis ni une vierge ni une duchesse. Je ne vous connais que d'aujourd'hui et ne vous dois pas compte de mes actions. En admettant que je devienne un jour votre maîtresse, il faut que vous sachiez bien que j'ai eu d'autres amants que vous. Si vous me faites déjà des scènes de jalousie avant, qu'est-ce que ce sera donc après, si jamais l'après existe! Je n'ai jamais vu un homme comme vous.

— C'est que personne ne vous a jamais aimée comme je vous aime.

— Voyons, franchement, vous m'aimez donc bien?

— Autant qu'il est possible d'aimer, je crois.

— Et cela dure depuis...?

— Depuis un jour que je vous ai vue descendre de calèche et entrer chez Susse, il y a trois ans.

— Savez-vous que c'est très beau? Eh bien, que faut-il que je fasse pour reconnaître ce grand amour?

— Il faut m'aimer un peu, dis-je avec un battement de cœur qui m'empêchait presque de parler.

Car, malgré les sourires demi-moqueurs dont elle avait accompagné toute cette conversation, il me semblait que Marguerite commençait à partager mon trouble, et que j'approchais de l'heure attendue depuis si longtemps.

— Eh bien, et le duc?

— Quel duc?

— Mon vieux jaloux.

— Il n'en saura rien.

— Et s'il le sait?

— Il vous pardonnera.

— Hé non! il m'abandonnera, et qu'est-ce que je deviendrai?

— Vous risquez bien cet abandon pour un autre.

— Comment le savez-vous?

— Par la recommandation que vous avez faite de ne laisser entrer personne cette nuit.

— C'est vrai; mais celui-là est un ami sérieux.

— Auquel vous ne tenez guère, puisque vous lui faites défendre votre porte à pareille heure.

— Ce n'est pas à vous de me le reprocher, puisque c'était pour vous recevoir, vous et votre ami.

Peu à peu je m'étais rapproché de Marguerite, j'avais passé mes mains autour de sa taille et je sentais son corps souple peser légèrement sur mes mains jointes.

— Si vous saviez comme je vous aime! lui disais-je tout bas.

— Bien vrai?

— Je vous jure.

— Eh bien, si vous me promettez de faire toutes mes volontés sans dire un mot, sans me faire une observation, sans me questionner, je vous aimerai peut-être.

— Tout ce que vous voudrez!

— Mais je vous en préviens, je veux être libre de faire ce que bon me semblera, sans vous donner le moindre détail sur ma vie. Il y a longtemps que je cherche un amant jeune, sans volonté, amoureux sans défiance, aimé sans droits. Je n'ai jamais pu en trouver un. Les hommes, au lieu d'être satisfaits qu'on leur accorde longtemps ce qu'ils eussent à peine espéré obtenir une fois, demandent à leur maîtresse compte du présent, du passé et de l'avenir même. A mesure qu'ils s'habituent à elle, ils veulent la dominer, et ils deviennent d'autant plus exigeants qu'on leur donne tout ce qu'ils veulent. Si je me décide à prendre un nouvel amant maintenant, je veux qu'il ait trois qualités bien rares, qu'il soit confiant, soumis et discret.

— Eh bien, je serai tout ce que vous voudrez.

— Nous verrons.

— Et quand verrons-nous?

— Plus tard.

— Pourquoi?

— Parce que, dit Marguerite en se dégageant de mes bras et en prenant dans un gros bouquet de camélias rouges apporté le matin un camélia qu'elle passa à ma boutonnière, parce qu'on ne peut pas toujours exécuter les traités le jour où on les signe.

C'est facile à comprendre.

— Et quand vous reverrai-je? dis-je en la pressant dans mes bras.

— Quand ce camélia changera de couleur.

— Et quand changera-t-il de couleur?

— Demain, de onze heures à minuit. Êtes-vous content?

— Vous me le demandez?

MAINTENANT, EMBRASSEZ-MOI.

— Pas un mot de tout cela ni à votre ami, ni à Prudence, ni à qui que ce soit.

— Je vous le promets.

— Maintenant, embrassez-moi et rentrons dans la salle à manger.

Elle me tendit ses lèvres, lissa de nouveau ses cheveux, et nous sortîmes de cette chambre, elle en chantant, moi à moitié fou.

Dans le salon elle me dit tout bas, en s'arrêtant :

— Cela doit vous paraître étrange que j'aie l'air d'être prête à vous accepter ainsi tout de suite; savez-vous d'où cela vient? Cela vient, continua-t-elle en prenant ma main et en la posant contre son cœur dont je sentis les palpitations violentes et répétées, cela vient de ce que, devant vivre moins longtemps que les autres, je me suis promis de vivre plus vite.

— Ne me parlez plus de la sorte, je vous en supplie.

— Oh! consolez-vous, continua-t-elle en riant. Si peu de temps que j'aie à vivre, je vivrai plus longtemps que vous ne m'aimerez.

Et elle entra en chantant dans la salle à manger.

— Où est Nanine? dit-elle en voyant Gaston et Prudence seuls.

— Elle dort dans votre chambre, en attendant que vous vous couchiez, répondit Prudence.

— La malheureuse! Je la tue! Allons, messieurs, retirez-vous, il est temps.

Dix minutes après, Gaston et moi nous sortions. Marguerite me serrait la main en me disant adieu et restait avec Prudence.

— Eh bien, me demanda Gaston, quand nous fûmes dehors, que dites-vous de Marguerite?

— C'est un ange, et j'en suis fou.

— Je m'en doutais; le lui avez-vous dit?

— Oui.

— Et vous a-t-elle promis de vous croire.

— Non.

— Ce n'est pas comme Prudence.

— Elle vous l'a promis?

— Elle a fait mieux, mon cher! On ne le croirait pas, elle est encore très bien, cette grosse Duvernoy!

XI

En cet endroit de son récit, Armand s'arrêta.

— Voulez-vous fermer la fenêtre? me dit-il, je commence à avoir froid. Pendant ce temps, je vais me coucher.

Je fermai la fenêtre. Armand, qui était très faible encore, ôta sa robe de chambre et se mit au lit, laissant pendant quelques instants reposer sa tête sur l'oreiller comme un homme fatigué d'une longue course ou agité de pénibles souvenirs.

— Vous avez peut-être trop parlé, lui dis-je, voulez-vous que je m'en aille et que je vous laisse dormir? vous me raconterez un autre jour la fin de cette histoire.

— Est-ce qu'elle vous ennuie?

— Au contraire.

— Je vais continuer alors; si vous me laissiez seul je ne dormirais pas.

— Quand je rentrai chez moi, reprit-il sans avoir besoin de se recueillir, tant tous ces détails étaient encore présents à sa pensée, je ne me couchai pas; je me mis à réfléchir sur l'aventure de la journée. La rencontre, la présentation, l'engagement de Marguerite vis-à-vis de moi, tout avait été si rapide, si inespéré, qu'il y avait des moments où je croyais avoir rêvé. Cependant ce n'était pas la première fois qu'une fille comme Marguerite se promettait à un homme pour le lendemain du jour où il le lui demandait.

J'avais beau me faire cette réflexion, la première impression produite par ma future maîtresse sur moi avait été si forte qu'elle subsistait toujours. Je m'entêtais encore à ne pas voir en elle une fille semblable aux autres, et avec la vanité si commune à tous les hommes, j'étais prêt à croire qu'elle partageait invinciblement pour moi l'attraction que j'avais pour elle.

Cependant j'avais sous les yeux des exemples bien contradictoires, et j'avais entendu dire souvent que l'amour de Marguerite était passé à l'état de denrée plus ou moins chère selon la saison.

Mais comment aussi, d'un autre côté, concilier cette réputation avec les refus continuels faits au jeune comte que nous avions trouvé chez elle? Vous me direz qu'il lui déplaisait et que, comme elle était splendidement entretenue par le duc, pour faire tant que de prendre un autre amant, elle aimait mieux un homme qui lui plût. Alors, pourquoi ne voulait-elle pas de Gaston, charmant, spirituel, riche, et paraissait-elle vouloir de moi qu'elle avait trouvé si ridicule la première fois qu'elle m'avait vu?

Il est vrai qu'il y a des incidents d'une minute qui font plus qu'une cour d'une année.

De ceux qui se trouvaient au souper, j'étais le seul qui se fût inquiété en la voyant quitter la table. Je l'avais suivie, j'avais été ému à ne pouvoir le cacher, j'avais pleuré en lui baisant la main. Cette circonstance, réunie à mes visites quotidiennes pendant les deux mois de sa maladie, avait pu lui faire voir en moi un autre homme que ceux connus jusqu'alors, et peut-être s'était-elle dit qu'elle pouvait bien faire pour un amour exprimé de cette façon ce qu'elle avait fait tant de fois, que cela n'avait déjà plus de conséquences pour elle.

Toutes ces suppositions, comme vous le voyez, étaient assez vraisemblables; mais quelle que fût la raison à son consentement, il y avait une chose certaine, c'est qu'elle avait consenti.

Or, j'étais amoureux de Marguerite, j'allais l'avoir, je ne pouvais rien lui demander de plus. Cependant, je vous le répète, quoique ce fût une fille entretenue, je m'étais tellement, peut-être pour la poétiser, fait de cet amour un amour sans espoir, que plus le moment approchait où je n'aurais même plus besoin d'espérer, plus je doutais.

Je ne fermai pas les yeux de la nuit.

Je ne me reconnaissais pas. J'étais à moitié fou. Tantôt je ne me trouvais ni assez beau, ni assez riche, ni assez élégant pour posséder une pareille femme, tantôt je me sentais plein de vanité à l'idée de cette possession : puis je me mettais à craindre que Marguerite n'eût pour moi qu'un caprice de quelques jours, et, pressentant un malheur dans une rupture prompte, je ferais peut-être mieux, me disais-je, de ne pas aller le soir chez elle, et de partir en lui écrivant mes craintes. De là, je passais à des espérances sans limites, à une confiance sans bornes. Je faisais des rêves d'avenir incroyables; je me disais que cette fille me devrait sa guérison physique et morale, que je passerais toute ma vie avec elle, et que son amour me rendrait plus heureux que les plus virginales amours.

Enfin, je ne pourrais vous répéter les mille pensées qui montaient de mon cœur à ma tête et qui s'éteignirent peu à peu dans le sommeil qui me gagna au jour.

Quand je me réveillai, il était deux heures. Le temps était magnifique. Je ne me rappelle pas que la vie m'ait jamais paru aussi belle et aussi pleine. Les souvenirs de la veille se représentaient à mon esprit, sans ombres, sans obstacles et gaiement escortés des espérances du soir. Je m'habillai à la hâte. J'étais content et capable des meilleures actions. De temps en temps mon cœur bondissait de joie et d'amour dans ma poitrine. Une douce fièvre m'agitait. Je ne m'inquiétais plus des raisons qui m'avaient préoccupé avant que je m'endormisse. Je ne voyais que le résultat, je ne songeais qu'à l'heure où je devais revoir Marguerite.

Il me fut impossible de rester chez moi. Ma chambre me semblait trop petite pour contenir mon bonheur; j'avais besoin de la nature entière pour m'épancher.

Je sortis.

Je passai par la rue d'Antin. Le coupé de Marguerite l'attendait à sa porte; je me dirigeai du côté des Champs-Élysées.

J'aimais sans même les connaître, tous les gens que je rencontrais.

Comme l'amour rend bon!

Au bout d'une heure que je me promenais des chevaux de Marly au rond-point et du rond-point aux chevaux de Marly, je vis de loin la voiture de Marguerite, je ne la reconnus pas, je la devinai.

Au moment de tourner l'angle des Champs-Élysées, elle se fit arrêter, et un grand jeune homme se détacha d'un groupe où il causait pour venir causer avec elle.

Ils causèrent quelques instants; le jeune homme rejoignit ses amis, les chevaux repartirent, et moi, qui m'étais approché du groupe, je reconnus dans celui qui avait parlé à Marguerite ce comte de G.. dont j'avais vu le portrait et que Prudence m'avait signalé comme étant celui à qui Marguerite devait sa position.

C'était à lui qu'elle avait fait défendre sa porte, la veille; je supposai qu'elle avait fait arrêter sa voiture pour lui donner la raison de cette défense, et j'espérai qu'en même temps elle avait trouvé quelque nouveau prétexte pour ne pas le recevoir la nuit suivante.

Comment le reste de la journée se passa, je l'ignore; je marchai, je fumai, je causai, mais de ce que je dis, de ceux que je rencontrai, à dix heures du soir, je n'avais aucun souvenir.

Tout ce que je me rappelle, c'est que je rentrai chez moi, que je passai trois heures à ma toilette, et que je regardai cent fois ma pendule et ma montre, qui malheureusement allaient l'une comme l'autre.

Quand dix heures et demie sonnèrent, je me dis qu'il était temps de partir.

Je demeurais à cette époque rue de Provence : je suivis la rue du Mont-Blanc, je traversai le boulevard, pris la rue Louis-le-Grand, la rue de Port-Mahon, et la rue d'Antin. Je regardai aux fenêtres de Marguerite.

Il y avait de la lumière.

Je sonnai.

Je demandai au portier si mademoiselle Gautier était chez elle.

Il me répondit qu'elle ne rentrait jamais avant onze heures ou onze heures un quart.

Je regardai ma montre.

J'avais cru venir tout doucement, je

JE ME PROMENAIS DES CHEVAUX DE MARLY AU ROND-POINT.

n'avais mis que cinq minutes pour venir de la rue de Provence chez Marguerite.

Alors, je me promenai dans cette rue sans boutiques, et déserte à cette heure.

Au bout d'une demi-heure Marguerite arriva. Elle descendit de son coupé en regardant autour d'elle comme si elle eût cherché quelqu'un.

La voiture repartit au pas, les écuries et la remise n'étant pas dans la maison. Au moment où Marguerite allait sonner, je m'approchai et lui dis :

— Bonsoir.

— Ah! c'est vous? me dit-elle d'un ton peu rassurant sur le plaisir qu'elle avait à me trouver là.

— Ne m'avez-vous pas permis de venir vous faire visite aujourd'hui?

— C'est juste; je l'avais oublié.

Ce mot renversait toutes mes réflexions du matin, toutes mes espérances de la journée. Cependant, je commençais à m'habituer à ces façons et je ne m'en allai pas, ce que j'eusse évidemment fait autrefois.

Nous entrâmes.

Nanine avait ouvert la porte d'avance.

— Prudence est-elle rentrée? demanda Marguerite.

— Non, madame.

— Va dire que dès qu'elle rentrera elle vienne Auparavant, éteins la lampe du salon, et, s'il vient quelqu'un, réponds que je ne suis pas rentrée et que je ne rentrerai pas.

C'était bien là une femme préoccupée de quelque chose et peut-être ennuyée d'un importun. Je ne savais quelle figure faire ni que dire. Marguerite se dirigea du côté de sa chambre à coucher; je restai où j'étais.

— Venez, me dit-elle.

Elle ôta son chapeau, son manteau de velours et les jeta sur le lit, puis se laissa tomber dans un grand fauteuil, auprès du feu qu'elle faisait faire jusqu'au commencement de l'été, et me dit en jouant avec la chaîne de sa montre :

— Eh bien, que me conterez-vous de neuf?

— Rien, sinon que j'ai eu tort de venir ce soir.

— Pourquoi?

— Parce que vous paraissez contrariée et que sans doute je vous ennuie.

— Vous ne m'ennuyez pas; seulement je suis malade, j'ai souffert toute la journée, je n'ai pas dormi et j'ai une migraine affreuse.

— Voulez-vous que je me retire pour vous laisser mettre au lit?

— Oh! vous pouvez rester, si je veux me coucher je me coucherai bien devant vous.

QUE ME CONTEREZ-VOUS DE NEUF?

En ce moment on sonna.

— Qui vient encore? dit-elle avec un mouvement d'impatience.

Quelques instants après on sonna de nouveau.

— Il n'y a donc personne pour ouvrir; il va falloir que j'ouvre moi-même.

En effet, elle se leva en me disant :

— Attendez ici.

Elle traversa l'appartement, et j'entendis ouvrir la porte d'entrée. — J'écoutai.

Celui à qui elle avait ouvert s'arrêta dans la salle à manger. Aux premiers mots, je reconnus la voix du jeune comte de N....

— Comment vous portez-vous ce soir? disait-il.

— Mal, répondit sèchement Marguerite.

— Est-ce que je vous dérange?

— Peut-être.

— Comme vous me recevez! Que vous ai-je fait, ma chère Marguerite?

— Mon cher ami, vous ne m'avez rien fait. Je suis malade, il faut que je me couche, ainsi vous allez me faire le plaisir de vous en aller. Cela m'assomme de ne pas pouvoir rentrer le soir sans vous voir apparaître cinq minutes après. Qu'est-ce que vous voulez? Que je sois votre maîtresse? Eh bien, je vous ai déjà dit cent fois que non, que vous m'agacez horriblement, et que vous pouvez vous adresser autre part. Je vous le répète aujourd'hui pour la dernière fois : je ne veux pas de vous, c'est bien convenu; adieu. Tenez, voici Nanine qui rentre; elle va vous éclairer. Bonsoir.

Et sans ajouter un mot, sans écouter ce que balbutiait le jeune homme, Marguerite revint dans sa chambre et referma violemment la porte, par laquelle Nanine, à son tour, rentra presque immédiatement.

— Tu m'entends, lui dit Marguerite, tu diras toujours à cet imbécile que je n'y suis pas ou que je ne veux pas le recevoir. Je suis lasse, à la fin, de voir sans cesse des gens qui viennent me demander la même chose, qui me paient et qui se croient quittes avec moi. Si celles qui commencent notre honteux métier savaient ce que c'est, elles se feraient plutôt femmes de chambre. Mais non; la vanité d'avoir des robes, des voitures, des diamants nous entraîne; on croit à ce que l'on entend, car la prostitution a sa foi, et l'on use peu à peu son cœur, son corps, sa beauté; on est redoutée comme une bête fauve, méprisée comme un paria, on n'est entourée que de gens qui vous prennent toujours plus qu'ils ne vous donnent, et on s'en va un beau jour crever comme un chien, après avoir perdu les autres et s'être perdue soi-même.

— Voyons, madame, calmez-vous, dit Nanine, vous avez mal aux nerfs ce soir.

— Cette robe me gêne, reprit Marguerite en faisant sauter les agrafes de son corsage, donne-moi un peignoir. Eh bien, et Prudence?

— Elle n'était pas rentrée, mais on l'enverra à madame dès qu'elle rentrera.

— En voilà encore une, continua Marguerite en ôtant sa robe et en passant un peignoir blanc, en voilà encore une qui sait bien me trouver quand elle a besoin de moi, et qui ne peut pas me rendre un service de bonne grâce. Elle sait que j'attends cette réponse ce soir, qu'il me la faut, que je suis inquiète, et je suis sûre qu'elle est allée courir sans s'occuper de moi.

— Peut-être a-t-elle été retenue.

— Fais-nous donner le punch.

— Vous allez encore vous faire du mal, dit Nanine.

— Tant mieux. Apporte-moi aussi des fruits, du pâté ou une aile de poulet, quelque chose tout de suite, j'ai faim.

Vous dire l'impression que cette scène me causait, c'est inutile; vous le devinez, n'est-ce pas?

— Vous allez souper avec moi, me dit-elle; en attendant, prenez un livre, je vais passer un instant dans mon cabinet de toilette.

Elle alluma les bougies d'un candélabre, ouvrit une porte au pied de son lit et disparut.

Pour moi, je me mis à réfléchir sur la vie de cette fille, et mon amour s'augmenta de pitié.

Je me promenais à grands pas dans cette chambre, tout en songeant, quand Prudence entra.

— Tiens, vous voilà? me dit-elle : où est Marguerite?

— Dans son cabinet de toilette.

— Je vais l'attendre. Dites donc, elle vous trouve charmant; saviez-vous cela?

— Non.

— Elle ne vous l'a pas dit un peu?

— Pas du tout.

— Comment êtes-vous ici?

— Je viens lui faire une visite.

— A minuit?

— Pourquoi pas?

— Farceur!

— Elle m'a même très mal reçu.

— Elle va mieux vous recevoir.

— Vous croyez?

— Je lui apporte une bonne nouvelle.

— Il n'y a pas de mal; ainsi elle vous a parlé de moi?

— Hier au soir, ou plutôt cette nuit, quand vous êtes parti avec votre ami.... A propos, comment va-t-il, votre ami? c'est Gaston R..., je crois, qu'on l'appelle?

— Oui, dis-je, sans pouvoir m'empêcher de sourire en me rappelant la confidence que Gaston m'avait faite, et en voyant que Prudence savait à peine son nom.

— Il est gentil, ce garçon-là; qu'est-ce qu'il fait?

— Il a vingt-cinq mille francs de rente.

— Ah! vraiment! eh bien, pour en revenir à vous, Marguerite m'a questionnée sur votre compte; elle m'a demandé qui vous étiez, ce que vous faisiez, quelles avaient été vos maîtresses; enfin tout ce qu'on peut demander sur un homme de votre âge. Je lui ai dit tout ce que je sais, en ajoutant que vous êtes un charmant garçon, et voilà.

— Je vous remercie; maintenant, dites-moi donc de quelle commission elle vous avait chargée hier.

— D'aucune; c'était pour faire partir le comte, ce qu'elle disait, mais elle m'en a chargée d'une pour aujourd'hui, et c'est la réponse que je lui apporte ce soir.

En ce moment Marguerite sortit de son cabinet de toilette, coquettement coiffée de son bonnet de nuit orné de touffes de rubans jaunes, appelées techniquement des choux.

Elle était ravissante ainsi.

Elle avait ses pieds nus dans des pantoufles de satin, et achevait la toilette de ses ongles.

— Eh bien, dit-elle en voyant Prudence, avez-vous vu le duc?

— Parbleu!

— Et que vous a-t-il dit?

— Il m'a donné.

MARGUERITE SORTIT DE SON CABINET DE TOILETTE

— Combien?

— Six mille.

— Vous les avez?

— Oui.

— A-t-il eu l'air contrarié?

— Non.

— Pauvre homme!

Ce pauvre homme! fut dit d'un ton impossible à rendre. Marguerite prit les six billets de mille francs.

— Il était temps, dit-elle. Ma chère Prudence, avez-vous besoin d'argent?

— Vous savez, mon enfant, que c'es

dans deux jours le 15, si vous pouviez me prêter trois ou quatre cents francs, vous me rendriez service.

— Envoyez demain matin, il est trop tard pour faire changer.

— N'oubliez pas.

— Soyez tranquille. Soupez-vous avec nous?

— Non, Charles m'attend chez moi.

— Vous en êtes donc toujours folle?

— Toquée, ma chère! A demain. Adieu, Armand.

Madame Duvernoy sortit.

Marguerite ouvrit son étagère et jeta dedans les billets de banque.

— Vous permettez que je me couche! dit-elle en souriant et en se dirigeant vers son lit.

— Non seulement je vous le permets, mais encore je vous en prie.

Elle rejeta sur le pied de son lit la guipure qui le couvrait et se coucha.

— Maintenant, dit-elle, venez vous asseoir près de moi et causons.

Prudence avait raison : la réponse qu'elle avait apportée à Marguerite l'égayait.

— Vous me pardonnez ma mauvaise humeur de ce soir? me dit-elle en me prenant la main.

— Je suis prêt à vous en pardonner bien d'autres.

— Et vous m'aimez?

— A en devenir fou.

— Malgré mon mauvais caractère?

— Malgré tout.

— Vous me le jurez!

— Oui, lui dis-je tout bas.

Nanine entra alors portant des assiettes, un poulet froid, une bouteille de bordeaux, des fraises et deux couverts.

— Je ne vous ai pas fait faire du punch, dit Nanine, le bordeaux est meilleur pour vous. N'est-ce pas, monsieur?

— Certainement, répondis-je, tout ému encore des dernières paroles de Marguerite et les yeux ardemment fixés sur elle.

— Bien, dit-elle, mets tout cela sur la petite table, approche-la du lit; nous nous servirons nous-mêmes. Voilà trois nuits que tu passes, tu dois avoir envie de dormir, va te coucher; je n'ai plus besoin de rien.

— Faut-il fermer la porte à double tour?

— Je le crois bien! et surtout dis qu'on ne laisse entrer personne demain avant midi.

XII

A cinq heures du matin, quand le jour commença à paraître à travers les rideaux, Marguerite me dit :

— Pardonne-moi si je te chasse, mais il le faut Le duc vient tous les matins; on va lui répondre que je dors, quand il va venir, et il attendra peut-être que je me réveille.

Je pris dans mes mains la tête de Marguerite, dont les cheveux défaits ruisselaient autour d'elle, et je lui donnai un dernier baiser en lui disant :

— Quand te reverrai-je?

— Écoute, reprit-elle, prends cette petite clef dorée qui est sur la cheminée, va ouvrir cette porte; rapporte la clef ici et va-t'en. Dans la journée, tu recevras une lettre et mes ordres, car tu sais que tu dois obéir aveuglément.

— Oui, et si je demandais déjà quelque chose?

— Quoi donc?

— Que tu me laissasses cette clef.

— Je n'ai jamais fait pour personne ce que tu me demandes là.

— Eh bien, fais-le pour moi, car je te jure que moi, je ne t'aime pas comme les autres t'aimaient.

— Eh bien, garde-la; mais je te préviens qu'il ne dépend que de moi que cette clef ne te serve à rien.

— Pourquoi.

— Il y a des verrous en dedans de la porte.

— Méchante!

— Je les ferai ôter.

— Tu m'aimes donc un peu?

— Je ne sais pas comment cela se fait, mais il me semble que oui. Maintenant va-t'en ; je tombe de sommeil.

Nous restâmes quelques secondes dans les bras l'un de l'autre et je partis.

Les rues étaient désertes, la grande ville dormait encore, une douce fraîcheur courait dans ces quartiers que le bruit des hommes allait envahir quelques heures plus tard.

Il me sembla que cette ville endormie m'appartenait; je cherchais dans mon souvenir les noms de ceux dont j'avais jusqu'alors envié le bonheur; et je ne m'en rappelais pas un sans me trouver plus heureux que lui.

Être aimé d'une jeune fille chaste, lui révéler le premier cet étrange mystère de l'amour, certes, c'est une grande félicité, mais c'est la chose du monde la plus simple. S'emparer d'un cœur qui n'a pas l'habitude des attaques, c'est entrer dans une ville ouverte et sans garnison. L'éducation, le sentiment des devoirs et la famille sont de très fortes sentinelles, mais il n'y a sentinelles si vigilantes que ne trompe une fille de seize ans, à qui, par la voix de l'homme qu'elle aime, la nature donne ces premiers conseils d'amour qui sont d'autant plus ardents qu'ils paraissent plus purs.

Plus la jeune fille croit au bien, plus elle s'abandonne facilement, sinon à l'amant, du moins à l'amour, car étant sans défiance elle est sans force, et se faire aimer d'elle est un triomphe que tout homme de ving-cinq ans pourra se donner quand il voudra. Et cela est si vrai que voyez comme on entoure les jeunes filles de surveillance et de remparts! Les couvents n'ont pas de murs assez hauts, les mères de serrures assez fortes, la religion de devoirs assez continus pour renfermer tous ces charmants oiseaux dans leur cage, sur laquelle on ne se donne même pas la peine de jeter des fleurs. Aussi comme elles doivent désirer ce monde qu'on leur cache, comme elles doivent croire qu'il est tentant, comme elles doivent écouter la première voix qui, à travers les barreaux, vient leur en raconter les secrets, et bénir la main qui lève, la première, un coin du voile mystérieux.

LES RUES ÉTAIENT DÉSERTES.

Mais être réellement aimé d'une courtisane, c'est une victoire bien autrement difficile. Chez elles, le corps a usé l'âme, les sens ont brûlé le cœur, la débauche a cuirassé les sentiments. Les mots qu'on leur dit, elles les savent depuis longtemps, les moyens que l'on emploie, elles les connaissent, l'amour même qu'elles inspirent, elles l'ont vendu. Elles aiment par métier et non par entraînement. Elles sont mieux gardées par leurs calculs qu'une vierge par sa mère et son couvent; aussi ont-elles inventé le mot caprice pour ces amours sans trafic qu'elles se donnent de temps en temps comme repos, comme excuse, ou comme consolation; semblables à ces usuriers qui rançonnent mille individus, et qui croient tout racheter en prêtant un jour vingt francs à quelque pauvre diable qui meurt de faim, sans exiger d'intérêt et sans lui demander de reçu.

Puis, quand Dieu permet l'amour à une courtisane, cet amour, qui semble d'abord un pardon, devient presque toujours pour elle un châtiment. Il n'y a pas d'absolution sans pénitence. Quand une créature, qui a tout son passé à se reprocher, se sent tout à coup prise d'un amour profond, sincère, irrésistible, dont elle ne se fût jamais crue capable; quand elle a avoué cet amour, comme l'homme aimé ainsi la domine! Comme il se sent fort avec ce droit cruel de lui dire : Vous ne faites pas plus pour de l'amour que vous n'avez fait pour de l'argent.

Alors elles ne savent quelles preuves donner. Un enfant, raconte la fable, après s'être longtemps amusé dans un champ à crier : Au secours! pour déranger des travailleurs, fut dévoré un beau jour par un ours, sans que ceux qu'il avait trompés si souvent crussent cette fois aux cris réels qu'il poussait. Il en est de même de ces malheureuses filles, quand elles aiment sérieusement. Elles ont menti tant de fois qu'on ne veut plus les croire, et elles sont, au milieu de leurs remords, dévorées par leur amour.

De là, ces grands dévouements, ces austères retraites dont quelques-unes ont donné l'exemple.

Mais quand l'homme qui inspire cet amour rédempteur a l'âme assez généreuse pour l'accepter sans se souvenir du passé, quand il s'y abandonne, quand il aime enfin, comme il est aimé, cet homme épuise d'un coup toutes les émotions terrestres, et après cet amour son cœur sera fermé à tout autre.

Ces réflexions, je ne les faisais pas le matin où je rentrais chez moi. Elles n'eussent pu être que le pressentiment de ce qui allait m'arriver, et malgré mon amour pour Marguerite, je n'entrevoyais pas de semblables conséquences; aujourd'hui je les fais. Tout étant irrévocablement fini, elles résultent naturellement de ce qui a eu lieu.

Mais revenons au premier jour de cette liaison. Quand je rentrai, j'étais d'une gaieté folle. En songeant que les barrières placées par mon imagination entre Marguerite et moi avaient disparu, que je la possédais, que j'occupais un peu sa pensée, que j'avais dans ma poche la clef de son appartement et le droit de me servir de cette clef, j'étais content de la vie, fier de moi, et j'aimais Dieu qui permettait tout cela.

Un jour un jeune homme passe dans une rue, il y coudoie une femme, il la regarde, il se retourne, il passe. Cette femme, il ne la connaît pas, elle a des plaisirs, des chagrins, des amours où il n'a aucune part. Il n'existe pas pour elle, et peut-être, s'il lui parlait, se moquerait-elle de lui comme Marguerite avait fait de moi. Des semaines, des mois, des années s'écoulent, et tout à coup, quand ils ont suivi chacun leur destinée dans un ordre différent, la logique du hasard les ramène en face l'un de l'autre. Cette femme devient la maîtresse de cet homme et l'aime. Comment? pourquoi? leurs deux existences n'en font plus qu'une; à peine l'intimité existe-t-elle, qu'elle leur semble avoir existé toujours, et tout ce qui a précédé s'efface de la mémoire des deux amants. C'est curieux, avouons-le.

Quant à moi, je ne me rappelais plus comment j'avais vécu avant la veille. Tout mon être s'exaltait en joie au souvenir des mots échangés pendant cette première nuit. Ou Marguerite était habile à tromper, ou elle avait pour moi une de ces passions subites qui se révèlent dès le premier baiser, et qui meurent quelquefois, du reste, comme elles sont nées.

Plus j'y réfléchissais, plus je me disais que Marguerite n'avait aucune raison de feindre un amour qu'elle n'aurait pas ressenti, et je me disais aussi que les femmes ont deux façons d'aimer qui peuvent résulter l'une de l'autre : elles aiment avec le cœur ou avec les sens. Souvent une femme prend un amant pour obéir à la seule volonté de ses sens, et apprend sans s'y être attendue le mystère de l'amour immatériel et ne vit plus que par son cœur; souvent une jeune fille ne cherchant dans le mariage que la réunion de deux affections pures, reçoit cette soudaine révélation de l'amour physique, cette énergique conclusion des plus chastes impressions de l'âme.

Je m'endormis au milieu de ces pensées. Je fus réveillé par une lettre de Marguerite, lettre contenant ces mots :

« Voici mes ordres : Ce soir au Vaudeville. Venez pendant le troisième entr'acte.

» M. G. »

Je serrai ce billet dans un tiroir, afin d'avoir toujours la réalité sous la main, dans le cas où je douterais, comme cela m'arrivait par moments.

Elle ne me disait pas de l'aller voir dans le jour, je n'osai me présenter chez elle; mais j'avais un si grand désir de la rencontrer avant le soir que j'allai aux Champs-Élysées, où, comme la veille, je la vis passer et redescendre.

A sept heures, j'étais au Vaudeville.

Jamais je n'étais entré si tôt dans un théâtre.

Toutes les loges s'emplirent les unes après les autres Une seule restait vide : l'avant-scène du rez-de-chaussée.

Au commencement du troisième acte, j'entendis ouvrir la porte de cette loge, sur laquelle j'avais presque constamment les yeux fixés, Marguerite parut.

Elle passa tout de suite sur le devant, chercha à l'orchestre, m'y vit et me remercia du regard.

Elle était merveilleusement belle ce soir-là.

Étais-je la cause de cette coquetterie? M'aimait-elle assez pour

ELLE ÉTAIT MERVEILLEUSEMENT BELLE CE SOIR-LA.

croire que, plus je la trouverais belle, plus je serais heureux? Je l'ignorais encore; mais si telle avait été son intention, elle réussissait, car lorsqu'elle se montra, les têtes ondulèrent les unes vers les autres, et l'acteur alors en scène regarda lui-même celle qui troublait ainsi les spectateurs par sa seule apparition.

Et j'avais la clef de l'appartement de cette femme, et dans trois ou quatre heures elle allait de nouveau être à moi.

On blâme ceux qui se ruinent pour des actrices et des femmes entretenues; ce qui m'étonne, c'est qu'ils ne fassent pas pour elles vingt fois plus de folies. Il faut avoir vécu, comme moi, de cette vie-là, pour savoir combien les petites vanités de tous les jours qu'elles donnent à leur amant soudent fortement dans le cœur, puisque nous n'avons pas d'autre mot, l'amour qu'il a pour elles.

Prudence prit place ensuite dans la loge, et un homme que je reconnus pour le comte de G... s'assit au fond.

A sa vue, un froid me passa sur le cœur.

Sans doute Marguerite s'apercevait de l'impression produite sur moi par la présence de cet homme dans sa loge, car elle me sourit de nouveau, et tournant le dos au comte, elle parut fort attentive à la pièce. Au troisième entr'acte, elle se retourna, dit deux mots; le comte quitta la loge, et Marguerite me fit signe de venir la voir.

— Bonsoir, me dit-elle quand j'entrai.

Et elle me tendit la main.

— Bonsoir, répondis-je en m'adressant à Marguerite et à Prudence.

— Asseyez-vous.

— Mais je prends la place de quelqu'un. Est-ce que monsieur le comte de G... ne va pas revenir?

— Si; je l'ai envoyé me chercher des bonbons pour que nous puissions causer seuls un instant. Madame Duvernoy est dans la confidence.

— Oui, mes enfants, dit celle-ci, mais soyez tranquilles, je ne dirai rien.

— Qu'avez-vous donc ce soir? dit Marguerite en se levant et en venant dans l'ombre de la loge m'embrasser sur le front.

— Je suis un peu souffrant.

— Il faut aller vous coucher, reprit-elle avec cet air ironique si bien fait pour sa tête fine et spirituelle.

— Où?

— Chez vous.

— Vous savez bien que je n'y dormirai pas.

— Alors, il ne faut pas venir nous faire la moue ici parce que vous avez vu un homme dans ma loge.

— Ce n'est pas pour cette raison.

— Si fait, je m'y connais, et vous avez tort; ainsi ne parlons plus de cela. Vous viendrez après le spectacle chez Prudence, et vous y resterez jusqu'à ce que je vous appelle. Entendez-vous?

— Oui.

Est-ce que je pouvais désobéir?

— Vous m'aimez toujours? reprit-elle.

— Vous me le demandez!

— Vous avez pensé à moi?

— Tout le jour.

— Savez-vous que je crains décidément de devenir amoureuse de vous? Demandez plutôt à Prudence.

— Ah! répondit la grosse fille, c'en est assommant.

— Maintenant, vous allez retourner à votre stalle, le comte va rentrer, et il est inutile qu'il vous trouve ici.

— Pourquoi?

— Parce que cela vous est désagréable de le voir.

— Non; seulement si vous m'aviez dit désirer venir au Vaudeville ce soir, j'aurais pu vous envoyer cette loge aussi bien que lui.

— Malheureusement, il me l'a apportée sans que je la lui demande, en m'offrant de m'accompagner. Vous le savez très bien, je ne pouvais pas refuser. Tout ce que je pouvais faire, c'était de vous écrire où j'allais pour que vous me vissiez, et parce que moi-même j'avais du plaisir à vous revoir plus tôt; mais puisque c'est ainsi que vous me remerciez, je profite de la leçon.

— J'ai tort, pardonnez-moi.

— A la bonne heure, retournez gentiment à votre place, et surtout ne faites plus le jaloux.

Elle m'embrassa de nouveau, et je sortis.

Dans le couloir, je rencontrai le comte qui revenait.

Je retournai à ma stalle.

Après tout, la présence de M. de G... dans la loge de Marguerite était la chose la plus simple. Il avait été son amant, il lui apportait une loge, il l'accompagnait au spectacle, tout cela était fort naturel, et du moment où j'avais pour maîtresse une fille comme Marguerite, il me fallait bien accepter ses habitudes.

Je n'en fus pas moins très malheureux le reste de la soirée, et j'étais fort triste en m'en allant, après avoir vu Prudence, le comte et Marguerite monter dans la calèche qui les attendait à la porte.

Et cependant un quart d'heure après j'étais chez Prudence. Elle rentrait à peine.

XIII

— Vous êtes venu presque aussi vite que nous, me dit Prudence.

— Oui, répondis-je machinalement. Où est Marguerite?

— Chez elle.

— Toute seule?

— Avec monsieur de G...

Je me promenai à grands pas dans le salon.

— Eh bien, qu'avez-vous?

— Croyez-vous que je trouve drôle d'attendre ici que monsieur de G... sorte de chez Marguerite?

— Vous n'êtes pas raisonnable non plus. Comprenez donc que Marguerite ne peut pas mettre le comte à la porte. Monsieur de G... a été longtemps avec elle, il lui a toujours donné beaucoup d'argent; il lui en donne encore. Marguerite dépense plus de cent mille francs par an; elle a beaucoup de dettes. Le duc lui envoie ce qu'elle lui demande, mais elle n'ose pas toujours lui demander tout ce dont elle a besoin. Il ne faut pas qu'elle se brouille avec le comte qui lui fait une dizaine de mille francs par an au moins. Marguerite vous aime bien, mon cher ami, mais votre liaison avec elle, dans son intérêt et dans le vôtre, ne doit pas être sérieuse. Ce n'est pas avec vos sept ou huit mille francs de pension que vous soutiendrez le luxe de cette fille-là; ils ne suffiraient pas à l'entretien de sa voiture. Prenez Marguerite pour ce qu'elle est, pour une bonne fille spirituelle et jolie; soyez son amant pendant un mois, deux mois; donnez-lui des bouquets, des bonbons et des loges; mais ne vous mettez rien de plus en tête, et ne lui faites pas des scènes de jalousie ridicule. Vous savez bien à qui vous avez affaire; Marguerite n'est pas une vertu. Vous lui plaisez, vous l'aimez bien, ne vous inquiétez pas du reste. Je vous trouve charmant de faire le susceptible! vous avez la plus agréable maîtresse de Paris! Elle vous reçoit dans un appartenant magnifique, elle est couverte de diamants, elle ne vous coûtera pas un sou, si vous le voulez, et vous n'êtes pas content. Que diable! vous en demandez trop.

— Vous avez raison, mais c'est plus fort que moi, l'idée que cet homme est son amant me fait un mal affreux.

— D'abord, reprit Prudence, est-il encore son amant? C'est un homme dont elle a besoin, voilà tout. Depuis deux jours, elle lui fait fermer sa porte; il est venu ce matin, elle n'a pas pu faire autrement que d'accepter sa loge et de le laisser l'accompagner. Il l'a reconduite, il monte un instant chez elle, il n'y reste pas, puisque vous attendez ici. Tout cela est bien naturel, il me semble. D'ailleurs vous acceptez bien le duc?

— Oui, mais celui-là est un vieillard, et je suis sûr que Marguerite n'est pas sa maîtresse. Puis, on peut souvent accepter une liaison et n'en pas accepter deux. Cette facilité ressemble trop à un calcul et rapproche l'homme qui y consent, même par amour, de ceux qui, un étage plus bas, font un métier de ce consentement et un profit de ce métier.

— Ah! mon cher, que vous êtes arriéré! combien en ai-je vus, et des plus nobles, et des plus élégants, des plus riches, faire ce que je vous conseille, et cela, sans efforts, sans honte, sans remords! Mais cela se voit tous les jours. Mais comment voudriez-vous que les femmes entretenues de Paris fissent pour soutenir le train qu'elles mènent, si elles n'avaient pas trois ou quatre amants à la fois? Il n'y a pas de fortune, si considérable qu'elle soit, qui puisse subvenir seule aux dépenses d'une femme comme Marguerite. Une fortune de cinq cent mille francs de rente est une fortune énorme en France; eh bien, mon cher ami, cinq cent mille francs de rente n'en viendraient pas à bout, et voici pourquoi · Un homme qui a un pareil revenu a une maison montée, des chevaux, des domestiques, des voitures, des chasses, des amis; souvent il est marié, il a des enfants, il fait courir, il joue, il voyage, que sais-je, moi! Toutes ses habitudes sont prises de telle façon qu'il ne peut s'en défaire sans passer pour être ruiné et sans faire scandale. Tout compte fait, avec cinq cent mille francs par an, il ne peut pas donner à une femme plus de quarante ou cinquante mille francs dans l'année, et encore c'est beaucoup. Eh bien, d'autres amours complètent la dépense annuelle de la femme. Avec Marguerite, c'est encore plus commode; elle est tombée par un miracle du ciel sur un vieillard riche à dix millions, dont la femme et la fille sont mortes, qui n'a plus que des neveux riches eux-mêmes, qui lui donne tout ce qu'elle veut sans rien lui demander en échange; mais elle ne peut pas lui demander plus de soixante-dix mille francs par an, et je suis sûre que si elle lui en demandait davantage, malgré sa fortune et l'affection qu'il a pour elle, il le lui refuserait.

» Tous ces jeunes gens ayant vingt ou trente mille livres de rente à Paris, c'est-à-dire à peine de quoi vivre dans le monde qu'ils fréquentent, savent très bien, quand ils sont les amants d'une femme comme Marguerite, qu'elle ne pourrait pas seulement payer son appartement et ses domestiques avec ce qu'ils lui donnent. Ils ne lui disent pas qu'ils le savent, ils ont l'air de ne rien voir, et quand ils en ont assez ils s'en vont. S'ils ont la vanité de suffire à tout, ils se ruinent comme des sots et vont se faire tuer en Afrique après avoir laissé cent mille francs de dettes à Paris. Croyez-vous que la femme leur en soit reconnaissante? Pas le moins du monde. Au contraire, elle dit qu'elle leur a sacrifié sa position et que pendant qu'elle était avec eux, elle perdait de l'argent. Ah! vous trouvez tous ces détails honteux, n'est-ce pas? ils sont vrais. Vous êtes un charmant garçon, que j'aime de tout mon cœur, je vis depuis vingt ans parmi les femmes entretenues, je sais ce qu'elles sont et ce qu'elles valent, et je ne voudrais pas vous voir prendre au sérieux le caprice qu'une jolie fille a pour vous.

» Puis, outre cela, admettons, continua Prudence, que Marguerite vous aime assez pour renoncer au comte et au duc, dans le cas où celui-ci s'apercevrait de votre liaison et lui dirait de choisir entre vous et lui, le sacrifice qu'elle vous ferait serait énorme, c'est incontestable. Quel sacrifice égal pourriez-vous lui faire, vous? quand la satiété serait venue, quand vous n'en voudriez plus enfin, que feriez-vous pour la dédommager de ce que vous lui auriez fait perdre! Rien. Vous l'auriez isolée du monde dans lequel étaient sa fortune et son avenir, elle vous aurait donné ses plus belles années, et elle serait oubliée. Ou vous seriez un homme ordinaire, alors, lui jetant son passé à la face, vous lui diriez qu'en la quittant vous ne faites qu'agir comme ses autres amants, et vous l'abandonneriez à une misère certaine, ou vous seriez un honnête homme, et vous croyant forcé de la garder auprès de vous, vous vous livreriez vous-même à un malheur inévitable, car cette liaison, excusable chez le jeune homme, ne l'est plus chez l'homme mûr. Elle devient un obstacle à tout, elle ne permet ni la famille, ni l'ambition, ces secondes et dernières amours de l'homme. Croyez-m'en donc, mon ami, prenez les choses pour ce qu'elles valent, les femmes pour ce qu'elles sont, et ne donnez pas à une fille entretenue le droit de se dire votre créancière en quoi que ce soit.

C'était sagement raisonné et d'une logique dont j'aurais cru Prudence incapable. Je ne trouvai rien à lui répondre, sinon qu'elle avait raison, je lui donnai la main et la remerciai de ses conseils.

— Allons, allons, me dit-elle, chassez-moi ces mauvaises théories, et riez, la vie est charmante, mon cher, c'est selon le verre par lequel on la regarde. Tenez, consultez votre ami Gaston, en voilà un qui me fait l'effet de comprendre l'amour comme je le comprends. Ce dont il faut que vous soyez convaincu, sans quoi vous deviendrez un garçon insipide, c'est qu'il y a à côté d'ici une belle fille qui attend impatiemment que l'homme qui est chez elle s'en aille, qui pense à vous, qui vous garde sa nuit et qui vous aime, j'en suis certaine. Maintenant venez vous mettre à la fenêtre avec moi, et regardons partir le comte qui ne va pas tarder à nous laisser la place.

Prudence ouvrit une fenêtre, et nous nous accoudâmes à côté l'un de l'autre sur le balcon.

Elle regardait les rares passants, moi je rêvais.

Tout ce qu'elle m'avait dit me bourdonnait dans la tête, et je ne pouvais m'empêcher de convenir qu'elle avait raison; mais l'amour réel que j'avais pour Marguerite avait peine à s'accomoder de cette raison-là. Aussi poussais-je de temps en temps des soupirs qui faisaient retourner Prudence, et lui faisaient hausser les épaules comme un médecin qui désespère d'un malade.

« Comme on s'aperçoit que la vie doit

être courte, disais-je en moi-même, par la rapidité des sensations! Je ne connais Marguerite que depuis deux jours, elle n'est ma maîtresse que depuis hier, et elle a déjà tellement envahi ma pensée, mon cœur et ma vie, que la visite de ce comte de G... est un malheur pour moi. »

Enfin le comte sortit, remonta dans sa voiture et disparut. Prudence ferma sa fenêtre.

Au même moment Marguerite nous appelait.

— Venez vite, on met la table, disait-elle, nous allons souper.

Quand j'entrai chez elle, Marguerite courut à moi, me sauta au cou et m'embrassa de toutes ses forces.

— Sommes-nous toujours maussade? me dit-elle.

— Non, c'est fini, répondit Prudence, je lui ai fait de la morale et il a promis d'être sage.

— A la bonne heure!

Malgré moi, je jetai les yeux sur le lit, il n'était pas défait : quant à Marguerite, elle était déjà en peignoir blanc.

On se mit à table.

Charme, douceur, expansion, Marguerite avait tout, et j'étais bien forcé de temps en temps de reconnaître que je n'avais pas le droit de lui demander autre chose; que bien des gens seraient heureux à ma place, et que, comme le berger de Virgile, je n'avais qu'à jouir des loisirs qu'un dieu ou plutôt qu'une déesse me faisait.

J'essayai de mettre en pratique les théories de Prudence et d'être aussi gai que mes deux compagnes; mais ce qui chez elles était nature, chez moi était effort, et le rire nerveux que j'avais, et auquel elles se trompèrent, touchait de bien près aux larmes.

Enfin le souper cessa, et je restai seul avec Marguerite. Elle alla, comme elle en avait l'habitude, s'asseoir sur son tapis devant le feu et regarder d'un air triste la flamme du foyer.

Elle songeait! A quoi? je l'ignore; moi, je la regardais avec amour et presque avec terreur en pensant à ce que j'étais prêt à souffrir pour elle.

— Sais-tu à quoi je pensais?

— Non.

— A une combinaison que j'ai trouvée.

— Et quelle est cette combinaison?

— Je ne puis pas encore te la confier, mais je puis te dire ce qui en résulterait. Il en résulterait que dans un mois d'ici je serais libre, je ne devrais plus rien, et nous irions passer ensemble l'été à la campagne.

— Et vous ne pouvez pas me dire par quel moyen?

— Non, il faut seulement que tu m'aimes comme je t'aime, et tout réussira.

— Et c'est vous seule qui avez trouvé cette combinaison?

— Oui.

— Et vous l'exécuterez seule?

— Moi seule aurai les ennuis, me dit Marguerite avec un sourire que je n'oublierai jamais, mais nous partagerons les bénéfices.

Je ne pus m'empêcher de rougir à ce mot de bénéfices; je me rappelai Manon Lescaut mangeant avec Desgrieux l'argent de monsieur de B...

Je répondis d'un ton un peu dur et en me levant :

— Vous me permettrez, ma chère Marguerite, de ne partager les bénéfices que des entreprises que je conçois et que j'exploite moi-même.

— Qu'est-ce que cela signifie?

— Cela signifie que je soupçonne fort monsieur le comte de G... d'être votre associé dans cette heureuse combinaison dont je n'accepte ni les charges ni les bénéfices.

—Vous êtes un enfant. Je croyais que vous m'aimiez, je me suis trompée, c'est bien.

Et, en même temps, elle se leva, ouvrit son piano et se remit à jouer l'*Invitation à la valse*, jusqu'à ce fameux passage en majeur qui l'arrêtait toujours.

ELLE ALLA S'ASSEOIR
SUR SON TAPIS DEVANT LE FEU.

Était-ce par habitude, ou pour me rappeler le jour où nous nous étions connus? Tout ce que je sais, c'est qu'avec cette mélodie les souvenirs me revinrent, et, m'approchant d'elle, je pris la tête entre mes mains et l'embrassai.

— Vous me pardonnez? lui dis-je.

— Vous le voyez bien, me répondit-elle; mais remarquez que nous n'en sommes qu'au second jour, et que déjà j'ai quelque chose à vous pardonner. Vous tenez bien mal vos promesses d'obéissance aveugle.

— Que voulez-vous, Marguerite, je vous aime trop, et je suis jaloux de la moindre de vos pensées. Ce que vous m'avez proposé tout à l'heure me rendrait fou de joie, mais le mystère qui précède l'exécution de ce projet me serre le cœur.

— Voyons, raisonnons un peu, reprit-elle en me prenant les deux mains et en me regardant avec un charmant sourire auquel il m'était impossible de résister; vous m'aimez, n'est-ce pas, et vous seriez heureux de passer trois ou quatre mois à la campagne avec moi seule; moi aussi, je serais heureuse de cette solitude à deux non seulement j'en serais heureuse, mais j'en ai besoin pour ma santé. Je ne puis quitter Paris pour un si long temps sans

ALORS NOUS SERONS A NOUS PROMENER AU BORD DE L'EAU.

mettre ordre à mes affaires, et les affaires d'une femme comme moi sont toujours très embrouillées; eh bien, j'ai trouvé le moyen de tout concilier, mes affaires et mon amour pour vous, oui, pour vous, ne riez pas, j'ai la folie de vous aimer? et voilà que vous prenez vos grands airs et me dites des grands mots. Enfant, trois fois enfant, rappelez-vous seulement que je vous aime, et ne vous inquiétez de rien. — Est-ce convenu, voyons?

— Tout ce que vous voulez est convenu, vous le savez bien.

— Alors, avant un mois, nous serons dans quelque village, à nous promener au bord de l'eau et à boire du lait. Cela vous semble étrange que je parle ainsi, moi, Marguerite Gautier; cela vient, mon ami, de ce que quand cette vie de Paris, qui semble me rendre si heureuse, ne me brûle pas, elle m'ennuie, et alors j'ai des aspirations soudaines vers une existence plus calme qui me rappellerait mon enfance. On a toujours eu une enfance, quoi que l'on soit devenue. Oh! soyez tranquille, je ne vais pas vous dire que je suis la fille d'un colonel en retraite et que j'ai été élevée à Saint-Denis. Je suis une pauvre fille de la campagne, et je ne savais pas écrire mon nom il y a six ans. Vous voilà rassuré, n'est-ce pas? Pourquoi est-ce à vous le premier à qui je m'adresse pour partager la joie du désir qui m'est venu? Sans doute parce que j'ai reconnu que vous m'aimiez pour moi et non pour vous, tandis que les autres ne m'ont jamais aimée que pour eux.

» J'ai été bien souvent à la campagne, mais jamais comme j'aurais voulu y aller. C'est sur vous que je compte pour ce bonheur facile, ne soyez donc pas méchant et accordez-le-moi. Dites-vous ceci : Elle ne doit pas vivre vieille, et je me repentirais un jour de n'avoir pas fait pour elle la première chose qu'elle m'a demandée, et qu'il était si facile de faire.

Que répondre à de pareilles paroles, surtout avec le souvenir d'une première nuit d'amour, et dans l'attente d'une seconde?

Une heure après, je tenais Marguerite dans mes bras, et elle m'eût demandé de commettre un crime que je lui eusse obéi.

A six heures du matin je partis, et avant de partir je lui dis :

— A ce soir?

Elle m'embrassa plus fort, mais elle ne me répondit pas.

Dans la journée, je reçus une lettre qui contenait ces mots :

« Cher enfant, je suis un peu souffrante et le médecin m'ordonne le repos. Je me coucherai de bonne heure ce soir et ne vous verrai pas. Mais, pour vous récompenser, je vous attendrai demain à midi. Je vous aime. »

Mon premier mot fut : Elle me trompe!

Une sueur glacée passa sur mon front, car j'aimais déjà trop cette femme pour que ce soupçon ne me bouleversât point.

Et cependant je devais m'attendre à cet événement presque tous les jours avec Marguerite, et cela m'était arrivé souvent avec mes autres maîtresses, sans que je m'en préoccupasse fort. D'où venait donc l'empire que cette femme prenait sur ma vie?

Alors je songeai, puisque j'avais la clef de chez elle, à aller la voir comme de coutume. De cette façon je saurais bien vite la vérité, et si je trouvais un homme, je le souffletterais.

En attendant j'allai aux Champs-Élysées. J'y restai quatre heures. Elle ne parut pas. Le soir, j'entrai dans tous les théâtres où elle avait l'habitude d'aller. Elle n'était dans aucun.

A onze heures, je me rendis rue d'Antin.

Il n'y avait pas de lumière aux fenêtres de Marguerite. Je sonnai néanmoins.

Le portier me demanda où j'allais.

— Chez mademoiselle Gautier, lui dis-je.

— Elle n'est pas rentrée.

— Je vais monter l'attendre.

— Il n'y a personne chez elle.

Évidemment c'était là une consigne que je pouvais forcer puisque j'avais la clef, mais je craignis un esclandre ridicule, et je sortis.

Seulement, je ne rentrai pas chez moi, je ne pouvais quitter la rue, et ne perdais pas des yeux la maison de Marguerite. Il me semblait que j'avais encore quelque chose à apprendre, ou du moins que mes soupçons allaient se confirmer.

Vers minuit, un coupé que je connaissais bien s'arrêta vers le numéro 9.

Le comte de G... en descendit et entra

dans la maison, après avoir congédié sa voiture.

Un moment j'espérai que, comme à moi, on allait lui dire que Marguerite n'était pas chez elle, et que j'allais le voir sortir; mais à quatre heures du matin j'attendais encore.

J'ai bien souffert depuis trois semaines, mais ce n'est rien, je crois, en comparaison de ce que je souffris cette nuit-là.

A QUATRE HEURES DU MATIN J'ATTENDAIS ENCORE.

XIV

Rentré chez moi, je me mis à pleurer comme un enfant. Il n'y a pas d'homme qui n'ait été trompé au moins une fois, et qui ne sache ce que l'on souffre.

Je me dis, sous le poids de ces résolutions de la fièvre que l'on croit toujours avoir la force de tenir, qu'il fallait rompre immédiatement avec cet amour, et j'attendis le jour avec impatience pour aller retenir ma place, retourner auprès de mon père et de ma sœur, double amour dont j'étais certain, et qui ne me tromperait pas, lui.

Cependant je ne voulais pas partir sans que Marguerite sût bien pourquoi je partais Seul, un homme qui n'aime décidément plus sa maîtresse la quitte sans lui écrire.

Je fis et refis vingt lettres dans ma tête.

J'avais eu affaire à une fille semblable à toutes les filles entretenues, je l'avais beaucoup trop poétisée, elle m'avait traité en écolier, en employant, pour me tromper, une ruse d'une simplicité insultante, c'était clair. Mon amour-propre prit alors le dessus. Il fallait quitter cette femme sans lui donner la satisfaction de savoir ce que cette rupture me faisait souffrir, et voici ce que je lui écrivis de mon écriture la plus élégante, et des larmes de rage et de douleur dans les yeux :

« Ma chère Marguerite,

» J'espère que votre indisposition d'hier aura été peu de chose. J'ai été, à onze heures du soir, demander de vos nouvelles, et l'on m'a répondu que vous n'étiez pas rentrée. M. de G... a été plus heureux que moi, car il s'est présenté quelques instants après, et à quatre heures du matin il était encore chez vous.

» Pardonnez-moi les quelques heures ennuyeuses que je vous ai fait passer, et soyez sûre que je n'oublierai jamais les moments heureux que je vous dois.

» Je serais bien allé savoir de vos nouvelles aujourd'hui, mais je compte retourner près de mon père.

» Adieu, ma chère Marguerite; je ne suis ni assez riche pour vous aimer comme je le voudrais, ni assez pauvre pour vous aimer comme vous le voudriez Oublions donc, vous, un nom qui doit vous être à peu près indifférent, moi, un bonheur qui me devient impossible.

» Je vous renvoie votre clef, qui ne m'a jamais servi et qui pourra vous être utile, si vous êtes souvent malade comme vous l'étiez hier. »

Vous le voyez, je n'avais pas eu la force de finir cette lettre sans une impertinente ironie, ce qui prouvait combien j'étais encore amoureux.

Je lus et relus dix fois cette lettre, et l'idée qu'elle ferait de la peine à Marguerite me calma un peu. J'essayai de m'enhardir dans les sentiments qu'elle affectait, et quand, à huit heures, mon domestique entra chez moi, je la lui remis pour qu'il la portât tout de suite.

— Faudra-t-il attendre une réponse? me demanda Joseph (mon domestique s'appelait Joseph, comme tous les domestiques).

— Si l'on vous demande s'il y a une réponse, vous direz que vous n'en savez rien et vous attendrez.

JE ME MIS A PLEURER COMME UN ENFANT.

Je me rattachais à cette espérance qu'elle allait me répondre.

Pauvres et faibles que nous sommes!

Tout le temps que mon domestique resta dehors, je fus dans une agitation extrême. Tantôt me rappelant comment Marguerite s'était donnée à moi, je me demandais de quel droit je lui écrivais une lettre impertinente, quand elle pouvait me répondre que ce n'était pas M. de G... qui me trompait, mais moi qui trompais M. de G...; raisonnement qui permet à bien des femmes d'avoir plusieurs amants. Tantôt, me rappelant les serments de cette fille, je voulais me convaincre que ma lettre était trop douce encore et qu'il n'y avait pas d'expressions assez fortes pour flétrir une femme qui se riait d'un amour aussi sincère que le mien. Puis, je me disais que j'aurais mieux fait de ne pas lui écrire, d'aller chez elle dans la journée, et que, de cette façon, j'aurais joui des larmes que je lui aurais fait répandre.

Enfin, je me demandais ce qu'elle allait me répondre, déjà prêt à croire l'excuse qu'elle me donnerait.

Joseph revint.

— Eh bien? lui dis-je.

— Monsieur, me répondit-il, madame était couchée et dormait encore, mais dès qu'elle sonnera, on lui remettra la lettre, et s'il y a une réponse on l'apportera.

Elle dormait!

Vingt fois je fus sur le point de renvoyer chercher cette lettre, mais je me disais toujours :

— On la lui a peut-être déjà remise, et j'aurais l'air de m'en repentir.

Plus l'heure à laquelle il était vraisemblable qu'elle me répondît approchait, plus je regrettais d'avoir écrit.

Dix heures, onze heures, midi sonnèrent.

A midi, je fus au moment d'aller au rendez-vous, comme si rien ne s'était passé. Enfin, je ne savais qu'imaginer pour sortir du cercle de fer qui m'étreignait.

Alors, je crus, avec cette superstition des gens qui attendent, que, si je sortais un peu, à mon retour je trouverais une réponse. Les réponses impatiemment attendues arrivent toujours quand on n'est pas chez soi.

Je sortis sous prétexte d'aller déjeuner.

Au lieu de déjeuner au café Foy, au coin du boulevard, comme j'avais l'habitude de le faire, je préférai aller déjeuner au Palais-Royal et passer par la rue d'Antin. Chaque fois que de loin j'apercevais une femme, je croyais voir Nanine m'apportant une réponse. Je passai rue d'Antin sans avoir même rencontré un commissionnaire. J'arrivai au Palais-Royal, j'entrai chez Véry. Le garçon me fit manger ou plutôt me servit ce qu'il voulut, car je ne mangeais pas.

Malgré moi, mes yeux se fixaient toujours sur la pendule.

Je rentrai, convaincu que j'allais trouver une lettre de Marguerite.

Le portier n'avait rien reçu. J'espérais encore dans mon domestique. Celui-ci n'avait vu personne depuis mon départ.

Si Marguerite avait dû me répondre, elle m'eût répondu depuis longtemps.

Alors, je me mis à regretter les termes de ma lettre; j'aurais dû me taire complètement, ce qui eût sans doute fait faire une démarche à son inquiétude; car, ne me voyant pas venir au rendez-vous la veille, elle m'eût demandé les raisons de mon absence, et alors seulement j'eusse dû les lui donner. De cette façon, elle n'eût pu faire autrement que de se disculper, et ce que je voulais, c'était qu'elle se disculpât. Je sentais déjà que quelques raisons qu'elle m'eût objectées, je les aurais crues, et que j'aurais mieux tout aimé que de ne plus la voir.

LE GARÇON ME FIT MANGER CE QU'IL VOULUT.

J'en arrivai à croire qu'elle allait venir elle-même chez moi, mais les heures se passèrent et elle ne vint pas.

Décidément, Marguerite n'était pas comme toutes les femmes, car il y en a bien peu qui, en recevant une lettre semblable à celle que je venais d'écrire, ne répondent pas quelque chose.

A cinq heures, je courus aux Champs-Élysées.

— Si je la recontre, pensais-je, j'affecterai un air indifférent, et elle sera convaincue que je ne songe déjà plus à elle.

Au tournant de la rue Royale, je la vis passer dans sa voiture; la rencontre fut si brusque que je pâlis. J'ignore si elle vit mon émotion; moi, j'étais si troublé que je ne vis que sa voiture.

Je ne continuai pas ma promenade aux Champs-Élysées. Je regardai les affiches des théâtres, car j'avais encore une chance de la voir.

Il y avait une première représentation au Palais-Royal, Marguerite devait évidemment y assister.

J'étais au théâtre à sept heures.

Toutes les loges s'emplirent, mais Marguerite ne parut pas.

Alors, je quittai le Palais-Royal, et j'entrai dans tous les théâtres où elle allait le plus souvent, au Vaudeville, aux Variétés, à l'Opéra-Comique.

Elle n'était nulle part.

Ou ma lettre lui avait fait trop de peine pour qu'elle s'occupât de spectacle, ou elle craignait de se trouver avec moi, et voulait éviter une explication.

Voilà ce que ma vanité me soufflait sur le boulevard, quand je rencontrai Gaston qui me demanda d'où je venais.

— Du Palais-Royal.

— Et moi de l'Opéra, me dit-il; je croyais même vous y voir.

— Pourquoi?

— Parce que Marguerite y était.

— Ah! elle y était?

— Oui.

— Seule?

— Non, avec une des amies.

— Voilà tout?

— Le comte de G... est venu un instant dans sa loge; mais elle s'en est allée avec le duc. A chaque instant je croyais vous voir paraître. Il y avait à côté de moi une stalle qui est restée vide toute la soirée et j'étais convaincu qu'elle était louée par vous.

— Mais pourquoi irais-je où Marguerite va?

— Parce que vous êtes son amant, pardieu!

— Et qui vous a dit cela?

— Prudence, que j'ai rencontrée hier. Je vous en félicite, mon cher; c'est une jolie maîtresse que n'a pas qui veut. Gardez-la, elle vous fera honneur.

Cette simple réflexion de Gaston me montra combien mes susceptibilités étaient ridicules

Si je l'avais rencontré la veille et qu'il m'eût parlé ainsi, je n'eusse certainement pas écrit la sotte lettre du matin.

Je fus au moment d'aller chez Prudence et de l'envoyer dire à Marguerite que j'avais à lui parler; mais je craignis que pour se venger elle ne me répondît qu'elle ne pouvait pas me recevoir, et je rentrai chez moi après être passé par la rue d'Antin.

Je demandai de nouveau à mon portier s'il avait une lettre pour moi.

Rien!

Elle aura voulu voir si je ferais quelque nouvelle démarche et si je rétracterais ma lettre aujourd'hui, me dis-je en me couchant, mais voyant que je ne lui écris pas elle m'écrira demain.

Ce soir-là surtout je me repentis de ce que j'avais fait. J'étais seul chez moi, ne pouvant dormir, dévoré d'inquiétude et de jalousie quand, en laissant suivre aux choses leur véritable cours, j'aurais dû être auprès de Marguerite et m'entendre dire les mots charmants que je n'avais entendus que deux fois, et qui me brûlaient les oreilles dans ma solitude.

Ce qu'il y avait d'affreux dans ma situation, c'est que le raisonnement me donnait tort; en effet, tout me disait que Marguerite m'aimait. D'abord, ce projet de passer un été avec moi seul à la campagne, puis cette certitude que rien ne la forçait à être ma maîtresse, puisque ma fortune était insuffisante à ses besoins et même à ses caprices. Il n'y avait donc eu chez elle que l'espérance de trouver en moi une affection sincère, capable de la reposer des amours mercenaires au milieu desquelles elle vivait, et dès le second jour je détruisais cette espérance, et je payais en ironie impertinente l'amour accepté pendant deux nuits. Ce que je faisais était donc plus que ridicule, c'était indélicat. Avais-je seulement payé cette femme, pour avoir le droit de blâmer sa vie, et n'avais-je pas l'air, en me retirant dès le second jour, d'un parasite d'amour qui craint qu'on ne lui donne la carte de son dîner? Comment! il y avait trente-six heures que je connaissais Marguerite; il y en avait vingt-quatre que j'étais son amant, et je faisais le susceptible; et, au lieu de me trouver trop heureux qu'elle partageât pour moi, je voulais avoir tout à moi seul et la contraindre à briser d'un coup les relations de son passé qui étaient les revenus de son avenir. Qu'avais-je à lui reprocher? Rien. Elle m'avait écrit qu'elle était souffrante, quand elle eût pu me dire tout crûment, avec la hideuse franchise de certaines femmes, qu'elle avait un amant à recevoir; et, au lieu de croire à sa lettre, au lieu d'aller me promener dans toutes les rues de Paris, excepté dans la rue d'Antin; au lieu de passer ma soirée avec mes amis et de me présenter le lendemain à l'heure qu'elle m'indiquait, je faisais l'Othello, je l'espionnais, et je croyais la punir en ne la voyant plus. Mais elle devait être enchantée au contraire de cette séparation; mais elle devait me trouver souverainement sot, et son silence n'était pas même de la rancune : c'était du dédain.

J'aurais dû alors faire à Marguerite un cadeau qui ne lui laissât aucun doute sur ma générosité, et qui m'eût permis, la traitant comme une fille entretenue, de me croire quitte avec elle, mais j'eusse cru offenser par la moindre apparence de trafic, sinon l'amour qu'elle avait pour moi, du moins l'amour que j'avais pour elle, et puisque cet amour était si pur qu'il n'admettait pas le partage, il ne pouvait payer par un présent, si beau qu'il fût, le bonheur qu'on lui avait donné, si court qu'eût été ce bonheur.

Voilà ce que je me répétais la nuit, et ce qu'à chaque instant j'étais prêt à aller dire à Marguerite.

Quand le jour parut, je ne dormais pas encore, j'avais la fièvre; il m'était impossible de penser à autre chose qu'à Marguerite.

Comme vous le comprenez, il fallait prendre un parti décisif, et en finir avec la femme ou avec mes scrupules, si toutefois elle consentait encore à me recevoir.

Mais, vous le savez, on retarde toujours un parti décisif : aussi, ne pouvant rester chez moi, n'osant me présenter chez Marguerite, j'essayai un moyen de me rapprocher d'elle, moyen que mon amour-propre pourrait mettre sur le compte du hasard, dans le cas où il réussirait.

Il était neuf heures; je courus chez Prudence, qui me demanda à quoi elle devait cette visite matinale.

Je n'osai pas lui dire franchement ce qui m'amenait. Je lui répondis que j'étais sorti de bonne heure pour retenir une place à la diligence de C..... où demeurait mon père.

— Vous êtes bien heureux, me dit-elle,

de pouvoir quitter Paris par ce beau temps-là.

Je regardai Prudence, me demandant si elle se moquait de moi.

Mais son visage était sérieux.

— Irez-vous dire adieu à Marguerite? reprit-elle toujours sérieusement.

— Non.

— Vous faites bien.

— Vous trouvez?

— Naturellement. Puisque vous avez rompu avec elle, à quoi bon la revoir?

— Vous savez donc notre rupture?

— Elle m'a montré votre lettre.

— Et que vous a-t-elle dit?

— Elle m'a dit : « Ma chère Prudence, votre protégé n'est pas poli : on pense ces lettres-là, mais on ne les écrit pas »

— Et de quel ton vous a-t-elle dit cela?

— En riant et elle a ajouté : « Il a soupé deux fois chez moi, et il ne me fait même pas de visite de digestion. »

Voilà l'effet que ma lettre et mes jalousies avaient produit. Je fus cruellement humilié dans la vanité de mon amour.

— Et qu'a-t-elle fait hier au soir?

— Elle est allée à l'Opéra.

— Je le sais. Et ensuite?

— Elle a soupé chez elle.

— Seule?

— Avec le comte de G..., je crois.

Ainsi ma rupture n'avait rien changé dans les habitudes de Marguerite.

C'est pour ces circonstances-là que certaines gens vous disent :

— Il fallait ne plus penser à cette femme qui ne vous aimait pas.

— Allons, je suis bien aise de voir que Marguerite ne se désole pas pour moi, repris-je avec un sourire forcé.

— Et elle a grandement raison. Vous avez fait ce que vous deviez faire, vous avez été plus raisonnable qu'elle, car cette fille-là vous aimait, elle ne faisait que parler de vous, et aurait été capable de quelque folie.

— Pourquoi ne m'a-t-elle pas répondu, puisqu'elle m'aime?

— Parce qu'elle a compris qu'elle avait tort de vous aimer. Puis les femmes permettent quelquefois qu'on trompe leur amour, jamais qu'on blesse leur amour-propre, et l'on blesse toujours l'amour-propre d'une femme quand, deux jours après qu'on est son amant, on la quitte, quelles que soient les raisons que l'on donne à cette rupture. Je connais Marguerite, elle mourrait plutôt que de vous répondre.

— Que faut-il que je fasse alors?

— Rien. Elle vous oubliera, vous l'oublierez, et vous n'aurez rien à vous reprocher l'un à l'autre.

— Mais si je lui écrivais pour lui demander pardon?

— Gardez-vous-en bien, elle vous pardonnerait.

Je fus sur le point de sauter au cou de Prudence.

Un quart d'heure après, j'étais rentré chez moi et j'écrivais à Marguerite :

« Quelqu'un qui se repent d'une lettre qu'il a écrite hier, qui partira demain si vous ne lui pardonnez, voudrait savoir à quelle heure il pourra déposer son repentir à vos pieds.

» Quand vous trouvera-t-il seule? car, vous le savez, les confessions doivent être faites sans témoins. »

Je pliai cette espèce de madrigal en prose, et je l'envoyai par Joseph, qui remit la lettre à Marguerite elle-même, laquelle lui répondit qu'elle répondrait plus tard.

Je ne sortis qu'un instant pour aller dîner, et à onze heures du soir je n'avais pas encore de réponse.

Je résolus alors de ne pas souffrir plus longtemps et de partir le lendemain.

JE ME MIS A FAIRE MES MALLES.

En conséquence de cette résolution, convaincu que je ne m'endormirais pas

MARGUERITE RÉFLÉCHISSAIT.

si je me couchais, je me mis à faire mes malles.

XV

Il y avait à peu près une heure que Joseph et moi nous préparions tout pour mon départ, lorsqu'on sonna violemment à ma porte.

— Faut-il ouvrir? me dit Joseph.

— Ouvrez, lui dis-je, me demandant qui

pouvait venir à pareille heure chez moi, et n'osant croire que ce fût Marguerite.

— Monsieur, me dit Joseph en rentrant, ce sont deux dames.

— C'est nous, Armand, me cria une voix que je reconnus pour celle de Prudence.

Je sortis de ma chambre.

Prudence, debout, regardait les quelques curiosités de mon salon; Marguerite, assise sur le canapé, réfléchissait.

Quand j'entrai, j'allai à elle, je m'agenouillai, je lui pris les deux mains, et, tout ému, je lui dis . Pardon!

Elle m'embrassa au front et me dit ·

— Voilà déjà trois fois que je vous pardonne.

— J'allais partir demain.

— En quoi ma visite peut-elle changer votre résolution? Je ne viens pas pour vous empêcher de quitter Paris. Je viens parce que je n'ai pas eu dans la journée le temps de vous répondre, et que je n'ai pas voulu vous laisser croire que je fusse fâchée contre vous. Encore Prudence ne voulait-elle pas que je vinsse; elle disait que je vous dérangerais peut-être.

— Vous, me déranger, vous, Marguerite! et comment?

— Dame! vous pouviez avoir une femme chez vous, répondit Prudence, et cela n'aurait pas été amusant pour elle d'en voir arriver deux.

Pendant cette observation de Prudence, Marguerite me regardait attentivement.

— Ma chère Prudence, répondis-je, vous ne savez pas ce que vous dites.

— C'est qu'il est très gentil votre appartement, répliqua Prudence; peut-on voir la chambre à coucher!

— Oui.

Prudence passa dans ma chambre, moins pour la visiter que pour réparer la sottise qu'elle venait de dire, et nous laisser seuls, Marguerite et moi.

— Pourquoi avez-vous amené Prudence? lui dis-je alors.

— Parce qu'elle était avec moi au spectacle, et qu'en partant d'ici je voulais avoir quelqu'un pour m'accompagner.

— N'étais-je pas là?

— Oui; mais outre que je ne voulais pas vous déranger, j'étais bien sûre qu'en venant jusqu'à ma porte vous me demanderiez à monter chez moi, et, comme je ne pouvais pas vous l'accorder, je ne voulais pas que vous partissiez avec le droit de me reprocher un refus.

— Et pourquoi ne pouviez-vous pas me recevoir?

— Parce que je suis très surveillée, et que le moindre soupçon pourrait me faire le plus grand tort.

— Est-ce bien la seule raison?

— S'il y en avait une autre, je vous la dirais; nous n'en sommes plus à avoir des secrets l'un pour l'autre.

— Voyons, Marguerite, je ne veux pas prendre plusieurs chemins pour en arriver à ce que je veux vous dire. Franchement, m'aimez-vous un peu?

— Beaucoup

— Alors, pourquoi m'avez-vous trompé?

— Mon ami, si j'étais madame la duchesse telle ou telle, si j'avais deux cent mille livres de rente, que je fusse votre maîtresse et que j'eusse un autre amant que vous, vous auriez le droit de me demander pourquoi je vous trompe; mais je suis mademoiselle Marguerite Gautier, j'ai quarante mille francs de dettes, pas un sou de fortune, et je dépense cent mille francs par an, votre question devient oiseuse et ma réponse inutile.

— C'est juste, dis-je en laissant tomber ma tête sur les genoux de Marguerite, mais moi je vous aime comme un fou.

— Eh bien, mon ami, il fallait m'aimer un peu moins ou me comprendre un peu mieux. Votre lettre m'a fait beaucoup de peine. Si j'avais été libre, d'abord je n'aurais pas reçu le comte avant-hier, ou, l'ayant reçu, je serais venue vous demander le pardon que vous me demandiez tout à l'heure, et je n'aurais pas à l'avenir d'autre amant que vous. J'ai cru un moment que je pourrais me donner ce bonheur-là pendant six mois; vous ne l'avez pas voulu: vous teniez à connaître les moyens, eh! mon Dieu, les moyens étaient bien faciles à deviner. C'était un sacrifice plus grand que vous ne croyez que je faisais en les employant. J'aurais pu vous dire : j'ai besoin de vingt mille francs; vous étiez amoureux de moi, vous les eussiez trouvés, au risque de me les reprocher plus tard. J'ai mieux aimé ne rien vous devoir; vous n'avez pas compris cette délicatesse, car c'en est une. Nous autres, quand nous avons encore un peu de cœur, nous donnons aux mots et aux choses une extension et un développement inconnus aux autres femmes; je vous répète donc que de la part de Marguerite Gautier le moyen qu'elle trouvait de payer ses dettes sans vous demander l'argent nécessaire pour cela était une délicatesse dont vous devriez profiter sans rien dire. Si vous ne m'aviez connue qu'aujourd'hui, vous seriez trop heureux de ce je vous promettrais, et vous ne me demanderiez pas ce que j'ai fait avant-hier. Nous sommes quelquefois forcées d'acheter une satisfaction pour notre âme aux dépens de notre corps, et nous souffrons bien davantage quand, après, cette satisfaction nous échappe.

J'écoutais et je regardais Marguerite avec admiration. Quand je songeais que cette merveilleuse créature, dont j'eusse envié autrefois de baiser les pieds, consentait à me faire entrer pour quelque chose dans sa pensée, à me donner un rôle dans sa vie, et que je ne me contentais pas encore de ce qu'elle me donnait, je me demandais si le désir de l'homme a des bornes, quand, satisfait aussi promptement que le mien l'avait été, il tend encore à autre chose.

— C'est vrai, reprit-elle; nous autres créatures du hasard, nous avons des désirs fantasques et des amours inconcevables. Nous nous donnons tantôt pour une chose, tantôt pour une autre. Il y a des gens qui se ruineraient sans rien obtenir de nous, il y en a d'autres qui nous ont avec un bouquet. Notre cœur a des caprices; c'est sa seule distraction et sa seule excuse. Je me suis donnée à toi plus vite qu'à aucun homme, je te le jure; pourquoi? parce que me voyant cracher le sang tu m'as pris la main, parce que tu as pleuré, parce que tu es la seule créature humaine qui ait bien voulu me plaindre. Je vais te dire une folie, mais j'avais autrefois un petit chien qui me regardait d'un air tout triste quand je toussais; c'est le seul être que j'aie aimé.

Quand il est mort, j'ai plus pleuré qu'à la mort de ma mère. Il est vrai qu'elle m'avait battue pendant douze ans de sa vie. Eh bien, je t'ai aimé tout de suite autant que mon chien. Si les hommes savaient ce qu'on peut avoir avec une larme, ils seraient plus aimés et nous serions moins ruineuses.

Ta lettre t'a démenti, elle m'a révélé que tu n'avais pas toutes les intelligences du cœur, elle t'a fait plus de tort dans l'amour que j'avais pour toi que tout ce que tu aurais pu me faire. C'était de la jalousie, il est vrai, mais de la jalousie ironique et impertinente. J'étais déjà triste, quand j'ai reçu cette lettre, je comptais te voir à midi, déjeuner avec toi, effacer enfin par ta vue une incessante

C'EST JUSTE, DIS-JE EN LAISSANT TOMBER MA TÊTE SUR LES GENOUX DE MARGUERITE.

pensée que j'avais, et qu'avant de te connaître j'admettais sans effort.

Puis, continua Marguerite, tu étais la seule personne devant laquelle j'avais cru comprendre tout de suite que je pouvais penser et parler librement. Tous ceux qui entourent les filles comme moi ont intérêt à scruter leurs moindres paroles, à tirer une conséquence de leurs plus insignifiantes actions. Nous n'avons naturellement pas d'amis. Nous avons des amants égoïstes qui dépensent leur fortune non pas pour nous, comme ils le disent, mais pour leur vanité.

Pour ces gens-là, il faut que nous soyons gaies quand ils sont joyeux, bien portantes quand ils veulent souper, sceptiques comme ils le sont. Il nous est défendu d'avoir du cœur sous peine d'être huées et de ruiner notre crédit.

Nous ne nous appartenons plus. Nous ne sommes plus des êtres, mais des choses. Nous sommes les premières dans leur amour-propre, les dernières dans leur estime. Nous avons des amies, mais ce sont des amies comme Prudence, des femmes jadis entretenues qui ont encore des goûts de dépense que leur âge ne leur permet plus. Alors elles deviennent nos amies ou plutôt nos commensales. Leur amitié va jusqu'à la servitude, jamais jusqu'au désintéressement. Jamais elles ne vous donneront qu'un conseil lucratif. Peu leur importe que nous ayons dix amants de plus, pourvu qu'elles y gagnent des robes ou un bracelet, et qu'elles puissent de temps en temps se promener dans notre voiture et venir au spectacle dans notre loge. Elles ont nos bouquets de la veille et nous empruntent nos cachemires. Elles ne nous rendent jamais un service, si petit qu'il soit, sans se le faire payer le double de ce qu'il vaut. Tu l'as vu toi-même le soir où Prudence m'a apporté six mille francs que je l'avais priée d'aller demander pour moi au duc, elle m'a emprunté cinq cents francs qu'elle ne me rendra jamais ou qu'elle me payera en chapeaux qui ne sortiront pas de leurs cartons.

Nous ne pouvons donc avoir, ou plutôt je ne pouvais avoir qu'un bonheur, c'était, triste comme je le suis quelquefois, souffrante comme je le suis toujours, de trouver un homme assez supérieur pour ne pas me demander compte de ma vie, et pour être l'amant de mes impressions bien plus que de mon corps. Cet homme, je l'avais trouvé dans le duc, mais le duc est vieux, et la vieillesse ne protège ni ne console. J'avais cru pouvoir accepter la vie qu'il me faisait ; mais que veux-tu ? je périssais d'ennui et pour faire tant que d'être consumée, autant se jeter dans un incendie que de s'asphyxier avec du charbon.

Alors je t'ai rencontré, toi, jeune, ardent, heureux, et j'ai essayé de faire de toi l'homme que j'avais appelé au milieu de ma bruyante solitude. Ce que j'aimais en toi, ce n'était pas l'homme qui était, mais celui qui devait être Tu n'acceptes pas ce rôle, tu le rejettes comme indigne de toi, tu es un amant vulgaire ; fais comme les autres, paye-moi et n'en parlons plus.

Marguerite, que cette longue confession avait fatiguée, se rejeta sur le dos du canapé, et pour éteindre un faible accès de toux, porta son mouchoir à ses lèvres et jusqu'à ses yeux.

— Pardon, pardon, murmurai-je, j'avais compris tout cela, mais je voulais te l'entendre dire, ma Marguerite adorée. Oublions le reste et ne nous souvenons que d'une chose : c'est que nous sommes l'un à l'autre, que nous sommes jeunes et que nous nous aimons.

Marguerite, fais de moi tout ce que tu voudras, je suis ton esclave, ton chien ; mais au nom du ciel déchire la lettre que je t'ai écrite et ne me laisse pas partir demain ; j'en mourrais.

Marguerite tira ma lettre du corsage de sa robe, et me la remettant me dit avec un sourire d'une douceur ineffable :

— Tiens, je te la rapportais.

Je déchirai la lettre et je baisai avec des larmes la main qui me la rendait.

En ce moment Prudence reparut.

— Dites donc, Prudence, savez-vous ce qu'il me demande? fit Marguerite.

— Il vous demande pardon.

— Justement.

— Et vous pardonnez?

— Il le faut bien, mais il veut encore autre chose.

— Quoi donc?

— Il veut venir souper avec nous.

— Et vous y consentez?

— Qu'en pensez-vous?

— Je pense que vous êtes deux enfants, qui n'avez de tête ni l'un ni l'autre. Mais je pense aussi que j'ai très faim et que plus tôt vous consentirez, plus tôt nous souperons.

— Allons, dit Marguerite, nous tiendrons

trois dans ma voiture. Tenez, ajouta-t-elle en se tournant vers moi, Nanine sera couchée, vous ouvrirez la porte, prenez ma clef, et tâchez de ne plus la perdre.

MARGUERITE SE REJETA SUR LE DOS DU CANAPÉ.

J'embrassai Marguerite à l'étouffer.

Joseph entra là-dessus.

— Monsieur, me dit-il de l'air d'un homme enchanté de lui, les malles sont faites.

— Entièrement?

— Oui, monsieur.

— Eh bien, défaites-les : je ne pars pas.

XVI

J'aurais pu, me dit Armand, vous raconter en quelques lignes les commencements de cette liaison, mais je voulais que vous vissiez bien par quels événements et par quelle gradation nous en sommes arrivés, moi, à consentir à tout ce que voulait Marguerite, Marguerite, à ne plus pouvoir vivre qu'avec moi.

C'est le lendemain de la soirée où elle était venue me trouver que je lui envoyai *Manon Lescaut.*

A partir de ce moment, comme je ne pouvais changer la vie de ma maîtresse, je changeai la mienne. Je voulais avant toute chose ne pas laisser à mon esprit le temps de réfléchir sur le rôle que je venais d'accepter, car, malgré moi, j'en eusse conçu une grande tristesse. Aussi ma vie, d'ordinaire si calme, revêtit-elle tout à coup une apparence de bruit et de désordre. N'allez pas croire que, si désintéressé qu'il soit, l'amour qu'une femme entretenue a pour vous ne coûte rien. Rien n'est cher comme les mille caprices de fleurs, de loges, de soupers, de parties de campagne qu'on ne peut jamais refuser à sa maîtresse.

Comme je vous l'ai dit, je n'avais pas de fortune. Mon père était et est encore receveur général à C... Il y a une grande réputation de loyauté, grâce à laquelle il a trouvé le cautionnement qu'il lui fallait déposer pour entrer en fonction. Cette recette lui donne quarante mille francs par an, et depuis dix ans qu'il l'a, il a remboursé son cautionnement et s'est occupé de mettre de côté la dot de ma sœur. Mon père est l'homme le plus honorable qu'on puisse rencontrer. Ma mère, en mourant, a laissé six mille francs de rente qu'il a partagés entre ma sœur et moi le jour où il a obtenu la charge qu'il sollicitait; puis, lorsque j'ai eu vingt et un ans, il a joint à ce petit revenu une pension annuelle de cinq mille francs, m'assurant qu'avec huit mille francs je pourrais être très heureux à Paris, si je voulais à côté de cette rente me créer une position soit dans le barreau soit dans la médecine. Je suis donc venu à Paris, j'ai fait mon droit, j'ai été reçu avocat, et comme beaucoup de jeunes gens, j'ai mis mon diplôme dans ma poche et me suis laissé aller un peu à la vie nonchalante de Paris Mes dépenses étaient fort modestes; seulement je dépensais en huit mois mon revenu de l'année, et je passais les quatre mois d'été chez mon père, ce qui me faisait en somme douze mille livres de rente et me donnait la réputation d'un bon fils. Du reste pas un sou de dettes.

Voilà où j'en étais quand je fis la connaissance de Marguerite.

Vous comprenez que, malgré moi, mon train de vie augmenta. Marguerite était d'une nature fort capricieuse, et faisait partie de ces femmes qui n'ont jamais regardé comme une dépense sérieuse les mille distractions dont leur existence se compose. Il en résulait que, voulant passer avec moi le plus de temps possible, elle m'écrivait le matin qu'elle dînerait avec moi, non pas chez elle, mais chez quelque restaurateur, soit de Paris, soit de la campagne. J'allais la prendre, nous dînions, nous allions au spectacle, nous soupions souvent, et j'avais dépensé le soir quatre ou cinq louis, ce qui faisait deux mille cinq cents ou trois mille francs par mois, ce qui réduisait mon année à trois mois et demi, et me mettait dans la nécessité ou de faire des dettes, ou de quitter Marguerite.

Or, j'acceptais tout, excepté cette dernière éventualité.

Pardonnez-moi si je vous donne tous ces détails, mais vous verrez qu'ils furent la cause des événements qui vont suivre. Ce que je vous raconte est une histoire vraie, simple, et à laquelle je laisse toute la naïveté des détails et toute la simplicité des développements.

Je compris donc que, comme rien au monde n'aurait sur moi l'influence de me faire oublier ma maîtresse, il me fallait trouver un moyen de soutenir les dépenses qu'elle me faisait faire. — Puis, cet amour me bouleversait au point que tous les moments que je passais loin de Marguerite étaient des années, et que j'avais ressenti le besoin de brûler ces moments au feu d'une passion quelconque, et de les vivre tellement vite que je ne m'aperçusse pas que je les vivais.

Je commençai à emprunter cinq ou six mille francs sur mon petit capital, et je me mis à jouer, car depuis qu'on a détruit les maisons de jeu on joue partout. Autrefois, quand on entrait à Frascati, on avait la chance d'y faire sa fortune : on jouait contre de l'argent, et si l'on perdait, on avait la consolation de se dire qu'on aurait pu gagner; tandis que maintenant, excepté dans les cercles, où il y a encore une certaine sévérité pour le paiement, on a presque certitude, du moment que l'on gagne une somme importante, de ne pas la recevoir. On comprendra facilement pourquoi.

Le jeu ne peut être pratiqué que par des jeunes gens ayant de grands besoins et manquant de la fortune nécessaire pour soutenir la vie qu'ils mènent; ils jouent donc, et il en résulte naturellement ceci : ou ils gagnent, et alors les perdants servent à payer les chevaux et les maîtresses de ces messieurs, ce qui est fort désagréable. Des dettes se contractent, des relations commencées autour d'un tapis vert finissent par des querelles où l'honneur et la vie se déchirent toujours un peu ; et quand on est honnête homme, on se trouve ruiné par de très honnêtes jeunes gens qui n'avaient d'autre défaut que de ne pas avoir deux cent mille livres de rente.

Je n'ai pas besoin de vous parler de ceux qui volent au jeu, et dont un jour on apprend le départ nécessaire et la condamnation tardive.

Je me lançai donc dans cette vie rapide, bruyante, volcanique, qui m'effrayait autrefois quand j'y songeais, et qui était devenue pour moi le complément inévitable de mon amour pour Marguerite. Que vouliez-vous que je fisse?

Les nuits que je ne passais pas rue d'Antin, si je les avais passées seul chez moi, je n'aurais pas dormi. La jalousie m'eût tenu éveillé et m'eût brûlé la pensée et le sang; tandis que le jeu détournait pour un moment la fièvre qui eût envahi mon cœur et le reportait sur une passion dont l'intérêt me saisissait malgré moi, jusqu'à ce que sonnât l'heure où je devais me rendre auprès de ma maîtresse. Alors, et c'est à cela que je reconnaissais la violence de mon amour, que je gagnasse ou perdisse, je quittais impitoyablement la table, plaignant ceux que j'y laissais et qui n'allaient pas trouver comme moi le bonheur en la quittant.

Pour la plupart, le jeu était une nécessité; pour moi c'était un remède.

Guéri de Marguerite, j'étais guéri du jeu.

Aussi, au milieu de tout cela, gardais-je un assez grand sang-froid; je ne perdais que ce que je pouvais payer, et je ne gagnais que ce que j'aurais pu perdre.

Du reste, la chance me favorisa. Je ne faisais pas de dettes, et je dépensais trois fois plus d'argent que lorsque je ne jouais pas. Il n'était pas facile de résister à une vie qui me permettait de satisfaire sans me gêner aux mille caprices de Marguerite. Quant à elle, elle m'aimait toujours autant et même davantage.

Comme je vous l'ai dit, j'avais commencé d'abord par n'être reçu que de minuit à six heures du matin, puis je fus admis de temps en temps dans les loges, puis elle vint dîner quelquefois avec moi. Un matin je ne m'en allai qu'à huit heures, et il arriva un jour où je ne m'en allai qu'à midi.

NOUS ALLIONS A PIED COMME DEUX ENFANTS

En attendant la métamorphose morale, une métamorphose physique s'était opérée chez Marguerite. J'avais entrepris sa guérison, et la pauvre fille devinant mon but, m'obéissait pour me prouver sa reconnaissance. J'étais parvenu sans secousses et sans effort à l'isoler presque de ses anciennes habitudes. Mon médecin, avec qui je l'avais fait trouver, m'avait dit que le repos seul et le calme pouvaient lui conserver la santé, de sorte qu'aux soupers et aux insomnies, j'étais arrivé à substituer un régime hygiénique et le sommeil régulier. Malgré elle, Marguerite s'habituait à cette nouvelle existence dont elle ressentait les effets salutaires. Déjà elle commençait à passer quelques soirées chez elle, ou bien, s'il faisait beau, elle s'enveloppait d'un cachemire, se couvrait d'un voile, et nous allions à pied, comme deux enfants, courir le soir dans les allées sombres des Champs-Élysées. Elle rentrait fatiguée, soupait légèrement, se couchait après avoir fait un peu de musique ou après avoir lu, ce qui ne lui était jamais arrivé. Les toux, qui, chaque fois que je les entendais, me déchiraient la poitrine, avaient disparu presque complètement.

Au bout de six semaines, il n'était plus question du comte, définitivement sacrifié; le duc seul me forçait encore à cacher ma liaison avec Marguerite, et encore avait-il été congédié souvent pendant que j'étais là, sous prétexte que madame dormait et avait défendu qu'on la réveillât.

Il résulta de l'habitude et même du besoin que Marguerite avait contractés de me voir que j'abandonnai le jeu juste au moment où un adroit joueur l'eût quitté. Tout compte fait, je me trouvais, par suite de mes gains, à la tête d'une dizaine de mille francs qui me paraissaient un capital inépuisable.

L'époque à laquelle j'avais l'habitude d'aller rejoindre mon père et ma sœur était arrivée, et je ne partais pas; aussi recevais-je fréquemment des lettres de l'un et de l'autre, lettres qui me priaient de me rendre auprès d'eux.

A toutes ces instances je répondais de mon mieux, en répétant toujours que je me portais bien et que je n'avais pas besoin d'argent, deux choses qui, je le croyais, consoleraient un peu mon père du retard que je mettais à ma visite annuelle.

Il arriva sur ces entrefaites qu'un matin Marguerite ayant été réveillée par un soleil éclatant, sauta en bas de son lit, et me demanda si je voulais la mener toute la journée à la campagne.

On envoya chercher Prudence et nous partîmes tous trois, après que Marguerite eut recommandé à Nanine de dire au duc qu'elle avait voulu profiter de ce beau jour, et qu'elle était allée à la campagne avec madame Duvernoy.

Outre que la présence de la Duvernoy était nécessaire pour tranquilliser le vieux duc, Prudence était une de ces femmes qui semblent faites exprès pour ces parties de campagne. Avec sa gaieté inaltérable et son appétit éternel, elle ne pouvait pas laisser un moment d'ennui à ceux qu'elle accompagnait, et devait s'entendre parfaitement à commander les œufs, les cerises, le lait, le lapin sauté, et tout ce qui compose enfin le déjeuner traditionnel des environs de Paris.

Il ne nous restait plus qu'à savoir où nous irions.

Ce fut encore Prudence qui nous tira d'embarras.

— Est-ce à une vraie campagne que vous voulez aller? demanda-t-elle.

— Oui.

— Eh bien, allons à Bougival, au Point du Jour, chez la veuve Arnould. Armand, allez louer une calèche.

Une heure et demie après nous étions chez la veuve Arnould.

Vous connaissez peut-être cette auberge, hôtel de semaine, guinguette le dimanche. Du jardin, qui est à la hauteur d'un premier étage ordinaire, on découvre une vue magnifique. A gauche l'aqueduc de Marly ferme l'horizon, à droite la vue s'étend sur un infini de collines; la rivière, presque sans courant dans cet endroit, se déroule comme un large ruban blanc moiré, entre la plaine des Gabillons et l'île de Croissy, éternellement bercée par le frémissement de ses hauts peupliers et le murmure de ses saules.

Au fond, dans un large rayon de soleil, s'élèvent de petites maisons blanches à toits rouges, et des manufactures qui, perdant par la distance leur caractère dur et commercial, complètent admirablement le paysage.

Au fond, Paris dans la brume!

Comme nous l'avait dit Prudence, c'était une vraie campagne, et, je dois le dire, ce fut un vrai déjeuner.

Ce n'est pas par reconnaissance pour le bonheur que je lui ai dû que je dis tout cela, mais Bougival, malgré son nom affreux, est un des plus jolis pays que l'on puisse imaginer. J'ai beaucoup voyagé, j'ai vu de plus grandes choses, mais non de plus charmantes que ce petit village gaiement couché au pied de la colline qui le protège.

Madame Arnould nous offrit de nous faire faire une promenade en bateau, ce que Marguerite et Prudence acceptèrent avec joie.

On a toujours associé la campagne à l'amour et l'on a bien fait rien n'encadre la femme que l'on aime comme le ciel bleu, les senteurs, les fleurs, les brises, la solitude resplendissante des champs ou des bois. Si fort que l'on aime une femme, quelque confiance que l'on ait en elle, quelque certitude sur l'avenir que vous donne son passé, on est toujours plus ou moins jaloux. Si vous avez été amoureux, sérieusement amoureux, vous avez dû éprouver ce besoin d'isoler du monde l'être dans lequel vous vouliez vivre tout entier. Il semble que, si indifférente qu'elle soit à ce qui l'entoure, la femme aimée perde de son parfum et de son unité au contact des hommes et des choses. Moi, j'éprouvais cela bien plus que tout autre. Mon amour n'était pas un amour ordinaire; j'étais amoureux autant qu'une créature ordinaire peut l'être, mais de Marguerite Gautier, c'est-à-dire qu'à Paris, à chaque pas, je pouvais coudoyer un homme qui avait été l'amant de cette femme ou qui le serait le lendemain. Tandis qu'à la campagne, au milieu de gens que nous n'avions jamais vus et qui ne s'occupaient pas de nous, au sein d'une nature toute parée de son printemps, ce pardon annuel, et séparée du bruit de la ville, je pouvais cacher mon amour et aimer sans honte et sans crainte.

La courtisane y disparaissait peu à peu. J'avais auprès de moi une femme jeune, belle, que j'aimais, dont j'étais aimé et qui s'appelait Marguerite. le passé n'avait plus de formes, l'avenir plus de nuages. Le soleil éclairait ma maîtresse comme il eût éclairé la plus chaste fiancée. Nous nous promenions tous deux dans ces charmants endroits qui semblent faits exprès pour rappeler les vers de Lamartine ou chanter les mélodies de Scudo. Marguerite avait une robe blanche, elle se penchait à mon bras, elle me répétait le soir sous le ciel étoilé les mots qu'elle m'avait dits la veille, et le monde continuait au loin sa vie sans tacher de son ombre le riant tableau de notre jeunesse et de notre amour.

Voilà le rêve qu'à travers les feuilles m'apportait le soleil ardent de cette journée, tandis que, couché tout au long sur l'herbe de l'île où nous avions abordé, libre de tous les liens humains qui la retenaient auparavant, je laissais ma pensée courir et cueillir toutes les espérances qu'elle rencontrait.

Ajoutez à cela que, de l'endroit où j'étais, je voyais sur la rive une charmante petite maison à deux étages, avec une grille en hémicycle; à travers la grille, devant la maison, une pelouse verte, unie comme du velours, et derrière le bâtiment un petit bois plein de mystérieuses retraites, et qui devait effacer chaque matin sous sa mousse le sentier fait la veille.

Des fleurs grimpantes cachaient le perron de cette maison inhabitée qu'elles embrassaient jusqu'au premier étage.

A force de regarder cette maison, je finis par me convaincre qu'elle était à moi, tant elle résumait bien le rêve que je faisais J'y voyais Marguerite et moi, le jour dans le bois qui couvrait la colline, le soir assis sur la pelouse, et je me demandais si créatures terrestres auraient jamais été aussi heureuses que nous.

— Quelle jolie maison! me dit Marguerite qui avait suivi la direction de mon regard et peut-être de ma pensée.

— Où? fit Prudence.

— Là-bas.

Et Marguerite montrait du doigt la maison en question.

— Ah! ravissante, répliqua Prudence, elle vous plaît?

— Beaucoup.

— Eh bien! dites au duc de vous la louer; il vous la louera, j'en suis sûre. Je m'en charge, moi, si vous voulez.

Marguerite me regarda, comme pour me demander ce que je pensais de cet avis.

Mon rêve s'était envolé avec les dernières paroles de Prudence, et m'avait rejeté si brutalement dans la réalité que

MADAME ARNOULD NOUS OFFRIT UNE PROMENADE EN BATEAU.

j'étais encore tout étourdi de la chute.

— En effet, c'est une excellente idée, balbutiai-je, sans savoir ce que je disais.

— Eh bien, j'arrangerai cela, dit en me serrant la main Marguerite, qui interprétait mes paroles selon son désir. Allons voir tout de suite si elle est à louer.

La maison était vacante et à louer deux mille francs.

— Serez-vous heureux ici? me dit-elle.

— Suis-je sûr d'y venir?

— Et pour qui donc viendrais-je m'enterrer là, si ce n'est pour vous?

— Eh bien, Marguerite, laissez-moi louer cette maison moi-même.

— Êtes-vous fou? non seulement c'est inutile, mais ce serait dangereux; vous savez bien que je n'ai le droit d'accepter que d'un seul homme, laissez-moi donc faire, grand enfant, et ne dites rien.

— Cela fait que, quand j'aurai deux jours libres, je viendrai les passer chez vous, dit Prudence.

Nous quittâmes la maison et reprîmes la route de Paris tout en causant de cette nouvelle résolution. Je tenais Marguerite dans mes bras, si bien qu'en descendant de voiture, je commençais déjà à envisager la combinaison de ma maîtresse avec un esprit moins scrupuleux.

XVII

Le lendemain, Marguerite me congédia de bonne heure, me disant que le duc devait venir de grand matin, et me promettant de m'écrire dès qu'il serait parti, pour me donner le rendez-vous de chaque soir.

En effet, dans la journée, je reçus ce mot :

« Je vais à Bougival avec le duc; soyez chez Prudence, ce soir, à huit heures. »

A l'heure indiquée. Marguerite était de retour, et venait me rejoindre chez madame Duvernoy.

— Eh bien, tout est arrangé, dit-elle en entrant.

— La maison est louée? demanda Prudence.

— Oui; il a consenti tout de suite.

Je ne connaissais pas le duc, mais j'avais honte de le tromper comme je le faisais.

— Mais, ce n'est pas tout! reprit Marguerite.

— Quoi donc encore?

— Je me suis inquiétée du logement d'Armand.

— Dans la même maison? demanda Prudence en riant.

— Non, mais au Point-du-Jour, où nous avons déjeuné, le duc et moi. Pendant qu'il regardait la vue, j'ai demandé à madame Arnould, car c'est madame Arnould qu'elle s'appelle, n'est-ce pas? je lui ai demandé si elle avait un appartement convenable. Elle en a justement un, avec salon, antichambre et chambre à coucher. C'est tout ce qu'il faut, je pense. Soixante francs par mois. Le tout meublé de façon à distraire un hypocondriaque. J'ai retenu le logement. Ai-je bien fait?

Je sautai au cou de Marguerite.

— Ce sera charmant, continua-t-elle, vous avez une clef de la petite porte, et j'ai promis au duc une clef de la grille qu'il ne prendra pas, puisqu'il ne viendra que dans le jour, quand il viendra. Je crois, entre nous, qu'il est enchanté de ce caprice qui m'éloigne de Paris pendant quelque temps, et fera taire un peu sa famille. Cependant, il m'a demandé comment moi, qui aime tant Paris, je pouvais me décider à m'enterrer dans cette campagne; je lui ai répondu que j'étais souffrante et que c'était pour me reposer. Il n'a paru me croire que très imparfaitement. Ce pauvre vieux est toujours aux abois. Nous prendrons donc beaucoup de précautions, mon cher Armand; car il me ferait surveiller là-bas, et ce n'est pas le tout qu'il me loue une maison, il faut encore qu'il paye mes dettes, et j'en ai malheureusement quelques-unes. Tout cela vous convient-il?

— Oui, répondis-je en essayant de faire taire tous les scrupules que cette façon de vivre réveillait de temps en temps en moi.

— Nous avons visité la maison dans tous ses détails, nous y serons à merveille. Le duc s'inquiétait de tout. Ah! mon cher, ajouta la folle en m'embrassant, vous n'êtes pas malheureux, c'est un millionnaire qui fait votre lit

— Et quand emménagez-vous? demanda Prudence.

— Le plus tôt possible.

— Vous emmenez votre voiture et vos chevaux.

— J'emmènerai toute ma maison. Vous vous chargerez de mon appartement pendant mon absence.

Huit jours après, Marguerite avait pris possession de la maison de campagne, et moi j'étais installé au Point-du-Jour.

Alors commença une existence que j'aurais bien de la peine à vous décrire.

Dans les commencements de son séjour à Bougival, Marguerite ne put rompre tout à fait avec ses habitudes, et comme la maison était toujours en fête, toutes ses amies venaient la voir; pendant un mois il ne se passa pas de jour que Marguerite n'eût huit ou dix personnes à sa table. Prudence amenait de son côté tous les gens qu'elle connaissait, et leur faisait tous les honneurs de la maison, comme si cette maison lui eût appartenu.

L'argent du duc payait tout cela, comme vous le pensez bien, et cependant il arriva de temps en temps à Prudence de me

QUAND IL AVAIT OUVERT LA PORTE DE LA SALLE A MANGER.

demander un billet de mille francs, soi disant au nom de Marguerite. Vous savez que j'avais fait quelque gain au jeu; je m'empressai donc de remettre à Prudence ce que Marguerite me faisait demander par elle, et dans la crainte qu'elle n'eût besoin de plus que je n'avais, je vins emprunter à Paris une somme égale à celle que j'avais déjà empruntée autrefois, et que j'avais rendue très exactement.

Je me trouvai donc de nouveau riche d'une dizaine de mille francs, sans compter ma pension.

Cependant le plaisir qu'éprouvait Marguerite à recevoir ses amies se calma un peu devant les dépenses auxquelles ce plaisir l'entraînait, et surtout devant la nécessité où elle était quelquefois de me demander de l'argent. Le duc, qui avait loué cette maison pour que Marguerite s'y reposât, n'y paraissait plus, craignant toujours d'y rencontrer une joyeuse et nombreuse compagnie de laquelle il ne voulait pas être vu. Cela tenait surtout à ce que, venant un jour pour dîner en tête à tête avec Marguerite, il était tombé au milieu d'un déjeuner de quinze personnes qui n'était pas encore fini à l'heure où il comptait se mettre à table pour dîner. Quand, ne se doutant de rien, il avait ouvert la porte de la salle à manger, un rire général avait accueilli son entrée, et il avait été forcé de se retirer brusquement devant l'impertinente gaieté des filles qui se trouvaient là.

Marguerite s'était levée de table, avait été retrouver le duc dans la chambre voisine, et avait essayé, autant que possible, de lui faire oublier cette aventure, mais le vieillard, blessé dans son amour-propre, avait gardé rancune : il avait dit assez cruellement à la pauvre fille qu'il était las de payer les folies d'une femme qui ne savait même pas le faire respecter chez elle, et il était parti fort courroucé.

Depuis ce jour on n'avait plus entendu parler de lui. Marguerite avait eu beau congédier ses convives, changer ses habitudes, le duc n'avait plus donné de ses nouvelles. J'y avais gagné que ma maîtresse m'appartenait plus complètement, et que mon rêve se réalisait enfin. Marguerite ne pouvait plus se passer de moi. Sans s'inquiéter de ce qui en résulterait, elle affichait publiquement notre liaison, et j'en étais arrivé à ne plus sortir de chez elle. Les domestiques m'appelaient monsieur, et me regardaient officiellement comme leur maître.

Prudence avait bien fait, à propos de cette nouvelle vie, force morale à Marguerite; mais celle-ci avait répondu qu'elle m'aimait, qu'elle ne pouvait vivre sans moi, et quoi qu'il en dût advenir, elle ne renoncerait pas au bonheur de m'avoir sans cesse auprès d'elle, ajoutant que tous ceux à qui cela ne plairait pas étaient libres de ne pas revenir.

Voilà ce que j'avais entendu un jour où Prudence avait dit à Marguerite qu'elle avait quelque chose de très important à lui communiquer, et où j'avais écouté à la porte de la chambre où elles s'étaient renfermées.

Quelque temps après Prudence revint.

J'étais au fond du jardin quand elle entra; elle ne me vit pas. Je me doutais, à la façon dont Marguerite était venue au-devant d'elle qu'une conversation pareille à celle que j'avais déjà surprise allait avoir lieu de nouveau et je voulus l'entendre comme l'autre.

Les deux femmes se renfermèrent dans un boudoir et je me mis aux écoutes.

— Eh bien? demanda Marguerite.

— Eh bien! j'ai vu le duc.

— Que vous a-t-il dit?

— Qu'il vous pardonnait volontiers la première scène, mais qu'il avait appris que vous viviez publiquement avec monsieur Armand Duval, et que cela il ne vous le pardonnait pas. Que Marguerite quitte ce jeune homme, m'a-t-il dit, et comme par le passé je lui donnerai tout ce qu'elle

J'AVAIS ÉCOUTÉ A LA PORTE DE LA CHAMBRE.

voudra, sinon, elle devra renoncer à me demander quoi que ce soit.

— Vous avez répondu?

— Que je vous communiquerais sa décision, et je lui ai promis de vous faire entendre raison. Réfléchissez, ma chère enfant, à la position que vous perdez et que ne pourra jamais vous rendre Armand. Il vous aime de toute son âme, mais il n'a pas assez de fortune pour subvenir à tous vos besoins, et il faudra bien un jour vous quitter, quand il sera trop tard et que le duc ne voudra plus rien faire pour vous. Voulez-vous que je parle à Armand?

Marguerite paraissait réfléchir, car elle ne répondit pas. Le cœur me battait violemment en attendant sa réponse.

— Non, reprit-elle, je ne quitterai pas Armand, et je ne me cacherai pas pour vivre avec lui. C'est peut-être une folie, mais je l'aime! que voulez-vous? Et puis, maintenant il a pris l'habitude de m'aimer sans obstacle; il souffrirait trop d'être forcé de me quitter ne fût-ce qu'une heure par jour. D'ailleurs, je n'ai pas tant de temps à vivre pour me rendre malheureuse et faire les volontés d'un vieillard dont la vue seule me fait vieillir. Qu'il garde son argent; je m'en passerai.

— Mais comment ferez-vous?

— Je n'en sais rien.

Prudence allait sans doute répondre quelque chose, mais j'entrai brusquement et je courus me jeter aux pieds de Marguerite, couvrant ses mains des larmes que me faisait verser la joie d'être aimé ainsi.

— Ma vie est à toi, Marguerite, tu n'as plus besoin de cet homme, ne suis-je pas là? t'abandonnerais-je jamais et pourrais-je payer assez le bonheur que tu me donnes? Plus de contrainte, ma Marguerite, nous nous aimons! que nous importe le reste?

— Oh! oui, je t'aime, mon Armand! murmura-t-elle en enlaçant ses deux bras autour de mon cou, je t'aime comme je n'aurais pas cru pouvoir aimer. Nous serons heureux, nous vivrons tranquilles, et je dirai un éternel adieu à cette vie dont je rougis maintenant Jamais tu ne me reprocheras le passé, n'est-ce pas?

Les larmes voilaient ma voix. Je ne pus répondre qu'en pressant Marguerite contre mon cœur.

— Allons, dit-elle en se retournant vers Prudence et d'une voix émue, vous rapporterez cette scène au duc, et vous ajouterez que nous n'avons pas besoin de lui.

A partir de ce jour il ne fut plus question du duc. Marguerite n'était plus la fille que j'avais connue. Elle évitait tout ce qui aurait pu me rappeler la vie au milieu de laquelle je l'avais rencontrée. Jamais femme, jamais sœur n'eut pour son époux ou son frère l'amour et les soins qu'elle avait pour moi. Cette nature maladive était prête à toutes les impressions, accessible à tous les sentiments. Elle avait rompu avec ses amies comme avec ses habitudes, avec son langage comme avec les dépenses d'autrefois. Quand on nous voyait sortir de la maison pour aller faire une promenade dans un charmant petit bateau que j'avais acheté, on n'eût jamais cru que cette femme vêtue d'une robe blanche, couverte d'un grand chapeau de paille, et portant sur son bras la simple pelisse de soie qui devait la garantir de la fraîcheur de l'eau, était cette Marguerite Gautier qui, quatre mois auparavant, faisait bruit de son luxe et de ses scandales.

Hélas! nous nous hâtions d'être heureux, comme si nous avions deviné que nous ne pouvions pas l'être longtemps.

Depuis deux mois nous n'étions même pas allés à Paris. Personne n'était venu nous voir, excepté Prudence, et cette Julie Duprat dont je vous ai parlé, et à qui Marguerite devait remettre plus tard le touchant récit que j'ai là.

Je passais des journées entières aux pieds de ma maîtresse. Nous ouvrions les fenêtres qui donnaient sur le jardin, et regardant l'été s'abattre joyeusement dans les fleurs qu'il fait éclore et sous l'ombre des arbres, nous respirions à côté l'un de l'autre cette vie véritable que ni Marguerite ni moi n'avions comprise jusqu'alors

Cette femme avait des étonnements d'enfant pour les moindres choses. Il y avait des jours où elle courait dans le jardin, comme une fille de dix ans, après un papillon ou une demoiselle. Cette courtisane, qui avait fait dépenser en bouquets plus d'argent qu'il n'en faudrait pour faire vivre dans la joie une famille entière, s'asseyait quelquefois sur la pelouse, pendant une heure, pour examiner la simple fleur dont elle portait le nom.

Ce fut pendant ce temps-là qu'elle lut si souvent *Manon Lescaut*. Je la surpris bien des fois annotant ce livre : et elle me disait toujours que lorsqu'une femme aime, elle ne peut pas faire ce que faisait Manon.

Deux ou trois fois le duc lui écrivit. Elle reconnut l'écriture et me donna les lettres sans les lire.

Quelquefois les termes de ces lettres me faisaient venir les larmes aux yeux.

Il avait cru, en fermant sa bourse à

NOUS NOUS HÂTIONS D'ÊTRE HEUREUX.

NOUS ALLIONS NOUS ASSEOIR SOUS LE PETIT BOIS.

Marguerite, la ramener à lui; mais quand il avait vu l'inutilité de ce moyen, il n'avait pas pu y tenir; il avait écrit, redemandant, comme autrefois, la permission de revenir, quelles que fussent les conditions mises à ce retour.

J'avais donc lu ces lettres pressantes et réitérées, et je les avais déchirées, sans dire à Marguerite ce qu'elles contenaient, et sans lui conseiller de revoir le vieillard, quoiqu'un sentiment de pitié pour la douleur du pauvre homme m'y portât : mais je craignais qu'elle ne vît dans ce conseil le désir, en faisant reprendre au duc ses anciennes visites, de lui faire reprendre les charges de la maison; je redoutais par-dessus tout qu'elle me crût capable de dénier la responsabilité de sa vie dans toutes les conséquences où son amour pour moi pouvait l'entraîner.

Il en résulta que le duc, ne recevant pas de réponse, cessa d'écrire, et que Marguerite et moi nous continuâmes à vivre ensemble sans nous occuper de l'avenir.

XVIII

Vous donner des détails sur notre nouvelle vie serait chose difficile. Elle se composait d'une série d'enfantillages charmants pour nous, mais insignifiants pour ceux à qui je les raconterais. Vous savez ce que c'est que d'aimer une femme, vous savez comment s'abrègent les journées, et avec quelle amoureuse paresse on se laisse porter au lendemain. Vous n'ignorez pas cet oubli de toutes choses, qui naît d'un amour violent, confiant et partagé. Tout être qui n'est pas la femme aimée semble un être inutile dans la création. On regrette d'avoir déjà jeté des parcelles de son cœur à d'autres femmes, et l'on n'entrevoit pas la possibilité de presser jamais une autre main que celle que l'on tient dans les siennes. Le cerveau n'admet ni travail ni souvenir, rien enfin de ce qui pourrait le distraire de l'unique pensée qu'on lui offre sans cesse. Chaque jour on découvre dans sa maîtresse un charme nouveau, une volupté inconnue.

L'existence n'est plus que l'accomplissement réitéré d'un désir continu, l'âme n'est plus que la vestale chargée d'entretenir le feu sacré de l'amour.

Souvent nous allions, la nuit venue, nous asseoir sous le petit bois qui dominait la maison. Là nous écoutions les gaies

[h]armonies du soir, en songeant tous deux [à] l'heure prochaine qui allait nous laisser jusqu'au lendemain dans les bras l'un de l'autre. D'autres fois nous restions couchés

NOUS ÉTIONS ACCOUDÉS SUR LE BALCON DE LA FENÊTRE.

toute la journée, sans laisser même le soleil pénétrer dans notre chambre. Les rideaux étaient hermétiquement fermés, et le monde extérieur s'arrêtait un moment pour nous. Nanine seule avait le droit d'ouvrir notre porte, mais seulement pour apporter nos repas; encore les prenions-nous sans nous lever, et en les interrompant sans cesse de rires et de folies. A cela succédait un sommeil de quelques instants, car disparaissant dans notre amour, nous étions comme deux plongeurs obstinés qui ne reviennent à la surface que pour reprendre haleine.

Cependant je surprenais des moments de tristesse et quelquefois même des larmes chez Marguerite, je lui demandais d'où venait ce chagrin subit, et elle me répondait :

— Notre amour n'est pas un amour ordinaire, mon cher Armand. Tu m'aimes comme si je n'avais jamais appartenu à personne, et je tremble que plus tard, te repentant de ton amour et me faisant un crime de mon passé, tu ne me forces à me rejeter dans l'existence au milieu de laquelle tu m'as prise. Songe que maintenant que j'ai goûté d'une nouvelle vie, je mourrais en reprenant l'autre. Dis-moi donc que tu ne me quitteras jamais.

— Je te le jure!

A ce mot, elle me regardait comme pour lire dans mes yeux si mon serment était sincère, puis elle se jetait dans mes bras, et cachant sa tête dans ma poitrine, elle me disait :

— C'est que tu ne sais pas combien je t'aime!

Un soir, nous étions accoudés sur le balcon de la fenêtre, nous regardions la lune qui semblait sortir difficilement de son lit de nuages, et nous écoutions le vent agitant bruyamment les arbres, nous nous tenions la main, et depuis un grand quart d'heure nous ne parlions pas, quand Marguerite me dit .

— Voici l'hiver, veux-tu que nous partions?

— Et pour quel endroit?

— Pour l'Italie.

— Tu t'ennuies donc?

— Je crains l'hiver, je crains surtout notre retour à Paris.

— Pourquoi?

— Pour bien des choses.

Et elle reprit brusquement, sans me donner les raisons de ses craintes :

— Veux-tu partir? je vendrai tout ce j'ai, nous nous en irons vivre là-bas, il ne me restera rien de ce que j'étais, personne ne saura qui je suis. Le veux-tu?

— Partons, si cela te fait plaisir, Marguerite; allons faire un voyage, lui disais-je; mais où est la nécessité de vendre des choses que tu seras heureuse de trouver au retour? Je n'ai pas une assez grande fortune pour accepter un pareil sacrifice, mais j'en ai assez pour que nous puissions voyager grandement pendant cinq ou six mois, si cela t'amuse le moins du monde.

— Au fait, non, continua-t-elle en quittant la fenêtre et en allant s'asseoir sur le canapé dans l'ombre de la chambre, à quoi bon aller dépenser de l'argent là-bas? je t'en coûte déjà bien assez ici.

— Tu me le reproches, Marguerite, c'est pas généreux.

— Pardon, ami, fit-elle en me tendant la main, ce temps d'orage me fait mal aux nerfs; je ne dis pas ce que je veux dire.

Et, après m'avoir embrassé, elle tomba dans une longue rêverie.

Plusieurs fois des scènes semblables eurent lieu, et si j'ignorais ce qui les faisait naître, je ne surprenais pas moins chez Marguerite un sentiment d'inquiétude pour l'avenir. Elle ne pouvait douter de mon amour, car chaque jour il augmentait, et cependant je la voyais souvent triste sans qu'elle m'expliquât jamais le sujet de ses tristesses, autrement que par une cause physique.

Craignant qu'elle ne se fatiguât d'une vie trop monotone, je lui proposais de retourner à Paris, mais elle rejetait toujours cette proposition, et m'assurait ne pouvoir être heureuse nulle part comme elle l'était à la campagne.

Prudence ne venait plus que rarement, mais, en revanche, elle écrivait des lettres que je n'avais jamais demandé à voir, quoique, chaque fois, elles jetassent Marguerite dans une préoccupation profonde. Je ne savais qu'imaginer.

Un jour Marguerite resta dans sa chambre. J'entrai. Elle écrivait.

— A qui écris-tu? lui demandai-je.

— A Prudence : veux-tu que je te lise ce que j'écris?

J'avais horreur de tout ce qui pouvait paraître soupçon, je répondis donc à Marguerite que je n'avais pas besoin de savoir ce qu'elle écrivait, et cependant, j'en avais la certitude, cette lettre m'eût appris la véritable cause de ses tristesses.

Le lendemain, il faisait un temps superbe. Marguerite me proposa d'aller faire une promenade en bateau, et de visiter l'île de Croissy. Elle semblait fort gaie; il était cinq heures quand nous rentrâmes.

— Madame Duvernoy est venue, dit Nanine en nous voyant entrer.

— Elle est repartie? demanda Marguerite.

— Oui, dans la voiture de madame; elle a dit que c'était convenu.

— Très bien, dit vivement Marguerite, qu'on nous serve.

Deux jours après arriva une lettre de Prudence, et pendant quinze jours Marguerite parut avoir rompu avec ces mystérieuses mélancolies, dont elle ne cessait de me demander pardon depuis qu'elles n'existaient plus.

Cependant la voiture ne revenait pas.

— D'où vient que Prudence ne te renvoie pas ton coupé? demandai-je un jour.

— Un des deux chevaux est malade, et il y a des réparations à la voiture. Il vaut mieux que tout cela se fasse pendant que nous sommes encore ici, où nous n'avons pas besoin de voiture, que d'attendre notre retour à Paris.

Prudence vint nous voir quelques jours après, et me confirma ce que Marguerite m'avait dit.

Les deux femmes se promenèrent seules dans le jardin, et quand je vins les rejoindre, elles changèrent de conversation.

Le soir, en s'en allant, Prudence se plaignit du froid et pria Marguerite de lui prêter un cachemire.

Un mois se passa ainsi, pendant lequel Marguerite fut plus joyeuse et plus aimante qu'elle ne l'avait jamais été.

JE LA VOYAIS TOUJOURS TRISTE.

Cependant la voiture n'était pas revenue, le cachemire n'avait pas été renvoyé, tout cela m'intriguait malgré moi, et comme je savais dans quel tiroir Marguerite mettait les lettres de Prudence, je profitai d'un moment où elle était au fond du jardin, je courus à ce tiroir et j'essayai de l'ouvrir; mais ce fut en vain, il était fermé au double tour.

Alors je fouillai ceux où se trouvaient d'ordinaire les bijoux et les diamants. Ceux-là s'ouvrirent sans résistance, mais les écrins avaient disparu, avec ce qu'ils contenaient, bien entendu.

Une crainte poignante me serra le cœur.

J'allais réclamer de Marguerite la vérité sur ces disparitions, mais certainement elle ne me l'avouerait pas.

— Ma bonne Marguerite, lui dis-je alors, je viens te demander la permission d'aller à Paris. On ne sait pas chez moi où je suis, et l'on doit avoir reçu des lettres de mon père; il est inquiet, sans doute, il faut que je lui réponde.

— Va, mon ami, me dit-elle, mais sois ici de bonne heure.

Je partis.

Je courus tout de suite chez Prudence.

— Voyons, lui dis-je sans autre préliminaire, répondez-moi franchement, où sont les chevaux de Marguerite?

— Vendus.

— Le cachemire?

— Vendu.

Les diamants?

— Engagés.

— Et qui a vendu et engagé?

— Moi.

— Pourquoi ne m'en avez-vous pas averti?

— Parce que Marguerite me l'avait défendu.

— Et pourquoi ne m'avez-vous pas demandé d'argent?

— Parce qu'elle ne voulait pas.

— Et à quoi a passé cet argent?

— A payer.

— Elle doit donc beaucoup?

— Trente mille francs encore ou à peu près. Ah! mon cher, je vous l'avais bien dit? vous n'avez pas voulu me croire; eh bien, maintenant, vous voilà convaincu. Le tapissier vis-à-vis duquel le duc avait répondu a été mis à la porte quand il s'est présenté chez le duc qui lui a écrit le lendemain qu'il ne ferait rien pour mademoiselle Gautier. Cet homme a voulu de l'argent, on lui a donné des acomptes, qui sont les quelques mille francs que je vous ai demandés; puis, des âmes charitables l'ont averti que sa débitrice, abandonnée par le duc, vivait avec un garçon sans fortune; les autres créanciers ont été prévenus de même, ils ont demandé de l'argent et ont fait des saisies. Marguerite a voulu tout vendre, mais il n'était plus temps, et d'ailleurs je m'y serais opposée. Il fallait bien payer, et pour ne pas vous demander d'argent, elle a vendu ses chevaux, ses cachemires et engagé ses bijoux. Voulez-vous les reçus des acheteurs et les reconnaissances du Mont-de-Piété?

Et Prudence, ouvrant un tiroir, me montrait ces papiers.

— Ah! vous croyez, continua-t-elle avec cette persistance de la femme qui a le droit de dire : J'avais raison! ah! vous croyez qu'il suffit de s'aimer et d'aller vivre à la campagne d'une vie pastorale et vaporeuse? Non, mon ami, non. A côté de la vie idéale, il y a la vie matérielle, et les résolutions les plus chastes sont retenues à terre par des fils ridicules, mais de fer, et que l'on ne brise pas facilement. Si Marguerite ne vous a pas trompé vingt fois, c'est qu'elle est d'une nature exceptionnelle. Ce n'est pas faute que je le lui aie conseillé, car cela me faisait peine de voir la pauvre fille se dépouiller de tout. Elle n'a pas voulu! elle m'a répondu qu'elle vous aimait et ne vous tromperait pour rien au monde. Tout cela est fort joli, fort poétique, mais ce n'est pas avec cette monnaie qu'on paye les créanciers, et aujourd'hui elle ne peut plus s'en tirer, à moins d'une trentaine de mille francs, je vous le répète.

— C'est bien, je donnerai cette somme.

— Vous allez l'emprunter?

— Mon Dieu, oui.

— Vous allez faire là une belle chose; vous brouiller avec votre père, entraver vos ressources, et l'on ne trouve pas ainsi trente mille francs du jour au lendemain. Croyez-moi, mon cher Armand, je connais mieux les femmes que vous; ne faites pas cette folie dont vous vous repentiriez un jour. Soyez raisonnable. Je ne vous dis pas de quitter Marguerite, mais vivez avec elle comme vous viviez au commencement de l'été. Laissez-lui trouver les moyens de sortir d'embarras. Le duc reviendra peu à peu à elle. Le comte de N..., si elle le prend, il me le disait encore hier, lui payera toutes ses dettes, et lui donnera quatre ou cinq mille francs par mois. Il a deux cent mille livres de rente. Ce sera une position pour elle, tandis que vous, il faudra toujours que vous la quittiez; n'attendez pas pour cela que vous soyez ruiné, d'autant plus que ce comte de N... est un imbécile, et que rien ne vous empêchera d'être l'amant de Marguerite. Elle pleurera un peu au commencement, mais elle finira par s'y habituer, et vous remerciera un jour de ce que vous aurez fait. Supposez que Marguerite est mariée, et trompez le mari, voilà tout. Je vous ai déjà dit tout cela une fois; seulement à cette époque, ce n'était encore qu'un conseil, et aujourd'hui, c'est presque une nécessité.

Prudence avait cruellement raison.

— Voilà ce que c'est, continua-t-elle en renfermant les papiers qu'elle venait de montrer, les femmes entretenues prévoient toujours qu'on les aimera, jamais qu'elles aimeront, sans quoi elles mettraient de l'argent de côté, et à trente ans elles pourraient se payer le luxe d'avoir un amant pour rien. Si j'avais su ce que je sais, moi! Enfin, ne dites rien à Marguerite et ramenez-la à Paris. Vous avez vécu quatre ou cinq mois seul avec elle, c'est bien raisonnable; fermez les yeux, c'est tout ce qu'on vous demande. Au bout de quinze jours elle prendra le comte de N..., elle fera des économies cet hiver, et, l'été prochain vous recommencerez. Voilà comme on fait, mon cher!

Et Prudence paraissait enchantée de son conseil que je rejetai avec indignation.

Non seulement mon amour et ma dignité ne me permettaient pas d'agir ainsi, mais encore j'étais bien convaincu qu'au point où elle en était arrivée, Marguerite mourrait plutôt que d'accepter ce partage.

— C'est assez plaisanter, dis-je à Prudence; combien faut-il définitivement à Marguerite?

— Je vous l'ai dit, une trentaine de mille francs.

— Et quand faut-il cette somme?

— Avant deux mois.

— Elle l'aura.

Prudence haussa les épaules.

— Je vous la remettrai, continuai-je, mais vous me jurez que vous ne direz pas à Marguerite que je vous l'ai remise.

— Soyez tranquille.

— Et si elle vous envoie autre chose à vendre ou à engager, prévenez-moi.

— Il n'y a pas de danger, elle n'a plus rien.

Je passai d'abord chez moi pour voir s'il y avait des lettres de mon père.

Il y en avait quatre.

MARGUERITE M'ATTENDAIT A LA PORTE DU JARDIN.

XIX

Dans les trois premières lettres, mon père s'inquiétait de mon silence et m'en demandait la cause; dans la dernière, il me laissait voir qu'on l'avait informé de mon changement de vie, et m'annonçait son arrivée prochaine.

J'ai toujours eu un grand respect et une sincère affection pour mon père. Je lui répondis donc qu'un petit voyage avait été la cause de mon silence, et je le priai de me prévenir du jour de son arrivée, afin que je pusse aller au-devant de lui.

Je donnai à mon domestique mon adresse à la campagne, en lui recommandant de m'apporter la première lettre qui serait timbrée de la ville de C..., puis je repartis aussitôt pour Bougival.

Marguerite m'attendait à la porte du jardin.

Son regard exprimait l'inquiétude. Elle me sauta au cou, et ne put s'empêcher de me dire :

— As-tu vu Prudence ?

— Non.

— Tu as été bien longtemps à Paris?

— J'ai trouvé des lettres de mon père auquel il m'a fallu répondre.

Quelques instants après, Nanine entra tout essoufflée. Marguerite se leva et alla lui parler bas.

Quand Nanine fut sortie, Marguerite me dit, en se rasseyant près de moi et en prenant la main :

— Pourquoi m'as-tu trompée? Tu es allé chez Prudence.

— Qui te l'a dit?

— Nanine.

— Et d'où le sait-elle?

— Elle t'a suivi.

— Tu lui avais donc dit de me suivre?

— Oui. J'ai pensé qu'il fallait un motif puissant pour te faire aller ainsi à Paris, toi qui ne m'as pas quittée depuis quatre mois. Je craignais qu'il ne te fût arrivé un malheur, ou que peut-être tu n'allasses voir une autre femme.

— Enfant!

— Je suis rassurée maintenant, je sais ce que tu as fait, mais je ne sais pas encore ce que l'on t'a dit.

Je montrai à Marguerite les lettres de mon père.

— Ce n'est pas cela que je te demande :

ce que je voudrais savoir, c'est pourquoi tu es allé chez Prudence.

— Pour la voir.

— Tu mens, mon ami.

— Eh bien, je suis allé lui demander si le cheval allait mieux, et si elle n'avait plus besoin de ton cachemire, ni de tes bijoux.

Marguerite rougit mais elle ne répondit pas.

— Et, continuai-je, j'ai appris l'usage que tu avais fait des chevaux, des cachemires et des diamants.

— Et tu m'en veux?

— Je t'en veux de ne pas avoir eu l'idée de me demander ce dont tu avais besoin.

— Dans une liaison comme la nôtre, si la femme a encore un peu de dignité, elle doit s'imposer tous les sacrifices possibles plutôt que de demander de l'argent à son amant et de donner un côté vénal à son amour. Tu m'aimes, j'en suis sûre, mais tu ne sais pas combien est léger le fil qui retient dans le cœur l'amour que l'on a pour des filles comme moi. Qui sait? peut-être dans un jour de gêne ou d'ennui, te serais-tu figuré voir dans notre liaison un calcul habilement combiné! Prudence est une bavarde Qu'avais-je besoin de ces chevaux! J'ai fait une économie en les vendant! je puis bien m'en passer, et je ne dépense plus rien pour eux, pourvu que tu m'aimes, c'est tout ce que je demande, et tu m'aimeras autant sans chevaux, sans cachemires et sans diamants.

Tout cela était dit d'un ton si naturel, que j'avais les larmes dans les yeux en l'écoutant.

— Mais, ma bonne Marguerite, répondis-je en pressant avec amour les mains de ma maîtresse, tu savais bien qu'un jour j'apprendrais ce sacrifice, et que, le jour où je l'apprendrais, je ne le souffrirais pas.

— Pourquoi cela?

— Parce que, chère enfant, je n'entends pas que l'affection que tu veux bien avoir pour moi te prive même d'un bijou. Je ne veux pas, moi non plus, que dans un moment de gêne ou d'ennui, tu puisses réfléchir que si tu vivais avec un autre homme ces moments n'existeraient pas, et que tu te repentes, ne fût-ce qu'une minute, de vivre avec moi. Dans quelques jours, tes chevaux, tes diamants et tes cachemires te seront rendus. Ils te sont aussi nécessaires que l'air à la vie, et c'est peut-être ridicule, mais je t'aime mieux somptueuse que simple.

— Alors c'est que tu ne m'aimes plus.

— Folle!

— Si tu m'aimais, tu me laisserais t'aimer à ma façon; au contraire, tu ne continues à voir en moi qu'une fille à qui ce luxe est indispensable, et que tu te crois toujours forcé de payer. Tu as honte d'accepter des preuves de mon amour. Malgré toi, tu penses à me quitter un jour et tu tiens à mettre ta délicatesse à l'abri de tout soupçon. Tu as raison, mon ami, mais j'avais espéré mieux.

Et Marguerite fit un mouvement pour se lever; je la retins en lui disant :

— Je veux que tu sois heureuse, et que tu n'aies rien à me reprocher, voilà tout.

— Et nous allons nous séparer!

— Pourquoi, Marguerite? Qui peut nous séparer? m'écriai-je.

— Toi, qui ne veux pas me permettre de comprendre ta position, et qui as la vanité de me garder la mienne; toi, qui, en me conservant le luxe au milieu duquel j'ai vécu, veux conserver la distance morale qui nous sépare; toi, enfin, qui ne crois pas mon affection assez désintéressée pour partager avec moi la fortune que tu as, avec laquelle nous pourrions vivre heureux ensemble, et qui préfères te ruiner, esclave que tu es d'un préjugé ridicule. Crois-tu donc que je compare une voiture et des bijoux à ton amour? crois-tu que le bonheur consiste pour moi dans les vanités dont on se contente quand on n'aime rien, mais qui deviennent bien mesquines quand on aime? Tu payeras mes dettes, tu escompteras ta fortune et tu m'entretiendras enfin! Combien de temps tout cela durera-t il? deux ou trois mois, et alors il sera trop tard pour prendre la vie que je te propose, car alors tu accepterais tout de moi, et c'est ce qu'un homme d'honneur ne peut faire. Tandis que maintenant tu as huit ou dix mille francs de rente avec lesquels nous pouvons vivre. Je vendrai le superflu de ce que j'ai, et avec cette vente seule, je me ferai deux mille livres par an. Nous louerons un joli petit appartement dans lequel nous resterons tous les deux. L'été, nous viendrons à la campagne, non pas dans une maison comme celle-ci, mais dans une petite maison suffisante pour deux personnes. Tu es indépendant, je suis libre, nous sommes jeunes, au nom du ciel, Armand, ne me rejette pas dans la vie que j'étais forcée de mener autrefois.

Je ne pouvais répondre, des larmes de reconnaissance et d'amour inondaient mes yeux, et je me précipitai dans les bras de Marguerite.

— Je voulais, reprit-elle, tout arranger sans t'en rien dire, payer toutes mes dettes et faire préparer mon nouvel appartement. Au mois d'octobre, nous serions retournés à Paris, et tout aurait été dit; mais puisque Prudence t'a tout raconté, il faut que tu consentes avant, au lieu de consentir après. — M'aimes-tu assez pour cela?

Il était impossible de résister à tant de dévouement. Je baisai les mains de Marguerite avec effusion, et je lui dis :

— Je ferai tout ce que tu voudras.

Ce qu'elle avait décidé fut donc convenu.

Alors elle devint d'une gaieté folle : elle dansait, elle chantait, elle se faisait une fête de la simplicité de son nouvel appartement, sur le quartier et la disposition duquel elle me consultait déjà.

Je la voyais heureuse et fière de cette résolution qui semblait devoir nous rapprocher définitivement l'un de l'autre.

Aussi, je ne voulus pas être en reste avec elle.

En un instant je décidai de ma vie. J'établis la position de ma fortune, et je fis à Marguerite l'abandon de la rente qui me venait de ma mère, et qui me parut bien insuffisante pour récompenser le sacrifice que j'acceptais.

Il me restait les cinq mille francs de pension que me faisait mon père, et, quoi qu'il arrivât, j'avais toujours assez de cette pension annuelle pour vivre.

Je ne dis pas à Marguerite ce que j'avais résolu, convaincu que j'étais qu'elle refuserait cette donation.

Cette rente provenait d'une hypothèque de soixante mille francs sur une maison que je n'avais même jamais vue. Tout ce que je savais, c'est qu'à chaque trimestre le notaire de mon père, vieil ami de notre famille, me remettait sept cent cinquante francs sur mon simple reçu.

Le jour où Marguerite et moi nous vînmes à Paris pour chercher des appartements, j'allai chez ce notaire, et je lui demandai de quelle façon je devais m'y prendre pour faire à une autre personne le transfert de cette rente.

Le brave homme me crut ruiné et me questionna sur la cause de cette décision. Or, comme il fallait bien tôt ou tard que je lui disse en faveur de qui je faisais cette donation, je préférai lui raconter tout de suite la vérité.

Il ne me fit aucune des objections que sa position de notaire et d'ami l'autorisait à me faire, et m'assura qu'il se chargeait d'arranger tout pour le mieux.

Je lui recommandai naturellement la plus grande discrétion vis-à-vis de mon père, et j'allai rejoindre Marguerite qui m'attendait chez Julie Duprat, où elle avait préféré descendre plutôt que d'aller écouter la morale de Prudence.

Nous nous mîmes en quête d'appartements. Tous ceux que nous voyions, Marguerite les trouvait trop chers, et moi je les trouvais trop simples. Cependant nous finîmes par tomber d'accord, et nous arrêtâmes dans un des quartiers les plus tranquilles de Paris un petit pavillon, isolé de la maison principale

Derrière ce petit pavillon s'étendait un jardin charmant, jardin qui en dépendait, entouré de murailles assez élevées pour nous séparer de nos voisins, et assez basses pour ne pas borner la vue.

C'était mieux que nous n'avions espéré.

Pendant que je me rendais chez moi pour donner congé de mon appartement, Marguerite allait chez un homme d'affaires qui, disait-elle, avait déjà fait pour une de ses amies ce qu'elle allait lui demander de faire pour elle.

Elle vint me retrouver rue de Provence, enchantée. Cet homme lui avait promis de payer toutes ses dettes, de lui en donner quittance, et de lui remettre une vingtaine de mille francs moyennant l'abandon de tous ses meubles.

Vous avez vu par le prix auquel est montée la vente que cet honnête homme eût gagné plus de trente mille francs sur sa cliente.

Nous repartîmes tout joyeux pour Bougival, et en continuant de nous communiquer nos projets d'avenir, que, grâce à notre insouciance et surtout à notre amour, nous voyions sous les teintes les plus dorées.

Huit jours après nous étions à déjeuner quand Nanine vint m'avertir que mon domestique me demandait.

Je le fis entrer.

— Monsieur, me dit-il, votre père est arrivé à Paris, et vous prie de vous rendre tout de suite chez vous où il vous attend.

Cette nouvelle était la chose du monde la plus simple, et cependant, en l'apprenant, Marguerite et moi nous nous regardâmes.

Nous devinions un malheur dans cet incident.

Aussi, sans qu'elle m'eût fait part de cette impression que je partageais, j'y répondis en lui tendant la main :

— Ne crains rien.

— Reviens le plus tôt que tu pourras, murmura Marguerite en m'embrassant, je t'attendrai à la fenêtre.

J'envoyai Joseph dire à mon père que j'allais arriver

En effet, deux heures après, j'étais rue de Provence.

XX

Mon père, en robe de chambre, était assis dans mon salon et il écrivait.

Je compris tout de suite, à la façon dont il leva les yeux sur moi quand j'entrai, qu'il allait être question de choses graves.

Je l'abordai cependant comme si je n'eusse rien deviné dans son visage, et je l'embrassai.

MONSIEUR, ME DIT-IL, VOTRE PÈRE EST ARRIVÉ A PARIS.

— Quand êtes-vous arrivé, mon père?

— Hier au soir.

— Vous êtes descendu chez moi, comme de coutume?

— Oui.

— Je regrette bien de ne pas m'être trouvé là pour vous recevoir.

Je m'attendais à voir surgir dès ce mot la morale que me promettait le visage froid de mon père; mais il ne me répondit rien, cacheta la lettre qu'il venait d'écrire, et la remit à Joseph pour qu'il la jetât à la poste.

Quand nous fûmes seuls, mon père se leva et me dit, en s'appuyant contre la cheminée :

— Nous avons, mon cher Armand, à causer de choses sérieuses.

— Je vous écoute, mon père.

— Tu me promets d'être franc?

— C'est mon habitude.

— Est-il vrai que tu vives avec une femme nommée Marguerite Gautier?

— Oui.

— Sais-tu ce qu'était cette femme?

— Une fille entretenue.

— C'est pour elle que tu as oublié de venir nous voir cette année, ta sœur et moi?

— Oui, mon père, je l'avoue.

— Tu aimes donc beaucoup cette femme?

— Vous le voyez bien, mon père, puisqu'elle m'a fait manquer à un devoir sacré, ce dont je vous demande humblement pardon aujourd'hui.

Mon père ne s'attendait sans doute pas à des réponses aussi catégoriques, car il parut réfléchir un instant, après quoi il me dit :

— Tu as évidemment compris que tu ne pourrais pas vivre toujours ainsi?

— Je l'ai craint, mon père, mais je ne l'ai pas compris.

— Mais vous avez dû comprendre, continua mon père d'un ton un peu plus sec, que je ne le souffrirais pas, moi.

— Je me suis dit que tant que je ne ferais rien qui fût contraire au respect que je dois à votre nom et à la probité traditionnelle de la famille, je pourrais vivre comme je vis, ce qui m'a rassuré un peu sur les craintes que j'avais.

Les passions rendent fort contre les sentiments. J'étais prêt à toutes les luttes, même contre mon père, pour conserver Marguerite.

— Alors, le moment de vivre autrement est venu.

— Eh! pourquoi, mon père?

— Parce que vous êtes au moment de

faire des choses qui blessent le respect que vous croyez avoir pour votre famille.

— Je ne m'explique pas ces paroles.

— Je vais vous les expliquer. Que vous ayez une maîtresse, c'est fort bien, que vous la payiez comme un galant homme doit payer l'amour d'une femme entretenue, c'est on ne peut mieux; mais que vous oubliiez les choses les plus saintes pour elle, que vous permettiez que le bruit de votre vie scandaleuse arrive jusqu'au fond de ma province et jette l'ombre d'une tache sur le nom honorable que je vous ai donné, voilà ce qui ne peut être, voilà ce qui ne sera pas.

— Permettez-moi de vous dire, mon père, que ceux qui vous ont ainsi renseigné sur mon compte étaient mal informés. Je suis l'amant de mademoiselle Gautier, je vis avec elle, c'est la chose la plus simple. Je ne donne pas à mademoiselle Gautier le nom que j'ai reçu de vous, je dépense pour elle ce que mes moyens me permettent de dépenser, je n'ai pas fait une dette, et je ne me suis trouvé enfin dans aucune de ces positions qui autorisent un père à dire à son fils ce que vous venez de me dire.

— Un père est toujours autorisé à écarter son fils de la mauvaise voie dans laquelle il le voit s'engager. Vous n'avez encore rien fait de mal, mais vous le ferez.

— Mon père!

— Monsieur, je connais la vie mieux que vous. Il n'y a de sentiments entièrement purs que chez les femmes entièrement chastes. Toute Manon peut faire un Des Grieux, et le temps et les mœurs sont changés. Il serait inutile que le monde vieillît, s'il ne se corrigeait pas. Vous quitterez votre maîtresse.

— Je suis fâché de vous désobéir, mon père, mais c'est impossible.

— Je vous y contraindrai.

— Malheureusement, mon père, il n'y a plus d'îles Sainte-Marguerite où l'on envoie les courtisanes, et, y en eût-il encore, j'y suivrais mademoiselle Gautier, si vous obteniez qu'on l'y envoyât. Que voulez-vous? j'ai peut-être tort, mais je ne puis être heureux qu'à la condition que je resterai l'amant de cette femme.

— Voyons, Armand, ouvrez les yeux, reconnaissez votre père qui vous a toujours aimé, et qui ne veut que votre bonheur. Est-il honorable pour vous d'aller vivre maritalement avec une fille

QUAND NOUS FÛMES SEULS, MON PÈRE SE LEVA...

que tout le monde a eue?

— Qu'importe, mon père, si personne ne doit plus l'avoir! qu'importe, si cette fille m'aime, si elle se régénère par l'amour qu'elle a pour moi et par l'amour que j'ai pour elle! Qu'importe, enfin, s'il y a conversion!

— Eh! croyez-vous donc, monsieur, que la mission d'un homme d'honneur soit de convertir des courtisanes? croyez-vous donc que Dieu ait donné ce but grotesque à la vie, et que le cœur ne doive pas avoir un autre enthousiasme que celui-là? Quelle sera la conclusion de cette cure merveilleuse, et que penserez-vous de ce que vous dites aujourd'hui, quand vous aurez quarante ans? Vous rirez de votre amour, s'il vous est permis d'en rire encore, s'il n'a pas laissé de traces trop profondes dans votre passé. Que seriez-vous à cette heure, si votre père avait eu vos idées, et avait abandonné sa vie à tous ces souffles d'amour, au lieu de l'établir inébranlablement sur une pensée d'honneur et de loyauté? Réfléchissez, Armand, et ne dites plus de pareilles sottises. Voyons, vous quitterez cette femme, votre père vous en supplie.

Je ne répondis rien.

— Armand, continua mon père, au nom de votre sainte mère, croyez-moi, renoncez à cette vie que vous oublierez plus vite que vous ne pensez, et à laquelle vous enchaîne une théorie impossible. Vous avez vingt-quatre ans, songez à l'avenir. Vous ne pouvez pas aimer toujours cette femme qui ne vous aimera pas toujours non plus. Vous vous exagérez tous deux votre amour. Vous vous fermez toute carrière. Un pas de plus et vous ne pourrez plus quitter la route où vous êtes, et vous aurez, toute votre vie, le remords de votre jeunesse. Partez, venez passer un mois ou deux auprès de votre sœur. Le repos et l'amour pieux de la famille vous guériront vite de cette fièvre, car ce n'est pas autre chose. Pendant ce temps, votre maîtresse se consolera, elle prendra un autre amant, et quand vous verrez pour qui vous avez failli vous brouiller avec votre père et perdre son affection, vous me direz que j'ai bien fait de venir vous chercher, et vous me bénirez. Allons, tu partiras, n'est-ce pas, Armand?

Je sentais que mon père avait raison pour toutes les femmes, mais j'étais convaincu qu'il n'avait pas raison pour Marguerite. Cependant le ton dont il m'avait dit ses dernières paroles était si doux, si suppliant que je n'osais lui répondre.

— Eh bien? fit-il d'une voie émue.

— Eh bien, mon père, je ne puis rien vous promettre, dis-je enfin; ce que vous me demandez est au-dessus de mes forces. Croyez-moi, continuai-je en le voyant faire un mouvement d'impatience, vous vous exagérez les résultats de cette liaison. Marguerite n'est pas la fille que vous croyez. Cet amour, loin de me jeter dans une mauvaise voie, est capable au contraire de développer en moi les plus honorables sentiments. L'amour vrai rend toujours meilleur, quelle que soit la femme qui l'inspire. Si vous connaissiez Marguerite, vous comprendriez que je ne m'expose à rien. Elle est noble comme les plus nobles femmes. Autant il y a de cupidité chez les autres, autant il y a de désintéressement chez elle.

— Ce qui ne l'empêche pas d'accepter toute votre fortune, car les soixante mille francs qui vous viennent de votre mère, et que vous lui donnez, sont, rappelez-vous bien ce que je vous dis, votre unique fortune.

Mon père avait probablement gardé cette péroraison et cette menace pour me porter le dernier coup.

J'étais plus fort devant ses menaces que devant ses prières.

— Qui vous a dit que je dusse lui abandonner cette somme? repris-je.

— Mon notaire. Un honnête homme eût-il fait un acte semblable sans me prévenir? Eh bien, c'est pour empêcher votre ruine en faveur d'une fille que je suis venu à Paris. Votre mère vous a laissé en mourant de quoi vivre honorablement, non pas de quoi de faire des générosités à vos maîtresses.

— Je vous le jure, mon père, Marguerite ignorait cette donation.

— Et pourquoi la faisiez-vous alors?

— Parce que Marguerite, cette femme que vous calomniez et que vous voulez que j'abandonne, fait le sacrifice de tout ce qu'elle possède pour vivre avec moi.

— Et vous acceptez ce sacrifice? Quel homme êtes-vous donc, monsieur, pour

JE PRIS UN CABRIOLET ET JE PARTIS POUR BOUGIVAL.

permettre à une mademoiselle Marguerite de vous sacrifier quelque chose? Allons, en voilà assez. Vous quitterez cette femme. Tout à l'heure je vous en priais, maintenant je vous l'ordonne; je ne veux pas de pareilles saletés dans ma famille. Faites vos malles, et apprêtez-vous à me suivre.

— Pardonnez-moi, mon père, dis-je alors, mais je ne partirai pas.

— Parce que?

— Parce que j'ai déjà l'âge où l'on n'obéit plus à un ordre.

Mon père pâlit à cette réponse.

— C'est bien, monsieur, reprit-il; je sais ce qu'il me reste à faire.

Il sonna.

Joseph parut.

— Faites transporter mes malles à l'hôtel de Paris, dit-il à mon domestique.

Et en même temps il passa dans sa chambre, où il acheva de s'habiller.

Quand il reparut, j'allai au-devant de lui.

— Vous me promettez, mon père, lui dis-je, de ne rien faire qui puisse causer de la peine à Marguerite?

Mon père s'arrêta, me regarda avec dédain, et se contenta de répondre.

— Vous êtes fou, je crois.

Après quoi, il sortit en fermant violemment la porte derrière lui.

Je descendis à mon tour, je pris un cabriolet et je partis pour Bougival.

Marguerite m'attendait à la fenêtre.

XXI

— Enfin! s'écria-t-elle en me sautant au cou. Te voilà! Comme tu es pâle!

Alors je lui racontai ma scène avec mon père.

— Ah! mon Dieu! je m'en doutais, dit-elle. Quand Joseph est venu nous annoncer l'arrivée de ton père, j'ai tressailli comme à la nouvelle d'un malheur. Pauvre ami! et c'est moi qui te cause tous ces chagrins. Tu ferais peut-être mieux de me quitter que de te brouiller avec ton père. Cependant je ne lui ai rien fait. Nous vivons bien tranquilles, nous allons vivre plus tranquilles encore. Il sait bien qu'il faut que tu aies une maîtresse, et il devrait être heureux que ce fût moi, puisque je t'aime et n'ambitionne pas plus que ta position ne le permet. Lui as-tu dit comment nous avons arrangé l'avenir?

— Oui, et c'est ce qui l'a le plus irrité, car il a vu dans cette détermination la preuve de notre amour mutuel.

— Que faire alors?

— Rester ensemble, ma bonne Marguerite, et laisser passer cet orage.

— Passera-t-il?

— Il le faudra bien.

— Mais ton père ne s'en tiendra pas là?

— Que veux-tu qu'il fasse?

— Que sais-je, moi? tout ce qu'un père peut faire pour que son fils lui obéisse. Il te rappellera ma vie passée et me fera peut-être l'honneur d'inventer quelque nouvelle histoire pour que tu m'abandonnes.

— Tu sais bien que je t'aime.

— Oui, mais, ce que je sais aussi, c'est qu'il faut tôt ou tard obéir à son père, et tu finiras peut-être par te laisser convaincre.

— Non, Marguerite, c'est moi qui le convaincrai Ce sont les cancans de quelques-uns de ses amis qui causent cette grande colère; mais il est bon, il est juste, et il reviendra sur sa première impression. Puis, après tout, que m'importe!

— Ne dis pas cela, Armand; j'aimerais mieux tout que de laisser croire que je te brouille avec ta famille; laisse passer cette journée, et demain retourne à Paris. Ton père aura réfléchi de son côté comme toi du tien, et peut-être vous entendrez-vous mieux. Ne heurte pas ses principes, aie l'air de faire quelques concessions à ses désirs; parais ne pas tenir autant à moi, et il laissera les choses comme elles sont. Espère, mon ami, et sois bien certain d'une chose, c'est que, quoi qu'il arrive, ta Marguerite te restera.

— Tu me le jures?

— Ai-je besoin de te le jurer?

Qu'il est doux de se laisser persuader par une voix que l'on aime! Marguerite et moi, nous passâmes toute la journée à nous redire nos projets comme si nous avions compris le besoin de les réaliser plus vite. Nous nous attendions à chaque minute à quelque événement, mais heureusement le jour se passa sans amener rien de nouveau.

Le lendemain, je partis à dix heures, et j'arrivai vers midi à l'hôtel.

Mon père était déjà sorti.

Je me rendis chez moi, où j'espérais que peut-être il était allé. Personne n'était venu. J'allai chez mon notaire. Personne!

Je retournai à l'hôtel, et j'attendis jusqu'à six heures. M. Duval ne rentra pas.

Je repris la route de Bougival.

Je trouvai Marguerite, non plus m'attendant comme la veille, mais assise au coin du feu qu'exigeait déjà la saison.

Elle était assez plongée dans ses réflexions pour me laisser approcher de son fauteuil sans m'entendre et sans se retourner. Quand je posai mes lèvres sur son front, elle tressaillit comme si ce baiser l'eût réveillée en sursaut.

— Tu m'as fait peur, me dit-elle; et ton père?

— Je ne l'ai pas vu. Je ne sais ce que cela veut dire. Je ne l'ai trouvé ni chez lui, ni dans aucun des endroits où il y avait possibilité qu'il fût.

— Allons, ce sera à recommencer demain.

— J'ai bien envie d'attendre qu'il me fasse demander. J'ai fait, je crois, tout ce que je devais faire.

— Non, mon ami, ce n'est point assez, il faut retourner chez ton père, demain surtout.

— Pourquoi demain plutôt qu'un autre jour?

— Parce que, fit Marguerite, qui me parut rougir un peu à cette question, parce que l'insistance de ta part en paraîtra plus vive et que notre pardon en résultera plus promptement.

Tout le reste du jour, Marguerite fut préoccupée, distraite, triste. J'étais forcé de lui répéter deux fois ce que je lui disais pour obtenir une réponse. Elle rejeta cette préoccupation sur les craintes que lui inspiraient pour l'avenir les événements survenus depuis deux jours.

Je passai ma nuit à la rassurer, et elle me fit partir le lendemain avec une insistante inquiétude que je ne m'expliquais pas.

Comme la veille, mon père était absent; mais, en sortant, il m'avait laissé cette lettre :

« Si vous revenez me voir aujourd'hui, attendez-moi jusqu'à quatre heures; si à quatre heures je ne suis pas rentré, revenez dîner demain avec moi : il faut que je vous parle. »

J'attendis jusqu'à l'heure dite. Mon père ne reparut pas. Je partis.

La veille j'avais trouvé Marguerite triste, ce jour-là je la trouvai fiévreuse et agitée. En me voyant entrer, elle me sauta au cou, mais elle pleura longtemps dans mes bras.

Je la questionnai sur cette douleur subite dont la gradation m'alarmait. Elle ne me donna aucune raison positive, alléguant tout ce qu'une femme peut alléguer quand elle ne veut pas répondre la vérité.

Quand elle fut un peu calmée, je lui racontai les résultats de mon voyage; je lui montrai la lettre de mon père, en lui faisant observer que nous en pouvions augurer du bien.

A la vue de cette lettre et à la réflexion que je fis, les larmes redoublèrent à un tel point que j'appelai Nanine, et que, craignant une atteinte nerveuse, nous couchâmes la pauvre fille qui pleurait sans dire une syllabe, mais qui me tenait les mains, et les baisait à chaque instant.

Je demandai à Nanine si, pendant mon absence, sa maîtresse avait reçu une lettre ou une visite qui pût motiver l'état où je la trouvais, mais Nanine me répondit qu'il n'était venu personne et que l'on n'avait rien apporté.

Cependant il se passait depuis la veille quelque chose d'autant plus inquiétant que Marguerite me le cachait.

Elle parut un peu plus calme dans la soirée, et, me faisant asseoir au pied de son lit, elle me renouvela longuement l'assurance de son amour. Puis, elle me souriait, mais avec effort, car, malgré elle, ses yeux se voilaient de larmes.

J'employai tous les moyens pour lui faire avouer la véritable cause de ce chagrin, mais elle s'obstina à me donner toujours les raisons vagues que je vous ai déjà dites.

Elle finit par s'endormir dans mes bras, mais de ce sommeil qui brise le corps au lieu de le reposer; de temps en temps elle poussait un cri, se réveillait en sursaut, et après s'être assurée que j'étais bien auprès d'elle, elle me faisait lui jurer de l'aimer toujours.

Je ne comprenais rien à ces intermittences de douleur qui se prolongèrent jusqu'au matin. Alors Marguerite tomba dans une sorte d'assoupissement. Depuis deux nuits elle ne dormait pas.

Ce repos ne fut pas de longue durée.

Vers onze heures, Marguerite se réveilla,

et, me voyant levé, elle regarda autour d'elle en s'écriant :

— T'en vas-tu donc déjà?

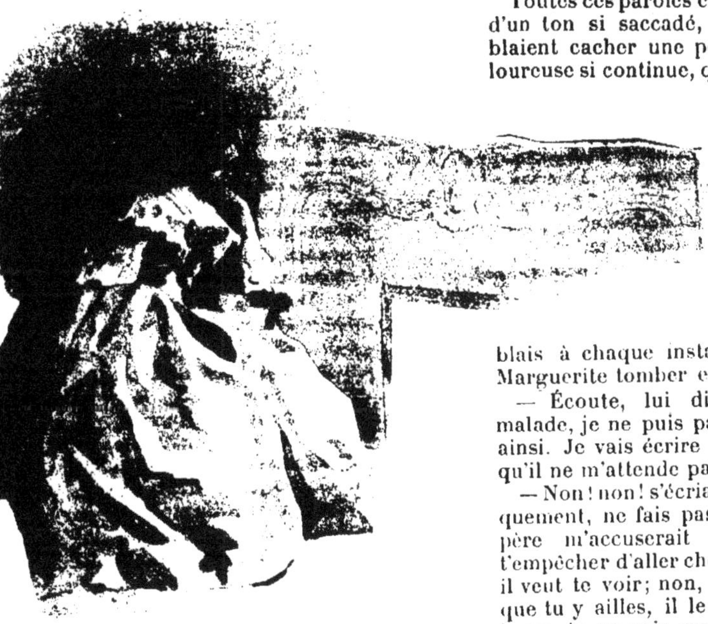

JE TROUVAI MARGUERITE ASSISE AU COIN DU FEU.

— Non, dis-je en lui prenant les mains, mais j'ai voulu te laisser dormir. Il est de bonne heure encore.

— A quelle heure vas-tu à Paris?

— A quatre heures.

— Si tôt? jusque-là tu resteras avec moi, n'est-ce pas?

— Sans doute, n'est-ce pas mon habitude?

— Quel bonheur!

— Nous allons déjeuner? reprit-elle d'un air distrait.

— Si tu le veux.

— Et puis tu m'embrasseras bien jusqu'au moment de partir?

— Oui, et je reviendrai le plus tôt possible.

— Tu reviendras? fit-elle en me regardant avec des yeux hagards.

— Naturellement.

— C'est juste, tu reviendras ce soir, et moi, je t'attendrai, comme d'habitude, et tu m'aimeras, et nous serons heureux comme nous le sommes depuis que nous nous connaissons.

Toutes ces paroles étaient dites d'un ton si saccadé, elles semblaient cacher une pensée douloureuse si continue, que je tremblais à chaque instant de voir Marguerite tomber en délire.

— Écoute, lui dis-je, tu es malade, je ne puis pas te laisser ainsi. Je vais écrire à mon père qu'il ne m'attende pas.

— Non! non! s'écria-t-elle brusquement, ne fais pas cela. Ton père m'accuserait encore de t'empêcher d'aller chez lui quand il veut te voir; non, non, il faut que tu y ailles, il le faut! D'ailleurs, je ne suis pas malade, je me porte à merveille. C'est que j'ai fait un mauvais rêve, et que je n'étais pas bien réveillée?

A partir de ce moment, Marguerite essaya de paraître plus gaie. Elle ne pleura plus.

Quand vint l'heure où je devais partir, je l'embrassai, et lui demandai si elle voulait m'accompagner jusqu'au chemin de fer : j'espérais que la promenade la distrairait et que l'air lui ferait du bien.

Je tenais surtout à rester le plus longtemps possible avec elle.

Elle accepta, prit un manteau et m'accompagna avec Nanine, pour ne pas revenir seule.

Vingt fois je fus au moment de ne pas partir. Mais l'espérance de revenir vite et la crainte d'indisposer de nouveau mon père contre moi me soutinrent, et le convoi m'emporta.

— A ce soir, dis-je à Marguerite en la quittant.

Elle ne me répondit pas.

Une fois déjà elle ne m'avait pas

répondu à ce même mot, et le comte de G...., vous vous le rappelez, avait passé la nuit chez elle; mais ce temps était si loin, qu'il semblait effacé de ma mémoire, et si je craignais quelque chose, ce n'était certes plus que Marguerite me trompât.

En arrivant à Paris, je courus chez Prudence la prier d'aller voir Marguerite, espérant que sa verve et sa gaieté la distrairaient.

J'entrai sans me faire annoncer, et je trouvai Prudence à sa toilette.

— Ah! me dit-elle d'un air inquiet. Est-ce que Marguerite est avec vous?

— Non.

— Comment va t-elle?

— Elle est souffrante.

— Est-ce qu'elle ne viendra pas?

— Est-ce qu'elle devait venir?

Madame Duvernoy rougit, et me répondit, avec un certain embarras :

— Je voulais dire : Puisque vous venez à Paris, est-ce qu'elle ne viendra pas vous y rejoindre?

— Non.

Je regardai Prudence; elle baissa les yeux, et sur sa physionomie je crus lire la crainte de voir ma visite se prolonger.

— Je venais même vous prier, ma chère Prudence, si vous n'avez rien à faire, d'aller voir Marguerite ce soir; vous lui tiendriez compagnie, et vous pourriez coucher là-bas. Je ne l'ai jamais vue comme elle était aujourd'hui, et je tremble qu'elle ne tombe malade.

— Je dîne en ville, me répondit Prudence, et je ne pourrai pas voir Marguerite ce soir, mais je la verrai demain.

Je pris congé de madame Duvernoy, qui me paraissait presque aussi préoccupée que Marguerite, et je me rendis chez mon père, dont le premier regard m'étudia avec attention.

Il me tendit la main.

— Vos deux visites m'ont fait plaisir, Armand, me dit-il, elles m'ont fait espérer que vous auriez réfléchi de votre côté, comme j'ai réfléchi, moi, du mien.

— Puis-je me permettre de vous demander, mon père, quel a été le résultat de vos réflexions?

— Il a été, mon ami, que je m'étais exagéré l'importance des rapports que l'on m'avait faits, et que je me suis promis d'être moins sévère avec toi.

— Que dites-vous, mon père! m'écriai-je avec joie.

— Je dis, mon cher enfant, qu'il faut que tout jeune homme ait une maîtresse, et que, d'après de nouvelles informations, j'aime mieux te savoir l'amant de mademoiselle Gautier que d'une autre.

— Mon excellent père! que vous me rendez heureux!

Nous causâmes ainsi quelques instants, puis nous nous mîmes à table. Mon père fut charmant tout le temps que dura le dîner.

J'avais hâte de retourner à Bougival pour raconter à Marguerite cet heureux changement. A chaque instant je regardais la pendule.

— Tu regardes l'heure, me disait mon père, tu es impatient de me quitter. Oh! jeunes gens! vous sacrifierez donc toujours les affections sincères aux affections douteuses?

— Ne dites pas cela, mon père? Marguerite m'aime, j'en suis sûr.

Mon père ne répondit pas; il n'avait l'air ni de douter ni de croire.

Il insista beaucoup pour me faire passer la soirée entière avec lui, et pour que je ne repartisse que le lendemain; mais j'avais laissé Marguerite souffrante, je le lui dis, et je lui demandai la permission d'aller la retrouver de bonne heure, lui promettant de revenir le lendemain.

Il faisait beau; il voulut m'accompagner jusqu'au débarcadère. Jamais je n'avais été si heureux. L'avenir m'apparaissait tel que je cherchais à le voir depuis longtemps.

J'aimais plus mon père que je ne l'avais jamais aimé.

Au moment où j'allais partir, il insista une dernière fois pour que je restasse; je refusai.

— Tu l'aimes donc bien? me demanda-t-il.

— Comme un fou.

— Va alors!

Et il passa la main sur son front comme s'il eût voulu en chasser une pensée, puis il ouvrit la bouche comme pour me dire quelque chose; mais il se contenta de me serrer la main, et me quitta brusquement en me criant :

— A demain! donc.

XXII

Il me semblait que le convoi ne marchait pas.

Je fus à Bougival à onze heures.

Pas une fenêtre de la maison n'était éclairée, et je sonnai sans que l'on me répondît.

C'était la première fois que pareille chose m'arrivait. Enfin le jardinier parut. J'entrai.

Nanine me rejoignit avec une lumière. J'arrivai à la chambre de Marguerite.

— Où est madame?

— Madame est partie pour Paris, me répondit Nanine.

— Pour Paris!

— Oui, monsieur.

— Quand?

— Une heure après vous.

— Elle ne vous a rien laissé pour moi?

— Rien.

Nanine me laissa

« Elle est capable d'avoir eu des craintes, pensai-je, et d'être allée à Paris pour s'assurer si la visite que je lui avais dit aller faire à mon père n'était pas un prétexte pour avoir un jour de liberté.

« Peut-être Prudence lui a-t-elle écrit pour quelque affaire importante », me dis-je quand je fus seul; mais j'avais vu Prudence à mon arrivée, et elle ne m'avait rien dit qui pût me faire supposer qu'elle eût écrit à Marguerite.

Tout à coup je me souvins de cette question que madame Duvernoy m'avait faite : « Elle ne viendra donc pas aujourd'hui? » quand je lui avais dit que Marguerite était malade. Je me rappelai en même temps l'air embarrassé de Prudence, lorsque je l'avais regardée après cette phrase qui semblait trahir un rendez-vous. A ce souvenir se joignait celui des larmes de Marguerite pendant toute la journée, larmes que le bon accueil de mon père m'avait fait oublier un peu.

A partir de ce moment, tous les incidents du jour vinrent se grouper autour de mon premier soupçon et le fixèrent si solidement dans mon esprit que tout le confirma, jusqu'à la clémence paternelle.

Marguerite avait presque exigé que j'allasse à Paris; elle avait affecté le calme lorsque je lui avais proposé de rester auprès d'elle. Étais-je tombé dans un piège? Marguerite me trompait-elle? avait-elle compté être de retour assez à temps pour que je ne m'aperçusse pas de son absence, et le hasard l'avait-il retenue? Pourquoi n'avait-elle rien dit à Nanine, ou pourquoi ne m'avait-elle pas écrit? Que voulaient dire ces larmes, cette absence, ce mystère?

Voilà ce que je me demandais avec effroi, au milieu de cette chambre vide, et les yeux fixés sur la pendule qui, marquant minuit, semblait me dire qu'il était trop tard pour que j'espérasse encore voir revenir ma maîtresse.

Cependant, après les dispositions que nous venions de prendre, avec le sacrifice offert et accepté, était il vraisemblable qu'elle me trompât? Non. J'essayai de rejeter mes premères suppositions.

— La pauvre fille aura trouvé un acquéreur pour son mobilier, et elle sera allée à Paris pour conclure. Elle n'aura pas voulu me prévenir, car elle sait que, quoique je l'accepte, cette vente, nécessaire à notre bonheur à venir, m'est pénible, et elle aura craint de blesser mon amour-propre et ma délicatesse en m'en parlant. Elle aime mieux reparaître seulement quand tout sera terminé. Prudence l'attendait évidemment pour cela, et s'est trahie devant moi : Marguerite n'aura pu terminer son marché aujourd'hui, et elle couche chez elle, ou peut-être même va-t-elle arriver tout à l'heure, car elle doit se douter de mon inquiétude et ne voudra certainement pas m'y laisser.

Mais alors, pourquoi ces larmes? Sans doute, malgré son amour pour moi, la

MADAME EST PARTIE POUR PARIS.

pauvre fille n'aura pu se résoudre sans pleurer à abandonner le luxe au milieu duquel elle a vécu jusqu'à présent et qui la faisait heureuse et enviée.

Je pardonnais bien volontiers ces regrets à Marguerite. Je l'attendais impatiemment pour lui dire, en la couvrant de baisers, que j'avais deviné la cause de sa mystérieuse absence.

Cependant, la nuit avançait et Marguerite n'arrivait pas.

L'inquiétude resserrait peu à peu son cercle et m'étreignait la tête et le cœur. Peut-être lui était-il arrivé quelque chose! Peut-être était-elle blessée, malade, morte! Peut-être allais-je voir arriver un messager m'annonçant quelque douloureux accident! Peut-être le jour me trouverait-il dans la même incertitude et dans les mêmes craintes!

L'idée que Marguerite me trompait à l'heure où je l'attendais au milieu des terreurs que me causait son absence ne me revenait plus à l'esprit. Il fallait une cause indépendante de sa volonté pour la retenir loin de moi, et plus j'y songeais, plus j'étais convaincu que cette cause ne pouvait être qu'un malheur quelconque. O vanité de l'homme! tu te représentes sous toutes les formes.

Une heure venait de sonner. Je me dis que j'allais attendre une heure encore, mais qu'à deux heures, si Marguerite n'était pas revenue, je partirais pour Paris.

En attendant, je cherchai un livre, car je n'osais penser.

Manon Lescaut était ouvert sur la table. Il me sembla que d'endroits en endroits les pages étaient mouillées comme par des larmes. Après l'avoir feuilleté, je refermai ce livre dont les caractères m'apparaissaient vides de sens à travers le voile de mes doutes.

L'heure marchait lentement. Le ciel était couvert. Une pluie d'automne fouettait les vitres. Le lit vide me paraissait prendre par moments l'aspect d'une tombe. J'avais peur.

J'ouvris la porte. J'écoutais et n'entendais rien que le bruit du vent dans les arbres. Pas une voiture ne passait sur la route. La demie sonna tristement au clocher de l'église.

J'en étais arrivé à craindre que quelqu'un n'entrât. Il me semblait qu'un malheur seul pouvait venir me trouver à cette heure et par ce temps sombre.

Deux heures sonnèrent. J'attendis encore un peu. La pendule seule troublait le silence de son bruit monotone et cadencé.

Enfin je quittai cette chambre dont les moindres objets avaient revêtu cet aspect triste que donne à tout ce qui l'entoure l'inquiète solitude du cœur.

Dans la chambre voisine je trouvai Nanine endormie sur son ouvrage. Au bruit de la porte, elle se réveilla et me demanda si sa maîtresse était rentrée.

— Non, mais, si elle rentre, vous lui direz que je n'ai pu résister à mon inquiétude, et que je suis parti pour Paris.

— A cette heure?

— Oui.

— Mais comment? vous ne trouverez pas de voiture.

— J'irai à pied.

— Mais il pleut.

— Que m'importe?

— Madame va rentrer, ou, si elle ne rentre pas, il sera toujours temps, au jour, d'aller voir ce qui l'a retenue. Vous allez vous faire assassiner sur la route.

— Il n'y a pas de danger, ma chère Nanine; à demain.

La brave fille alla me chercher mon manteau, me le jeta sur les épaules, m'offrit d'aller réveiller la mère Arnould, et de s'enquérir d'elle s'il était possible d'avoir une voiture; mais je m'y opposai, convaincu que je perdrais à cette tentative, peut-être infructueuse, plus de temps que je n'en mettrais à faire la moitié du chemin.

Puis j'avais besoin d'air et d'une fatigue physique qui épuisât la surexcitation à laquelle j'étais en proie.

Je pris la clef de l'appartement de la rue d'Antin, et après avoir dit adieu à Nanine, qui m'avait accompagné jusqu'à la grille, je partis.

Je me mis d'abord à courir, mais la terre était fraîchement mouillée, et je me fatiguais doublement. Au bout d'une demi-heure de cette course, je fus forcé de m'arrêter, j'étais en nage. Je repris haleine et je continuai mon chemin. La nuit était si épaisse que je tremblais à chaque instant de me heurter contre un des arbres de la route, lesquels, se présentant brusquement à mes yeux, avaient l'air de grands fantômes courant sur moi.

Je rencontrai une ou deux voitures de rouliers que j'eus bientôt laissées en arrière.

Une calèche se dirigeait au grand trot du côté de Bougival. Au moment où elle

JE ME MIS D'ABORD A COURIR.

passait devant moi, l'espoir me vint que Marguerite était dedans.

Je m'arrêtai en criant :

— Marguerite! Marguerite!

Mais personne ne me répondit et la calèche continua sa route. Je la regardai s'éloigner, et je repartis.

Je mis deux heures pour arriver à la barrière de l'Étoile.

La vue de Paris me rendit des forces, et je descendis en courant la longue allée que j'avais parcourue tant de fois.

Cette nuit-là personne n'y passait.

On eût dit la promenade d'une ville morte.

Le jour commençait à poindre.

Quand j'arrivai à la rue d'Antin, la grande ville se remuait déjà un peu avant de se réveiller tout à fait.

Cinq heures sonnaient à l'église Saint-Roch au moment où j'entrais dans la maison de Marguerite.

Je jetai mon nom au portier, lequel avait reçu de moi assez de pièces de vingt francs pour savoir que j'avais le droit de venir à cinq heures chez mademoiselle Gautier.

Je passai donc sans obstacle.

J'aurais pu lui demander si Marguerite était chez elle, mais il eût pu me répondre que non, et j'aimais mieux douter deux minutes de plus, car en doutant j'espérais encore.

Je prêtai l'oreille à la porte, tâchant de surprendre un bruit, un mouvement.

Rien. Le silence de la campagne semblait se continuer jusque-là.

J'ouvris la porte, et j'entrai.

Tous les rideaux étaient hermétiquement fermés.

Je tirai ceux de la salle à manger, et je me dirigeai vers la chambre à coucher dont je poussai la porte.

Je sautai sur le cordon des rideaux et je le tirai violemment.

Les rideaux s'écartèrent; un faible jour pénétra, je courus au lit.

Il était vide!

J'ouvris les portes les unes après les autres, je visitai toutes les chambres.

Personne.

C'était à devenir fou.

Je passai dans le cabinet de toilette, dont j'ouvris la fenêtre, et j'appelai Prudence à plusieurs reprises.

La fenêtre de madame Duvernoy resta fermée.

Alors je descendis chez le portier, à qui je demandai si mademoiselle Gautier était venue chez elle pendant le jour.

— Oui, me répondit cet homme, avec madame Duvernoy.

— Elle n'a rien dit pour moi?

— Rien.

— Savez vous ce qu'elles ont fait ensuite?

— Elles sont montées en voiture.

— Quel genre de voiture?

— Un coupé de maître.

Qu'est-ce que tout cela voulait dire?

Je sonnai à la porte voisine.

— Où allez-vous, monsieur? me demanda le concierge après m'avoir ouvert.

— Chez madame Duvernoy.

— Elle n'est pas rentrée.

— Vous en êtes sûr?

— Oui, monsieur; voilà même une lettre qu'on a apportée pour elle hier au soir et que je ne lui ai pas encore remise.

Et le portier me montrait une lettre sur laquelle je jetai machinalement les yeux.

Je reconnus l'écriture de Marguerite.

Je pris la lettre.

L'adresse portait ces mots :

« A madame Duvernoy, pour remettre à M. Duval. »

— Cette lettre est pour moi, dis-je au portier, et je lui montrai l'adresse.

— C'est vous monsieur Duval? me répondit cet homme.

— Oui.

— Ah! je vous reconnais, vous venez souvent chez madame Duvernoy.

Une fois dans la rue, je brisai le cachet de cette lettre.

La foudre fût tombée à mes pieds que je n'eusse pas été plus épouvanté que je le fus par cette lecture.

« A l'heure où vous lirez cette lettre, Armand, je serai déjà la maîtresse d'un autre homme. Tout est donc fini entre nous.

» Retournez auprès de votre père, mon ami, allez revoir votre sœur, jeune fille chaste, ignorante de toutes nos misères, et auprès de laquelle vous oublierez bien vite ce que vous aura fait souffrir cette fille perdue que l'on nomme Marguerite Gautier, que vous avez bien voulu aimer un instant, et qui vous doit les seuls moments heureux d'une vie qui, elle l'espère, ne sera pas longue maintenant. »

Quand j'eus lu le dernier mot, je crus que j'allais devenir fou.

Un moment j'eus réellement peur de

UN NUAGE ME PASSAIT SUR LES YEUX.

tomber sur le pavé de la rue. Un nuage me passait sur les yeux et le sang me battait dans les tempes.

Enfin je me remis un peu, je regardai autour de moi, tout étonné de voir la vie des autres se continuer sans s'arrêter à mon malheur.

Je n'étais pas assez fort pour supporter seul le coup que Marguerite me portait.

Alors je me souvins que mon père était dans la même ville que moi, que dans dix minutes je pourrais être auprès de lui, et que, quelle que fût la cause de ma douleur, il la partagerait.

Je courus comme un fou, comme un voleur, jusqu'à l'hôtel de Paris : je trouvai la clef sur la porte de l'appartement de mon père. J'entrai.

Il lisait.

Au peu d'étonnement qu'il montra en me voyant paraître on eût dit qu'il m'attendait.

Je me précipitai dans ses bras sans lui dire un mot, je lui donnai la lettre de Marguerite, et me laissant tomber devant son lit, je pleurai à chaudes larmes.

XXIII

Quand toutes les choses de la vie eurent repris leur cours, je ne pus croire que le jour qui se levait ne serait pas semblable pour moi à ceux qui l'avaient précédé. Il y avait des moments où je me figurais qu'une circonstance, que je ne me rappelais pas, m'avait fait passer la nuit hors de chez Marguerite, mais que, si je retournais à Bougival, j'allais la retrouver inquiète, comme je l'avais été, et qu'elle me demanderait qui m'avait ainsi retenu loin d'elle

Quand l'existence a contracté une habitude comme celle de cet amour, il semble impossible que cette habitude se rompe sans briser en même temps tous les autres ressorts de la vie.

J'étais donc forcé de temps en temps de relire la lettre de Marguerite, pour bien me convaincre que je n'avais pas rêvé.

Mon corps, succombant sous la secousse morale, était incapable d'un mouvement. L'inquiétude, la marche de la nuit, la nouvelle du matin m'avaient épuisé. Mon père profita de cette prostration totale de mes forces pour me demander la promesse formelle de partir avec lui.

Je promis tout ce qu'il voulut. J'étais incapable de soutenir une discussion, et j'avais besoin d'une affection réelle pour m'aider à vivre après ce qui venait de se passer.

J'étais trop heureux que mon père voulût bien me consoler d'un pareil chagrin.

Tout ce que je me rappelle, c'est que ce ce jour-là, vers cinq heures, il me fit monter avec lui dans une chaise de poste. Sans me rien dire, il avait fait préparer mes malles, les avait fait attacher avec les siennes derrière la voiture, et il m'emmenait.

Je ne sentis ce que je faisais que lorsque la ville eut disparu, et que la solitude de la route me rappela le vide de mon cœur.

Alors les larmes me reprirent.

Mon père avait compris que des paroles, même de lui, ne me consoleraient pas, et il me laissait pleurer sans me dire un mot, se contentant parfois de me serrer la main, comme pour me rappeler que j'avais un ami à côté de moi.

La nuit, je dormis un peu. Je rêvai de Marguerite.

Je me réveillai en sursaut, ne comprenant pas pourquoi j'étais dans une voiture.

Puis la réalité me revint à l'esprit et je laissai tomber ma tête sur ma poitrine.

Je n'osais entretenir mon père, je craignais toujours qu'il ne me dît :

« Tu vois que j'avais raison quand je niais l'amour de cette femme. »

IL ME FIT MONTER AVEC LUI DANS UNE CHAISE DE POSTE.

Mais il n'abusa pas de son avantage, et nous arrivâmes à C... sans qu'il m'eût dit autre chose que des paroles complètement étrangères à l'événement qui m'avait fait partir.

Quand j'embrassai ma sœur, je me rappelai les mots de la lettre de Marguerite qui la concernaient, mais je compris tout de suite que, si bonne qu'elle fût, ma sœur serait insuffisante à me faire oublier ma maîtresse.

La chasse était ouverte, mon père pensa qu'elle serait une distraction pour moi. Il organisa donc des parties de chasse avec des voisins et des amis. J'y allai sans répugnance comme sans enthousiasme, avec cette sorte d'apathie qui était le caractère de toutes mes actions depuis mon départ.

Nous chassions au rabat. On me mettait à mon poste. Je posais mon fusil désarmé à côté de moi, et je rêvais.

Je regardais les nuages passer. Je laissais ma pensée errer dans les plaines solitaires, et de temps en temps je m'entendais appeler par quelque chasseur me montrant un lièvre à dix pas de moi.

Aucun de ces détails n'échappait à mon père, et il ne se laissait pas prendre à mon calme extérieur. Il comprenait bien que, si abattu qu'il fût, mon cœur aurait quelque jour une réaction terrible, dangereuse peut-être, et tout en évitant de paraître me consoler, il faisait son possible pour me distraire.

Ma sœur, naturellement, n'était pas dans la confidence de tous ces événements, elle ne s'expliquait donc pas pourquoi, moi, si gai autrefois, j'étais tout à coup devenu si rêveur et si triste.

Parfois, surpris au milieu de ma tristesse par le regard inquiet de mon père, je lui tendais la main et je serrais la sienne comme pour lui demander tacitement pardon du mal que, malgré moi, je lui faisais.

Un mois se passa ainsi, mais ce fut tout ce que je pus supporter.

Le souvenir de Marguerite me poursuivait sans cesse. J'avais trop aimé et j'aimais trop cette femme pour qu'elle pût me devenir indifférente tout à coup. Il fallait ou que je l'aimasse ou que je la haïsse. Il fallait surtout, quelque sentiment que j'eusse pour elle, que je la revisse, et cela tout de suite.

Ce désir entra dans mon esprit, et s'y fixa avec toute la violence de la volonté qui reparaît enfin dans un corps inerte depuis longtemps.

Ce n'était pas dans l'avenir, dans un mois, dans huit jours qu'il me fallait Marguerite, c'était le lendemain même du jour où j'en avais eu l'idée; et je vins dire à mon père que j'allais le quitter pour des affaires qui me rappelaient à Paris, mais que je reviendrais promptement.

Il devina sans doute le motif qui me faisait partir, car il insista pour que je restasse; mais, voyant que l'inexécution de ce désir, dans l'état irritable où j'étais, pourrait avoir des conséquences fatales pour moi, il m'embrassa, et me pria, presque avec des larmes, de revenir bientôt auprès de lui.

Je ne dormis pas avant d'être arrivé à Paris.

Une fois arrivé, qu'allais-je faire? je l'ignorais; mais il fallait avant tout que je m'occupasse de Marguerite.

J'allai chez moi m'habiller, et comme il faisait beau, et qu'il en était encore temps, je me rendis aux Champs-Élysées.

Au bout d'une heure, je vis venir de loin, et du rond-point à la place de la Concorde, la voiture de Marguerite.

Elle avait racheté ses chevaux, car la voiture était telle qu'autrefois; seulement elle n'était pas dedans.

A peine avais-je remarqué cette absence, qu'en reportant les yeux autour de moi, je vis Marguerite qui descendait à pied, accompagnée d'une femme que je n'avais jamais vue auparavant.

En passant à côté de moi, elle pâlit, et un sourire nerveux crispa ses lèvres. Quant à moi un violent battement de cœur m'ébranla la poitrine, mais je parvins à donner une expression froide à mon

JE POSAIS MON FUSIL A COTÉ DE MOI.

visage, et je saluai froidement mon ancienne maîtresse, qui rejoignit presque aussitôt sa voiture, dans laquelle elle monta avec son amie.

Je connaissais Marguerite. Ma rencontre inattendue avait dû la bouleverser. Sans doute elle avait appris mon départ, qui l'avait tranquillisée sur la suite de notre rupture; mais me voyant revenir, et se trouvant face à face avec moi, pâle comme je l'étais, elle avait compris que mon retour avait un but, et elle devait se demander ce qui allait avoir lieu.

Si j'avais retrouvé Marguerite malheureuse, si, pour me venger d'elle, j'avais pu venir à son secours, je lui aurais peut-être pardonné, et n'aurais certainement pas songé à lui faire du mal; mais je la retrouvais heureuse, en apparence du moins; un autre lui avait rendu le luxe que je n'avais pu lui continuer; notre rupture, venue d'elle, prenait par conséquent le caractère du plus bas intérêt; j'étais humilié dans mon amour-propre comme dans mon amour, il fallait nécessairement qu'elle payât ce que j'avais souffert.

Je ne pouvais être indifférent à ce que faisait cette femme; par conséquent, ce qui devait lui faire le plus de mal, c'était mon indifférence; c'était donc ce sentiment-là qu'il fallait feindre, non seulement à ses yeux, mais aux yeux des autres.

J'essayai de me faire un visage souriant, et je me rendis chez Prudence.

La femme de chambre alla m'annoncer et me fit attendre quelques instants dans le salon.

Madame Duvernoy parut enfin, et m'introduisit dans son boudoir; au moment où je m'y asseyais, j'entendis ouvrir la porte du salon, et un pas léger fit crier le parquet, puis la porte du carré fut fermée violemment.

— Je vous dérange? demandai-je à Prudence.

— Pas du tout, Marguerite était là. Quand elle vous a entendu annoncer, elle s'est sauvée : c'est elle qui vient de sortir.

— Je lui fais donc peur maintenant?

— Non, mais elle craint qu'il ne vous soit désagréable de la revoir.

— Pourquoi donc? dis-je en faisant un effort pour respirer librement, car l'émotion m'étouffait; la pauvre fille m'a quitté pour ravoir sa voiture, ses meubles et ses diamants, elle a bien fait, et je ne dois pas lui en vouloir Je l'ai rencontrée aujourd'hui, continuai-je négligemment.

— Où? fit Prudence, qui me regardait et semblait se demander si cet homme était bien celui qu'elle avait connu si amoureux.

— Aux Champs-Élysées, elle était avec une autre femme fort jolie. Quelle est cette femme?

— Comment est-elle?

— Une blonde, mince, portant des anglaises; des yeux bleus, très élégante.

OLYMPE, UNE TRÈS JOLIE FILLE, EN EFFET.

— Ah! c'est Olympe, une très jolie fille, en effet.

— Avec qui vit-elle?

— Avec personne, avec tout le monde.

— Et elle demeure?

— Rue Tronchet, n° ... Ah çà, vous voulez lui faire la cour?

— On ne sait pas ce qui peut arriver.

— Et Marguerite?

— Vous dire que je ne pense plus du tout à elle, ce serait mentir; mais je suis de ces hommes avec qui la façon de rompre fait beaucoup. Or, Marguerite m'a donné mon congé d'une façon si légère, que je me suis trouvé bien sot d'en avoir été amoureux comme je l'ai été, car j'ai été vraiment fort amoureux de cette fille.

Vous devinez avec quel ton j'essayais de dire ces choses-là : l'eau me coulait sur le front.

— Elle vous aimait bien, allez, et elle vous aime toujours : la preuve, c'est qu'après vous avoir rencontré aujourd'hui, elle est venue tout de suite me faire part de cette rencontre. Quand elle est arrivée, elle était toute tremblante, près de se trouver mal.

— Eh bien, que vous a-t-elle dit?

— Elle m'a dit : « Sans doute il viendra vous voir », et elle m'a priée d'implorer de vous son pardon.

— Je lui ai pardonné, vous pouvez le lui dire C'est une bonne fille, mais c'est une fille; et ce qu'elle m'a fait, je devais m'y attendre. Je lui suis même reconnaissant de sa résolution, car aujourd'hui je me demande à quoi nous aurait menés mon idée de vivre tout à fait avec elle. C'était de la folie.

— Elle sera bien contente en apprenant que vous avez pris votre parti de la nécessité où elle se trouvait. Il était temps qu'elle vous quittât, mon cher Le gredin d'homme d'affaires à qui elle avait proposé de vendre son mobilier avait été trouver ses créanciers pour leur demander combien elle leur devait; ceux-ci avaient eu peur, et l'on allait vendre dans deux jours.

— Et maintenant, c'est payé?

— A peu près.

— Et qui a fait les fonds?

— Le comte de N... Ah! mon cher! il y a des hommes faits exprès pour cela. Bref, il a donné vingt mille francs; mais il en est arrivé à ses fins. Il sait bien que Marguerite n'est pas amoureuse de lui, ce qui ne l'empêche pas d'être très gentil pour elle. Vous avez vu, il lui a racheté ses chevaux, il lui a retiré ses bijoux et lui donne autant d'argent que le duc lui en donnait; si elle veut vivre tranquillement, cet homme-là restera longtemps avec elle.

— Et que fait-elle? habite-t-elle tout à fait Paris?

— Elle n'a jamais voulu retourner à Bougival depuis que vous êtes parti. C'est moi qui suis allée y chercher toutes ses affaires, et même les vôtres, dont j'ai fait un paquet que vous ferez prendre ici. Il y a tout, excepté un petit portefeuille avec votre chiffre, Marguerite a voulu le prendre et l'a chez elle. Si vous y tenez, je le lui redemanderai.

— Qu'elle le garde, balbutiai-je, car je sentais les larmes monter de mon cœur à mes yeux au souvenir de ce village où j'avais été si heureux, et à l'idée que Marguerite tenait à garder une chose qui venait de moi et me rappelait à elle.

Si elle était entrée à ce moment, mes résolutions de vengeance auraient disparu et je serais tombé à ses pieds.

— Du reste, reprit Prudence, je ne l'ai jamais vue comme elle est maintenant : elle ne dort presque plus, elle court les bals, elle soupe, elle se grise même. Dernièrement, après un souper, elle est restée huit jours au lit; et quand le médecin lui a permis de se lever, elle a recommencé, au risque d'en mourir. Irez-vous la voir?

— A quoi bon? Je suis venu vous voir, vous, parce que vous avez été toujours charmante pour moi, et que je vous connaissais avant de connaître Marguerite. C'est à vous que je dois d'avoir été son amant, comme c'est à vous que je dois de ne plus l'être, n'est-ce pas?

— Ah dame, j'ai fait tout ce que j'ai pu pour qu'elle vous quittât, et je crois que, plus tard, vous ne m'en voudrez pas.

— Je vous en ai une double reconnaissance, ajoutai-je en me levant, car j'avais du dégoût pour cette femme, à la voir prendre au sérieux tout ce que je lui disais.

— Vous vous en allez.

— Oui.

J'en savais assez.

— Quand vous verra-t-on?

— Bientôt. Adieu.

— Adieu.

Prudence me conduisit jusqu'à la porte, et je rentrai chez moi, des larmes de rage dans les yeux et un besoin de vengeance dans le cœur.

Ainsi Marguerite était décidément une fille comme les autres, ainsi, cet amour profond qu'elle avait pour moi n'avait pas lutté contre le désir de reprendre sa vie passée, et contre le besoin d'avoir une voiture et de faire des orgies.

Voilà ce que je me disais au milieu de mes insomnies, tandis que, si j'avais réfléchi aussi froidement que je l'affectais, j'aurais vu dans cette nouvelle existence bruyante de Marguerite l'espérance pour elle de faire taire une pensée continue, un souvenir incessant.

Malheureusement, la passion mauvaise dominait en moi, et je ne cherchai qu'un moyen de torturer cette pauvre créature.

Oh! l'homme est bien petit et bien vil quand l'une de ses étroites passions est blessée.

Cette Olympe, avec qui je l'avais vue, était sinon l'amie de Marguerite, du moins celle qu'elle fréquentait le plus souvent depuis son retour à Paris. Elle allait donner un bal, et comme je supposais que Marguerite y serait, je cherchai à me faire donner une invitation et je l'obtins.

Quand, plein de mes douloureuses émotions, j'arrivai à ce bal, il était déjà fort animé. On dansait, on criait même, et, dans un des quadrilles, j'aperçus Marguerite dansant avec le comte de N..., lequel paraissait tout fier de la montrer, et semblait dire à tout le monde :

— Cette femme est à moi!

J'allai m'adosser à la cheminée, juste en face de Marguerite, et je la regardai danser. A peine m'eut-elle aperçu qu'elle se troubla. Je la vis et je la saluai distraitement de la main et des yeux.

Quand je songeais que, après le bal, ce ne serait plus avec moi, mais avec ce riche imbécile qu'elle s'en irait, quand je me représentais ce qui vraisemblablement allait suivre leur retour chez elle, le sang me montait au visage, et le besoin me venait de troubler leurs amours.

Après la contredanse, j'allai saluer la maîtresse de la maison, qui étalait aux

EN DANSANT AVEC OLYMPE.

yeux des invités des épaules magnifiques et la moitié d'une gorge éblouissante.

Cette fille-là était belle, et, au point de vue de la forme, plus belle que Marguerite. Je le compris mieux encore à certains regards que celle-ci jeta sur Olympe pendant que je lui parlais. L'homme qui serait l'amant de cette femme pourrait être aussi fier que l'était M. de N... et elle était assez belle pour inspirer une passion égale à celle que Marguerite m'avait inspirée.

Elle n'avait pas d'amant à cette époque. Il ne serait pas difficile de le devenir. Le tout était de montrer assez d'or pour se faire regarder.

Ma résolution fut prise. Cette femme serait ma maîtresse.

Je commençai mon rôle de postulant en dansant avec Olympe.

Une demi-heure après, Marguerite, pâle comme une morte, mettait sa pelisse et quittait le bal

XXIV

C'était déjà quelque chose, mais ce n'était pas assez. Je comprenais l'empire que j'avais sur cette femme et j'en abusais lâchement.

Quand je pense qu'elle est morte maintenant, je me demande si Dieu me pardonnera jamais le mal que j'ai fait.

Après le souper, qui fut des plus bruyants, on se mit à jouer.

Je m'assis à côté d'Olympe et j'engageai mon argent avec tant de hardiesse qu'elle ne pouvait s'empêcher d'y faire attention. En un instant, je gagnai cent cinquante ou deux cents louis, que j'étalais devant moi et sur lesquels elle fixait des yeux ardents

J'étais le seul que le jeu ne préoccupât point complètement et qui s'occupât d'elle. Tout le reste de la nuit je gagnai, et ce fut moi qui lui donnai de l'argent pour jouer, car elle avait perdu tout ce qu'elle avait devant elle et probablement chez elle.

A cinq heures du matin on partit.

Je gagnais trois cents louis.

Tous les joueurs étaient déjà en bas, moi seul étais resté en arrière sans que l'on s'en aperçût, car je n'étais l'ami d'aucun de ces messieurs.

Olympe éclairait elle-même l'escalier et j'allais descendre comme les autres, quand, revenant vers elle, je lui dis :

— Il faut que je vous parle.

— Demain, me dit-elle.

— Non maintenant.

— Qu'avez-vous à me dire?

— Vous le verrez.

Et je rentrai dans l'appartement.

— Vous avez perdu, lui dis-je.

— Oui.

— Tout ce que vous aviez chez vous?

Elle hésita.

— Soyez franche.

— Eh bien, c'est vrai.

— J'ai gagné trois cents louis, les voilà, si vous voulez me garder ici.

Et, en même temps, je jetai l'or sur la table.

— Et pourquoi cette proposition?

— Parce que je vous aime, pardieu!

— Non, mais parce que vous êtes amoureux de Marguerite et que vous voulez vous venger d'elle en devenant mon amant. On ne trompe pas une femme comme moi, mon cher ami; malheureusement je suis encore trop jeune et trop belle pour accepter le rôle que vous me proposez.

— Ainsi, vous refusez?

— Oui.

— Préférez-vous m'aimer pour rien? C'est moi qui n'accepterais pas alors. Réfléchissez, ma chère Olympe; je vous aurais envoyé une personne quelconque vous proposer ces trois cents louis de ma part aux conditions que j'y mets, vous eussiez accepté. J'ai mieux aimé traiter directement avec vous. Acceptez sans chercher les causes qui me font agir; dites-vous que vous êtes belle, et qu'il n'y a rien d'étonnant que je sois amoureux de vous.

Marguerite était une fille entretenue comme Olympe, et cependant je n'eusse jamais osé lui dire, la première fois que je l'avais vue, ce que je venais de dire à cette femme. C'est que j'aimais Marguerite, c'est que j'avais deviné en elle des instincts qui manquaient à cette autre créature, et qu'au moment même où je proposais ce marché, malgré son extrême beauté, celle avec qui j'allais le conclure me dégoûtait.

Elle finit par accepter, bien entendu, et, à midi, je sortis de chez elle son amant : mais je quittai son lit sans emporter le souvenir des caresses et des mots d'amour qu'elle s'était crue obligée de me prodiguer pour les six mille francs que je lui laissais.

Et cependant on s'était ruiné pour cette femme-là.

A compter de ce jour, je fis subir à Marguerite une persécution de tous les instants. Olympe et elle cessèrent de se voir, vous comprenez aisément pourquoi. Je donnai à ma nouvelle maîtresse une voiture, des bijoux, je jouai, je fis enfin toutes les folies propres à un homme amoureux d'une femme comme Olympe. Le bruit de ma nouvelle passion se répandit aussitôt.

Prudence elle-même s'y laissa prendre et finit par croire que j'avais complètement oublié Marguerite. Celle-ci, soit qu'elle eût deviné le motif qui me faisait agir, soit qu'elle se trompât comme les autres, répondait par une grande dignité aux blessures que je lui faisais tous les jours. Seulement elle paraissait souffrir, car partout où je la rencontrais, je la revoyais toujours de plus en plus pâle, de plus en plus triste. Mon amour pour elle, exalté à ce point qu'il se croyait devenu de la haine, se réjouissait à la vue de cette douleur quotidienne. Plusieurs fois, dans des circonstances où je fus d'une cruauté infâme, Marguerite leva sur moi des regards si suppliants que je rougissais du rôle que j'avais pris, et que j'étais près de lui en demander pardon.

Mais ces repentirs avaient la durée de l'éclair et Olympe, qui avait fini par mettre toute espèce d'amour-propre de côté, et compris qu'en faisant du mal à Marguerite, elle obtiendrait de moi tout ce qu'elle voudrait, m'excitait sans cesse contre elle, et l'insultait chaque fois qu'elle en trouvait l'occasion, avec cette persistante lâcheté de la femme autorisée par un homme.

Marguerite avait fini par ne plus aller ni au bal, ni au spectacle, dans la crainte de nous y rencontrer, Olympe et moi. Alors les lettres anonymes avaient succédé aux impertinences directes, et il n'y avait honteuses choses que je n'engageasse ma maîtresse à raconter et que je ne racontasse moi-même sur Marguerite.

Il fallait être fou pour en arriver là. J'étais comme un homme qui, s'étant grisé avec du mauvais vin, tombe dans une de ces exaltations nerveuses où la main est capable d'un crime sans que la pensée y soit pour quelque chose. Au milieu de tout cela, je souffrais le martyre. Le calme sans dédain, la dignité sans mépris, avec lesquels Marguerite répondait à toutes mes attaques, et qui à mes propres yeux la faisaient supérieure à moi, m'irritaient encore contre elle.

Un soir, Olympe était allée je ne sais où, et s'y était rencontrée avec Marguerite, qui cette fois n'avait pas fait grâce à la sotte fille qui l'insultait, au point que

OLYMPE ÉCLAIRAIT ELLE-MÊME L'ESCALIER.

celle-ci avait été forcée de céder la place. Olympe était rentrée furieuse, et l'on avait emporté Marguerite évanouie.

En rentrant, Olympe m'avait raconté ce qui s'était passé, m'avait dit que Marguerite, la voyant seule, avait voulu se venger de ce qu'elle était ma maîtresse, et qu'il fallait que je lui écrivisse de respecter, moi absent ou non, la femme que j'aimais.

Je n'ai pas besoin de vous dire que j'y consentis, et que tout ce que je pus trouver d'amer, de honteux et de cruel, je le mis dans cette épître que j'envoyai le jour même à son adresse.

Cette fois le coup était trop fort pour que la malheureuse le supportât sans rien dire.

Je me doutais bien qu'une réponse allait m'arriver; aussi étais-je résolu à ne pas sortir de chez moi de tout le jour.

Vers deux heures on sonna et je vis entrer Prudence.

J'essayai de prendre un air indifférent pour lui demander à quoi je devais sa visite; mais ce jour-là madame Duvernoy n'était pas rieuse, et d'un ton sérieusement ému elle me dit que, depuis mon retour, c'est-à-dire depuis trois semaines environ, je n'avais pas laissé échapper une occasion de faire de la peine à Marguerite; qu'elle en était malade, et que la scène de la veille et ma lettre du matin l'avaient mise dans son lit.

Bref, sans me faire de reproches, Marguerite m'envoyait demander grâce, en me faisant dire qu'elle n'avait plus la force morale ni la force physique de supporter ce que je lui faisais.

— Que mademoiselle Gautier, dis-je à Prudence, me congédie de chez elle, c'est son droit, mais qu'elle insulte une femme que j'aime, sous prétexte que cette femme est ma maîtresse, c'est ce que je ne permettrai jamais.

— Mon ami, me fit Prudence, vous subissez l'influence d'une fille sans cœur et sans esprit; vous en êtes amoureux, il est vrai, mais ce n'est pas une raison pour torturer une femme qui ne peut se défendre.

— Que mademoiselle Gautier m'envoie son comte de N..., et la partie sera égale.

— Vous savez bien qu'elle ne le fera pas. Ainsi, mon cher Armand, laissez-la tranquille; si vous la voyiez, vous auriez honte de la façon dont vous vous conduisez avec elle. Elle est pâle, elle tousse, elle n'ira pas loin maintenant.

Et Prudence me tendit la main en ajoutant :

— Venez la voir, votre visite la rendra bien heureuse.

— Je n'ai pas envie de rencontrer monsieur de N...

— Monsieur de N... n'est jamais chez elle. Elle ne peut le souffrir.

— Si Marguerite tient à me voir, elle sait où je demeure, qu'elle vienne, mais moi je ne mettrai pas les pieds rue d'Antin.

— Et vous la recevrez bien?

— Parfaitement.

— Eh bien, je suis sûre qu'elle viendra.

— Qu'elle vienne.

— Sortirez-vous aujourd'hui ?

— Je serai chez moi toute la soirée.

— Je vais le lui dire.

Prudence partit.

Je n'écrivis même pas à Olympe que je n'irais pas la voir. Je ne me gênais pas avec cette fille. A peine si je passais une nuit avec elle par semaine. Elle s'en consolait, je crois, avec un acteur de je ne sais quel théâtre du boulevard.

Je sortis pour dîner et je rentrai presque immédiatement. Je fis faire du feu partout et je donnai congé à Joseph.

Je ne pourrais pas vous rendre compte des impressions diverses qui m'agitèrent pendant une heure d'attente : mais, lorsque, vers neuf heures, j'entendis sonner, elles se résumèrent en une émotion telle, qu'en allant ouvrir la porte je fus forcé de m'appuyer contre le mur pour ne pas tomber.

Heureusement l'antichambre était dans la demi-teinte, et l'altération de mes traits était moins visible.

Marguerite entra.

Elle était tout en noir et voilée. A peine si je reconnaissais son visage sous la dentelle.

Elle passa dans le salon et releva son voile.

Elle était pâle comme le marbre.

— Me voici, Armand, dit-elle; vous avez désiré me voir, je suis venue.

Et laissant tomber sa tête dans ses deux mains, elle fondit en larmes.

Je m'approchai d'elle.

— Qu'avez-vous, lui dis-je d'une voix altérée.

Elle me serra la main sans me répondre, car les larmes voilaient encore sa voix. Mais quelques instants après, ayant repris un peu de calme, elle me dit :

— Vous m'avez fait bien du mal, Armand, et moi je ne vous ai rien fait.

— Rien? répliquai-je avec un sourire amer.

— Rien que ce que les circonstances m'ont forcée à vous faire.

Je ne sais pas si de votre vie vous avez éprouvé ou si vous éprouverez jamais ce que je ressentais à la vue de Marguerite.

La dernière fois qu'elle était venue chez moi, elle s'était assise à la place où elle venait de s'asseoir; seulement, depuis cette époque, elle avait été la maîtresse d'un autre; d'autres baisers que les miens avaient touché ses lèvres, auxquelles, malgré moi, tendaient les miennes, et pourtant je sentais que j'aimais cette femme autant et peut-être plus que je ne l'avais jamais aimée.

Cependant il était difficile pour moi d'entamer la conversation sur le sujet qui l'amenait. Marguerite le comprit sans doute, car elle reprit :

— Je viens vous ennuyer, Armand, parce que j'ai deux choses à vous demander : pardon de ce que j'ai dit hier à mademoiselle Olympe, et grâce de ce que vous êtes peut-être prêt à me faire encore. Volontairement ou non, depuis votre retour, vous m'avez fait tant de mal, que je serais incapable maintenant de supporter le quart des émotions que j'ai supportées jusqu'à ce matin. Vous aurez pitié de moi, n'est-ce pas? et vous comprendrez qu'il y a pour un homme de cœur, de plus nobles choses à faire que de se venger d'une femme malade et triste comme je le suis. Tenez, prenez ma main. J'ai la fièvre, j'ai quitté mon lit pour venir vous demander, non pas votre amitié, mais votre indifférence.

ELLE RELEVA SON VOILE.

En effet, je pris la main de Marguerite. Elle était brûlante, et la pauvre femme frissonnait sous son manteau de velours.

Je roulai auprès du feu le fauteuil dans lequel elle était assise.

— Croyez-vous donc que je n'ai pas souffert, repris-je, la nuit où, après vous avoir attendue à la campagne, je suis venu vous chercher à Paris, où je n'ai trouvé que cette lettre qui a failli me rendre fou? Comment avez-vous pu me tromper, Marguerite, moi qui vous aimais tant!

— Ne parlons pas de cela, Armand, je ne suis pas venue pour en parler. J'ai voulu vous voir autrement qu'en ennemi, voilà tout, et j'ai voulu vous serrer encore une fois la main. Vous avez une maîtresse jeune, jolie, que vous aimez, dit-on : soyez heureux avec elle et oubliez-moi.

— Et vous, vous êtes heureuse, sans doute?

— Ai-je le visage d'une femme heureuse, Armand? ne raillez pas ma douleur, vous qui savez mieux que personne quelles en sont la cause et l'étendue.

— Il ne dépendait que de vous de n'être jamais malheureuse; si toutefois vous l'êtes comme vous le dites.

— Non, mon ami, les circonstances ont été plus fortes que ma volonté. J'ai obéi, non pas à mes instincts de fille, comme vous paraissez le dire, mais à une nécessité sérieuse et à des raisons que vous saurez un jour, et qui vous feront me pardonner.

— Pourquoi ne me dites-vous pas ces raisons aujourd'hui?

— Parce qu'elles ne rétabliraient pas un rapprochement impossible entre nous, et qu'elles vous éloigneraient peut-être de gens dont vous ne devez pas vous éloigner.

— Quelles sont ces gens?

— Je ne puis vous le dire.

— Alors, vous mentez.

Marguerite se leva et se dirigea vers la porte.

Je ne pouvais assister à cette muette et expressive douleur sans en être ému, quand je comparais en moi-même cette femme pâle et pleurante à cette fille folle qui s'était moquée de moi à l'Opéra-Comique.

— Vous ne vous en irez pas, dis-je en me mettant devant la porte.

— Pourquoi?

— Parce que, malgré ce que tu m'as fait, je t'aime toujours et que je veux te garder ici.

— Pour me chasser demain, n'est-ce pas? Non, c'est impossible! Nos deux destinées sont séparées, n'essayons pas de les réunir; vous me mépriseriez peut-être, tandis que maintenant vous ne pouvez que me haïr.

— Non, Marguerite, m'écriai-je en sentant tout mon amour et tous mes désirs se réveiller au contact de cette femme. Non, j'oublierai tout, et nous serons heureux comme nous nous étions promis de l'être.

Marguerite secoua la tête en signe de doute, et dit :

— Ne suis-je pas votre esclave, votre chien? faites de moi ce que vous voudrez, prenez-moi, je suis à vous.

Et ôtant son manteau et son chapeau, elle les jeta sur le canapé et se mit à dégrafer brusquement le corsage de sa robe, car, par une de ces réactions si fréquentes de sa maladie, le sang lui montait du cœur à la tête et l'étouffait.

Une toux sèche et rauque s'ensuivit.

— Faites dire à mon cocher, reprit-elle, de reconduire ma voiture.

Je descendis moi-même congédier cet homme.

Quand je rentrai, Marguerite était étendue devant le feu, et ses dents claquaient de froid.

Je la pris dans mes bras, je la déshabillai sans qu'elle fît un mouvement, et je la portai toute glacée dans mon lit.

Alors je m'assis auprès d'elle et j'essayai de la réchauffer sous mes caresses. Elle ne me disait pas une parole, mais elle me souriait.

Oh! ce fut une nuit étrange. Toute la vie de Marguerite semblait être passée dans les baisers dont elle me couvrait, et je l'aimais tant, qu'au milieu des transports de son amour fiévreux, je me demandais si je n'allais pas la tuer pour qu'elle n'appartînt jamais à un autre.

Un mois d'un amour comme celui-là, et de corps comme de cœur, on ne serait plus qu'un cadavre.

Le jour nous trouva éveillés tous deux.

Marguerite était livide. Elle ne disait pas une parole. De grosses larmes coulaient de temps en temps de ses yeux et s'arrêtaient sur sa joue, brillantes comme des diamants. Ses bras épuisés s'ouvraient de temps en temps pour me saisir, et retombaient sans force sur le lit.

Un moment je crus que je pourrais oublier ce qui s'était passé depuis mon départ de Bougival, et je dis à Marguerite :

— Veux-tu que nous partions, que nous quittions Paris?

— Non, non, me dit-elle presque avec effroi, nous serions trop malheureux, je ne puis plus servir à ton bonheur, mais tant qu'il me restera un souffle, je serai l'esclave de tes caprices. A quelque heure du jour ou de la nuit que tu me veuilles, viens, je serai à toi; mais n'associe plus ton avenir au mien, tu serais trop malheureux et tu me rendrais trop malheureuse. Je suis encore pour quelque temps une jolie fille, profites-en, mais ne me demande pas autre chose.

MARGUERITE ÉTAIT ÉTENDUE DEVANT LE FEU.

Quand elle fut partie, je fus épouvanté de la solitude dans laquelle elle me laissait. Deux heures après son départ, j'étais encore assis sur le lit qu'elle venait de quitter, regardant l'oreiller qui gardait les plis de sa forme, et me demandant ce que j'allais devenir entre mon amour et ma jalousie.

A cinq heures, sans savoir ce que j'y allais faire, je me rendis rue d'Antin.

Ce fut Nanine qui m'ouvrit.

— Madame ne peut pas vous recevoir, me dit-elle avec embarras.

— Pourquoi?

— Parce que monsieur le comte de N... est là, et qu'il a entendu que je ne laisse entrer personne.

— C'est juste, balbutiai-je, j'avais oublié.

Je rentrai chez moi comme un homme ivre, et savez-vous ce que je fis pendant la minute de délire jaloux qui suffisait à l'action honteuse que j'allais commettre, savez-vous ce que je fis? Je me dis que cette femme se moquait de moi, je me la représentais dans son tête-à-tête inviolable avec le comte, répétant les mêmes mots qu'elle m'avait dits la nuit, et prenant un billet de cinq cents francs, je le lui envoyai avec ces mots :

« Vous êtes partie si vite ce matin, que j'ai oublié de vous payer. Voici le prix de votre nuit. »

Puis, quand cette lettre fut portée, je sortis comme pour me soustraire au remords instantané de cette infamie.

J'allai chez Olympe, que je trouvai essayant des robes, et qui, lorsque nous fûmes seuls, me chanta des obscénités pour me distraire

Celle-là était bien le type de la courtisane sans honte, sans cœur et sans esprit, pour moi du moins, car peut-être un homme avait-il fait avec elle le rêve que j'avais fait avec Marguerite.

Elle me demanda de l'argent, je lui en donnai, et libre alors de m'en aller, je rentrai chez moi.

Marguerite ne m'avait pas répondu.

Il est inutile que je vous dise dans quelle agitation je passai la journée du lendemain

A six heures et demie, un commissionnaire apporta une enveloppe contenant ma lettre et le billet de cinq cents francs, pas un mot de plus.

— Qui vous a remis cela? dis-je à cet homme.

— Une dame qui partait avec sa femme de chambre dans la malle de Boulogne, et qui m'a recommandé de ne l'apporter que lorsque la voiture serait hors de la cour.

Je courus chez Marguerite.

— Madame est partie pour l'Angleterre aujourd'hui à six heures, me répondit le portier.

Rien ne me retenait plus à Paris, ni haine ni amour. J'étais épuisé par toutes ces secousses. Un de mes amis allait faire un voyage en Orient; j'allai dire à mon père le désir que j'avais de l'accompagner: mon père me donna des traites, des recommandations, et huit ou dix jours après je m'embarquai à Marseille.

Ce fut à Alexandrie que j'appris par un attaché de l'ambassade, que j'avais vu quelquefois chez Marguerite, la maladie de la pauvre fille.

Je lui écrivis alors la lettre à laquelle elle a fait la réponse que vous connaissez et que je reçus à Toulon.

Je partis aussitôt et vous savez le reste.

Maintenant, il ne vous reste plus qu'à lire les quelques feuilles que Julie Duprat m'a remises et qui sont le complément indispensable de ce que je viens de vous raconter.

XXV

Armand, fatigué de ce long récit souvent interrompu par ses larmes, posa ses deux mains sur son front et ferma les yeux, soit pour penser, soit pour essayer de dormir, après m'avoir donné les pages écrites de la main de Marguerite.

Quelques instants après, une respiration un peu plus rapide me prouvait qu'Armand dormait, mais de ce sommeil léger que le moindre bruit fait envoler.

Voici ce que je lus, et que je transcris sans ajouter ni retrancher aucune syllabe :

« C'est aujourd'hui le 15 décembre. Je suis souffrante depuis trois ou quatre jours. Ce matin j'ai pris le lit; le temps est sombre, je suis triste; personne n'est auprès de moi, je pense à vous, Armand. Et vous, où êtes-vous à l'heure où j'écris ces lignes? Loin de Paris, bien loin, m'a-t-on dit, et peut-être avez-vous déjà oublié Marguerite. Enfin, soyez heureux, vous à qui je dois les seuls moments de joie de ma vie.

» Je n'avais pu résister au désir de vous

CE MATIN J'AI PRIS LE LIT.

donner l'explication de ma conduite, et je vous avais écrit une lettre; mais, écrite par une fille comme moi, une pareille lettre peut être regardée comme un mensonge, à moins que la mort ne la sanctifie de son autorité, et qu'au lieu d'être une lettre, elle ne soit une confession.

» Aujourd'hui, je suis malade; je puis mourir de cette maladie, car j'ai toujours eu le pressentiment que je mourrais jeune. Ma mère est morte de la poitrine, et la façon dont j'ai vécu jusqu'à présent n'a pu qu'empirer cette affection, le seul héritage qu'elle m'ait laissé; mais je ne veux pas mourir sans que vous sachiez bien à quoi vous en tenir sur moi, si toutefois, lorsque vous reviendrez, vous vous inquiétez encore de la pauvre fille que vous aimiez avant de partir.

» Voici ce que contenait cette lettre, que je serai heureuse de récrire, pour me donner une nouvelle preuve de ma justification :

» Vous vous rappelez, Armand, comment l'arrivée de votre père nous surprit à Bougival; vous vous souvenez de la terreur involontaire que cette arrivée me causa, de la scène qui eut lieu entre vous et lui et que vous me racontâtes le soir.

» Le lendemain, pendant que vous étiez à Paris et que vous attendiez votre père qui ne rentrait pas, un homme se présentait chez moi, et me remettait une lettre de M. Duval.

» Cette lettre, que je joins à celle-ci, me priait, dans les termes les plus graves, de vous éloigner le lendemain sous un prétexte quelconque et de recevoir votre père; il avait à me parler et me recommandait surtout de ne vous rien dire de sa démarche.

» Vous savez avec quelle insistance je vous conseillai à votre retour d'aller de nouveau à Paris le lendemain.

» Vous étiez parti depuis une heure quand votre père se présenta. Je vous fais grâce de l'impression que me causa son visage sévère. Votre père était imbu des vieilles théories, qui veulent que toute courtisane soit un être sans cœur, sans raison, une espèce de machine à prendre de l'or, toujours prête, comme les machines de fer, à broyer la main qui lui tend quelque chose, et à déchirer sans pitié, sans discernement celui qui la fait vivre et agir.

» Votre père m'avait écrit une lettre très convenable pour que je consentisse à le recevoir; il ne se présenta pas tout à fait comme il avait écrit. Il y eut assez de hauteur, d'impertinence et même de menaces, dans ses premières paroles, pour que je lui fisse comprendre que j'étais chez moi et que je n'avais de compte à lui rendre de ma vie qu'à cause de la sincère affection que j'avais pour son fils.

» M. Duval se calma un peu, et se mit cependant à me dire qu'il ne pouvait souffrir plus longtemps que son fils se ruinât pour moi; que j'étais belle, il est vrai, mais que, si belle que je fusse, je ne devais pas me servir de ma beauté pour perdre l'avenir d'un jeune homme par des dépenses comme celles que je faisais.

» A cela, il n'y avait qu'une chose à répondre, n'est-ce pas? c'était de montrer les preuves que depuis que j'étais votre maîtresse, aucun sacrifice ne m'avait coûté pour vous rester fidèle sans vous demander plus d'argent que vous ne pou-

VOTRE PÈRE ME PRIT LES DEUX MAINS.

viez en donner. Je montrai les reconnaissances du Mont-de-Piété, les reçus des gens à qui j'avais vendu les objets que je n'avais pu engager, je fis part à votre père de ma résolution de me défaire de mon mobilier pour payer mes dettes, et pour vivre avec vous sans vous être une charge trop lourde. Je lui racontai notre bonheur, la révélation que vous m'aviez donnée d'une vie plus tranquille et plus heureuse, et il finit par se rendre à l'évidence, et me tendre la main, en me demandant pardon de la façon dont il s'était présenté d'abord.

» Puis il me dit .

» — Alors, madame, ce n'est plus par des remontrances et des menaces, mais par des prières, que j'essayerai d'obtenir de vous un sacrifice plus grand que tous ceux que vous avez encore faits pour mon fils.

» Je tremblai à ce préambule.

» Votre père se rapprocha de moi, me prit les deux mains et continua d'un ton affectueux :

» — Mon enfant, ne prenez pas en mauvaise part ce que je vais vous dire; comprenez seulement que la vie a parfois des nécessités cruelles pour le cœur, mais qu'il faut s'y soumettre. Vous êtes bonne, et votre âme a des générosités inconnues à bien des femmes qui peut-être vous méprisent et ne vous valent pas. Mais songez qu'à côté de la maîtresse il y a la famille; qu'outre l'amour il y a les devoirs; qu'à l'âge des passions succède l'âge où l'homme, pour être respecté, a besoin d'être solidement assis dans une position sérieuse. Mon fils n'a pas de fortune, et cependant il est prêt à vous abandonner l'héritage de sa mère. S'il acceptait de vous le sacrifice que vous êtes sur le point de faire, il serait de son honneur et de sa dignité de vous faire en échange cet abandon qui vous mettrait toujours à l'abri d'une adversité complète. Mais ce sacrifice, il ne peut l'accepter, parce que le monde, qui ne vous connaît pas, donnerait à ce consentement une cause déloyale qui ne doit pas atteindre le nom que nous portons. On ne regarderait pas si Armand vous aime, si vous l'aimez, si ce double amour est un bonheur pour lui et une réhabilitation pour vous; on ne verrait qu'une chose, c'est qu'Armand Duval a souffert qu'une fille entretenue, pardonnez-moi, mon enfant, tout ce que je suis forcé de vous dire, vendît pour lui ce qu'elle possédait. Puis le jour des reproches et des regrets arriverait, soyez-en sûre, pour vous comme pour les autres, et vous porteriez tous deux une chaîne que vous ne pourriez briser. Que feriez-vous alors? Votre jeunesse serait perdue, l'avenir de mon fils serait détruit; et moi, son père, je n'aurais que de l'un de mes enfants la récompense que j'attends des deux. Vous êtes jeune, vous êtes belle, la vie vous consolera; vous êtes noble, et le souvenir d'une bonne action rachètera pour vous bien des choses passées. Depuis six mois qu'il vous connaît, Armand m'oublie. Quatre fois je lui ai écrit sans qu'il songeât une fois à me répondre. J'aurais pu mourir sans qu'il le sût! Quelle que soit votre résolution de vivre autrement que vous n'avez vécu, Armand qui vous aime ne consentira pas à la réclusion à laquelle sa modeste position vous condamnerait, et qui n'est pas faite pour votre beauté. Qui sait ce qu'il ferait alors! Il a joué, je l'ai su; sans vous en rien dire, je le sais encore; mais, dans un moment d'ivresse, il eût pu perdre une partie de ce que j'amasse, depuis bien des années, pour la dot de ma fille, pour lui, et pour la tranquillité de mes vieux jours. Ce qui eût pu arriver peut arriver encore. Êtes-vous sûre en outre que la vie que vous quitteriez pour lui ne vous attirerait pas de nouveau! Êtes-vous sûre, vous qui l'avez aimé, de n'en point aimer un autre? Ne souffrirez-vous pas enfin des entraves que votre liaison mettra dans la vie de votre amant, et dont vous ne pourrez peut-être pas le consoler, si, avec l'âge, des idées d'ambition succèdent à des rêves d'amour? Réfléchissez à tout cela, madame : vous aimez Armand, prouvez-le-lui par le seul moyen qui vous reste de le lui prouver encore : en faisant à son avenir le sacrifice de votre amour. Aucun malheur n'est encore arrivé, mais il en arriverait, et peut-être de plus grands que ceux que je prévois. Armand peut devenir jaloux d'un homme qui vous a aimée; il peut le provoquer, il peut se battre, il peut être tué enfin, et songez à ce que vous souffririez devant ce père qui vous demanderait compte de la vie de son fils. Enfin, mon enfant, sachez tout, car je ne vous ai pas tout dit, sachez donc ce qui m'amenait à Paris. J'ai une fille, je viens de vous le dire, jeune, belle, pure comme un ange. Elle aime, et elle aussi elle a fait de cet amour le rêve de sa vie. J'avais écris tout cela à Armand, mais tout occupé de vous, il ne m'a pas répondu. Eh bien, ma fille va se marier. Elle épouse l'homme qu'elle aime, elle entre dans une famille honorable qui veut que tout soit honorable dans la mienne. La famille de l'homme qui doit devenir mon gendre a appris comment Armand vit à Paris, et m'a déclaré reprendre sa parole si Armand continue cette vie. L'avenir d'une enfant qui ne vous a rien fait, et qui a le droit de compter sur l'avenir, est entre vos mains. Avez-vous le droit et vous sentez-vous la force de le briser? Au nom de votre amour et de votre repentir, Marguerite, accordez-moi le bonheur de ma fille.

» Je pleurais silencieusement, mon ami, devant toutes ces réflexions que j'avais faites bien souvent, et qui, dans la bouche de votre père, acquéraient encore une plus sérieuse réalité. Je me disais tout ce que votre père n'osait pas me dire, et ce qui vingt fois lui était venu sur les lèvres : que je n'étais après tout qu'une fille entretenue, et que quelque raison que je donnasse à notre liaison, elle aurait toujours l'air d'un calcul; que ma vie passée ne me laissait aucun droit de rêver un pareil avenir, et que j'acceptais des responsabilités auxquelles mes habitudes et ma réputation ne donnaient aucune garantie. Enfin, je vous aimais, Armand. La manière paternelle dont me parlait M. Duval, les chastes sentiments qu'il évoquait en moi, l'estime de ce vieillard loyal que j'allais conquérir, la vôtre que j'étais sûre d'avoir plus tard, tout cela éveillait en mon cœur de nobles pensées qui me relevaient à mes propres yeux, et faisaient parler de saintes vanités, inconnues jusqu'alors. Quand je songeais qu'un jour ce vieillard, qui m'implorait pour l'avenir de son fils, dirait à sa fille de mêler mon nom à ses prières, comme le nom d'une mystérieuse amie, je me transformais et j'étais fière de moi. L'exaltation du moment exagérait peut-être la vérité de ces impressions; mais voilà ce que j'éprouvais, ami, et ces sentiments nouveaux faisaient taire les conseils que me donnait le souvenir des jours heureux passés avec vous.

» — C'est bien, monsieur, dis-je à votre père en essuyant mes larmes. Croyez-vous que j'aime votre fils?

» — Oui, me dit M. Duval.

» — D'un amour désintéressé?

» — Oui.

» — Croyez-vous que j'avais fait de cet amour l'espoir, le rêve et le pardon de ma vie?

» — Fermement.

» — Eh bien, monsieur, embrassez-moi une fois comme vous embrasseriez votre fille, et je vous jure que ce baiser, le seul vraiment chaste que j'aie reçu, me fera forte contre mon amour, et qu'avant huit jours votre fils sera retourné auprès de vous, peut-être malheureux pour quelque temps, mais guéri pour jamais.

» — Vous êtes une noble fille, répliqua votre père en m'embrassant sur le front, et vous tentez une chose dont Dieu vous tiendra compte; mais je crains bien que vous n'obteniez rien de mon fils.

» — Oh! soyez tranquille, monsieur, il me haïra.

» Il fallait entre nous une barrière infranchissable, pour l'un comme pour l'autre.

» J'écrivis à Prudence que j'acceptais les propositions de M. le comte de N..., et qu'elle allât lui dire que je souperais avec elle et lui.

» Je cachetai la lettre, et sans lui dire ce qu'elle renfermait, je priai votre père de la faire remettre à son adresse en arrivant à Paris.

» Il me demanda néanmoins ce qu'elle contenait.

» — C'est le bonheur de votre fils, lui répondis-je.

» Votre père m'embrassa une dernière fois. Je sentis sur mon front deux larmes de reconnaissance qui furent comme le baptême de mes fautes d'autrefois, et au moment où je venais de consentir à me livrer à un autre homme, je rayonnai d'orgueil en songeant à ce que je rachetais par cette nouvelle faute.

» C'était bien naturel, Armand; vous m'aviez dit que votre père était le plus honnête homme que l'on pût rencontrer.

» M. Duval remonta en voiture et partit.

» Cependant j'étais femme, et quand je vous revis, je ne pus m'empêcher de pleurer, mais je ne faiblis pas.

» Ai-je bien fait? voilà ce que je me demande aujourd'hui que j'entre malade dans un lit que je ne quitterai peut-être que morte.

« Vous avez été témoin de ce que j'éprouvais à mesure que l'heure de notre inévitable séparation approchait; votre père n'était plus là pour me soutenir, et il y eut un moment où je fus bien près de tout vous avouer, tant j'étais épouvantée de l'idée que vous alliez me haïr et me mépriser.

» Une chose que vous ne croirez peut-être pas, Armand, c'est que je priai Dieu de me donner de la force, et ce qui prouve qu'il acceptait mon sacrifice, c'est qu'il me donna cette force que j'implorais.

» A ce souper, j'eus besoin d'aide encore, car je ne voulais pas savoir ce que j'allais faire, tant je craignais que le courage ne me manquât!

» Qui m'eût dit, à moi, Marguerite Gautier, que je souffrirais tant à la seule pensée d'un nouvel amant?

» Je bus pour oublier, et quand je me réveillai le lendemain, j'étais dans le lit du comte.

» Voilà la vérité tout entière, ami, jugez et pardonnez-moi, comme je vous ai pardonné tout le mal que vous m'avez fait depuis ce jour. »

XXVI

« Ce qui suivit cette nuit fatale, vous le savez aussi bien que moi, mais ce que vous ne savez pas, ce que vous ne pouvez pas soupçonner, c'est ce que j'ai souffert depuis notre séparation

» J'avais appris que votre père vous avait emmené, mais je me doutais bien que vous ne pourriez pas vivre longtemps loin de moi, et le jour où je vous rencontrai aux Champs-Élysées je fus émue, mais non étonnée.

» Alors commença cette série de jours dont chacun m'apporta une nouvelle insulte de vous, insulte que je recevais presque avec joie, car outre qu'elle était la preuve que vous m'aimiez toujours, il me semblait que, plus vous me persécuteriez, plus je grandirais à vos yeux le jour où vous sauriez la vérité.

» Ne vous étonnez pas de ce martyre joyeux, Armand, l'amour que vous aviez eu pour moi avait ouvert mon cœur à de nobles enthousiasmes.

» Cependant je n'avais pas été tout de suite aussi forte.

» Entre l'exécution du sacrifice que je vous avais fait et votre retour, un temps assez long s'était écoulé pendant lequel j'avais eu besoin d'avoir recours à des moyens physiques pour ne pas devenir folle et pour m'étourdir sur la vie dans laquelle je me rejetais. Prudence vous a dit, n'est-ce pas, que j'étais de toutes les fêtes, de tous les bals, de toutes les orgies?

» J'avais comme l'espérance de me tuer rapidement, à force d'excès, et, je crois, cette espérance ne tardera pas à se réaliser. Ma santé s'altéra nécessairement de plus en plus, et le jour où j'envoyai madame Duvernoy vous demander grâce, j'étais épuisée de corps et d'âme.

» Je ne vous rappellerai pas, Armand, de quelle façon vous avez récompensé la dernière preuve d'amour que je vous ai donnée, et par quel outrage vous avez chassé de Paris la femme qui, mourante, n'avait pu résister à votre voix quand vous lui demandiez une nuit d'amour, et qui, comme une insensée, a cru, un instant, qu'elle pourrait ressouder le passé et le présent. Vous aviez le droit de faire ce que vous avez fait, Armand : on ne m'a pas toujours payé mes nuits aussi cher!

» J'ai tout laissé alors! Olympe m'a remplacée auprès de M. de N... et s'est chargée, m'a-t-on dit, de lui apprendre le motif de mon départ. Le comte de G... était à Londres C'est un de ces hommes qui, ne donnant à l'amour avec les filles comme moi que juste assez d'importance pour qu'il soit un passe-temps agréable, restent les amis des femmes qu'ils ont eues et n'ont pas de haine, n'ayant jamais eu de jalousie; c'est enfin un de ces grands seigneurs qui ne nous ouvrent qu'un côté de leur cœur, mais qui nous ouvrent les deux côtés de leur bourse. C'est à lui que je pensai tout de suite. J'allai le rejoindre. Il me reçut à merveille, mais il était là-bas l'amant d'une femme du monde, et craignait de se compromettre en s'affichant avec moi. Il me présenta à ses amis qui me donnèrent un souper après lequel l'un d'eux m'emmena.

» Que vouliez-vous que je fisse, mon ami?

» Me tuer? c'eût été charger votre vie, qui doit être heureuse, d'un remords inutile; puis, à quoi bon se tuer quand on est si près de mourir?

» Je passai à l'état de corps sans âme, de chose sans pensée; je vécus pendant quelque temps de cette vie automatique, puis je revins à Paris et je demandai après vous; j'appris alors que vous étiez parti pour un long voyage. Rien ne me soutenait plus. Mon existence redevint ce qu'elle avait été deux ans avant que je vous connusse. Je tentai de ramener le duc, mais j'avais trop rudement blessé cet homme, et les vieillards ne sont pas patients, sans doute parce qu'ils s'aperçoivent qu'ils ne sont pas éternels. La maladie m'envahissait de jour en jour, j'étais pâle, j'étais triste, j'étais plus maigre encore. Les hommes qui achètent l'amour examinent la marchandise avant de la prendre. Il y avait à Paris des femmes mieux portantes, plus grasses que moi; on m'oublia un peu. Voilà le passé jusqu'à hier.

» Maintenant je suis tout à fait malade. J'ai écrit au duc pour lui demander de l'argent, car je n'en ai pas, et les créanciers sont revenus, et m'apportent leurs notes avec un acharnement sans pitié. Le duc me répondra-t-il? Que n'êtes-vous à Paris, Armand! vous viendriez me voir et vos visites me consoleraient. »

20 décembre.

« Il fait un temps horrible, il neige, je suis seule chez moi. Depuis trois jours j'ai été prise d'une telle fièvre que je n'ai pu vous écrire un mot. Rien de nouveau, mon ami; chaque jour j'espère vaguement une lettre de vous, mais elle n'arrive pas et n'arrivera sans doute jamais. Les hommes seuls ont la force de ne pas pardonner. Le duc ne m'a pas répondu.

» Prudence a recommencé ses voyages au Mont-de-Piété.

» Je ne cesse de cracher le sang. Oh! je vous ferais peine si vous me voyiez. Vous êtes bien heureux d'être sous un ciel chaud et de n'avoir pas comme moi tout un hiver de glace qui vous pèse sur la poitrine. Aujourd'hui, je me suis levée un peu, et, derrière les rideaux de ma fenêtre, j'ai regardé passer cette vie de Paris avec laquelle je crois bien avoir tout à fait rompu. Quelques visages de connaissance sont passés dans la rue, rapides, joyeux, insouciants. Pas un n'a levé les yeux sur mes fenêtres. Cependant, quelques jeunes gens sont venus s'inscrire. Une fois déjà, je fus malade, et vous, qui ne me connaissiez pas, qui n'aviez rien obtenu de moi qu'une impertinence le jour où je vous avais vu pour la première fois, vous veniez savoir de mes nouvelles tous les matins. Me voilà malade de nouveau. Nous avons passé six mois ensemble. J'ai eu pour vous autant d'amour que le cœur de la femme peut en contenir et en donner, et vous êtes loin, et vous me maudissez, et il ne me vient pas un mot de consolation de vous. Mais c'est le hasard seul qui fait cet abandon, j'en suis sûre, car si vous étiez à Paris, vous ne quitteriez pas mon chevet et ma chambre. »

28 décembre.

« Mon médecin me défend d'écrire tous les jours. En effet, mes souvenirs ne font qu'augmenter ma fièvre, mais, hier, j'ai reçu une lettre qui m'a fait du bien, plus par les sentiments dont elle était l'expression que par le secours matériel qu'elle m'apportait. Je puis donc vous écrire aujourd'hui. Cette lettre était de votre père, et voici ce qu'elle contenait :

« Madame,

« J'apprends à l'instant que vous êtes » malade. Si j'étais à Paris, j'irais moi- » même savoir de vos nouvelles; si mon » fils était auprès de moi, je lui dirais » d'aller en chercher, mais je ne puis » quitter C...., et Armand est à six ou » sept cents lieues d'ici; permettez-moi » donc simplement de vous écrire, ma- » dame, combien je suis peiné de cette » maladie, et croyez aux vœux sincères que » je fais pour votre prompt rétablissement.

» Un de mes bons amis, M. H...., se » présentera chez vous, veuillez le rece- » voir. Il est chargé par moi d'une com- » mission dont j'attends impatiemment le » résultat.

» Veuillez agréer, madame, l'assurance » de mes sentiments les plus distingués. »

« Telle est la lettre que j'ai reçue. Votre père est un noble cœur, aimez-le bien,

AUJOURD'HUI,
JE ME SUIS LEVÉE UN PEU.

mon ami; car il y a peu d'hommes au monde aussi dignes d'être aimés. Ce papier signé de son nom m'a fait plus de bien que toutes les ordonnances de notre grand médecin.

» Ce matin, M. H... est venu. Il semblait fort embarrassé de la mission délicate dont l'avait chargé M. Duval. Il venait tout bonnement m'apporter mille écus de la part de votre père. J'ai voulu refuser d'abord, mais M. H... m'a dit que ce refus offenserait M. Duval, qui l'avait autorisé à me donner d'abord cette somme, et à me remettre tout ce dont j'aurais besoin encore. J'ai accepté ce service qui, de la part de votre père, ne peut pas être une aumône. Si je suis morte quand vous reviendrez, montrez à votre père ce que je viens d'écrire pour lui, et dites-lui qu'en traçant ces lignes, la pauvre fille à laquelle il a daigné écrire cette lettre consolante versait des larmes de reconnaissance, et priait Dieu pour lui. »

4 janvier.

« Je viens de passer une suite de jours bien douloureux. J'ignorais que le corps pût faire souffrir ainsi. Oh! ma vie passée! je la paye deux fois aujourd'hui.

» On m'a veillée toutes les nuits. Je ne pouvais plus respirer. Le délire et la toux se partageaient le reste de ma pauvre existence.

» Ma salle à manger est pleine de bonbons, de cadeaux de toutes sortes que mes amis m'ont apportés. Il y en a sans doute, parmi ces gens, qui espèrent que je serai leur maîtresse plus tard. S'ils voyaient ce que la maladie a fait de moi, ils s'enfuiraient épouvantés.

» Prudence donne des étrennes avec celles que je reçois.

» Le temps est à la gelée, et le docteur m'a dit que je pourrai sortir d'ici à quelques jours si le beau temps continue. »

8 janvier.

« Je suis sortie hier dans ma voiture. Il faisait un temps magnifique. Les Champs-Élysées étaient pleins de monde. On eût dit le premier sourire du printemps. Tout avait un air de fête autour de moi. Je n'avais jamais soupçonné dans un rayon de soleil tout ce que j'y ai trouvé hier de joie, de douceur et de consolation.

» J'ai rencontré presque tous les gens que je connais, toujours gais, toujours occupés de leurs plaisirs. Que d'heureux qui ne savent pas qu'ils le sont! Olympe est passée dans une élégante voiture que lui a donnée M. de N... Elle a essayé de m'insulter du regard. Elle ne sait pas combien je suis loin de toutes ces vanités-là. Un brave garçon que je connais depuis longtemps m'a demandé si je voulais aller souper avec lui et un de ses amis qui désire beaucoup, disait-il, faire ma connaissance.

» J'ai souri tristement, et lui ai tendu ma main brûlante de fièvre.

» Je n'ai jamais vu visage plus étonné.

» Je suis rentrée à quatre heures, j'ai dîné avec assez d'appétit.

» Cette sortie m'a fait du bien.

» Si j'allais guérir!

» Comme l'aspect de la vie et du bonheur des autres fait désirer de vivre ceux-là qui, la veille, dans la solitude de leur âme et dans l'ombre de leur chambre de malade, souhaitaient de mourir vite? »

10 janvier.

« Cette espérance de santé n'était qu'un rêve. Me voici de nouveau dans mon lit, le corps couvert d'emplâtres qui me brûlent. Va donc offrir ce corps que l'on payait si cher autrefois, et vois ce que l'on t'en donnera aujourd'hui!

» Il faut que nous ayons bien fait du mal avant de naître, ou que nous devions jouir d'un bien grand bonheur après notre mort, pour que Dieu permette que cette vie ait toutes les tortures de l'expiation et toutes les douleurs de l'épreuve. »

12 janvier.

« Je souffre toujours.

» Le comte de N... m'a envoyé de l'argent hier, je ne l'ai pas accepté. Je ne veux rien de cet homme. C'est lui qui est cause que vous n'êtes pas près de moi.

» Oh! nos beaux jours de Bougival! où êtes-vous?

» Si je sors vivante de cette chambre, ce sera pour faire un pèlerinage à la maison que nous habitions ensemble, mais je n'en sortirai plus que morte.

» Qui sait si je vous écrirai demain? »

25 janvier.

« Voilà onze nuits que je ne dors pas, que j'étouffe et que je crois à chaque instant que je vais mourir. Le médecin a ordonné qu'on ne me laissât pas toucher une plume. Julie Duprat, qui me veille, me permet encore de vous écrire ces quelques lignes. Ne reviendrez-vous donc point avant que je meure? Est-ce donc éternellement fini entre nous! Il me semble que, si vous veniez, je guérirais. A quoi bon guérir? »

28 janvier.

« Ce matin j'ai été réveillée par un grand bruit. Julie, qui dormait dans ma chambre, s'est précipitée dans la salle à manger. J'ai entendu des voix d'hommes contre lesquelles la sienne luttait en vain. Elle est rentrée en pleurant.

» On venait saisir. Je lui ai dit de laisser faire ce qu'ils appellent la justice. L'huissier est entré dans ma chambre, le chapeau sur la tête. Il a ouvert les tiroirs, a inscrit tout ce qu'il a vu, et n'a pas eu l'air de s'apercevoir qu'il y avait une mourante dans le lit qu'heureusement la charité de la loi me laisse.

» Il a consenti à me dire en partant que je pouvais mettre opposition avant neuf jours, mais il a laissé un gardien! Que vais-je devenir, mon Dieu! Cette scène m'a rendue encore plus malade. Prudence voulait demander de l'argent à l'ami de votre père, je m'y suis opposée. »

« J'ai reçu votre lettre ce matin. J'en avais besoin. Ma réponse vous arrivera-t-elle à temps? Me verrez-vous encore? Voilà une journée heureuse qui me fait oublier toutes celles que j'ai passées depuis six semaines. Il me semble que je vais mieux, malgré le sentiment de tristesse sous l'impression duquel je vous ai répondu.

» Après tout, on ne doit pas toujours être malheureux.

» Quand je pense qu'il peut arriver que je ne meure pas, que vous reveniez, que je revoie le printemps, que vous m'aimiez encore et que nous recommencions notre vie de l'année dernière!

» Folle que je suis! c'est à peine si je puis tenir la plume avec laquelle je vous écris ce rêve insensé de mon cœur.

» Quoi qu'il arrive, je vous aimais bien, Armand, et je serais morte depuis longtemps si je n'avais pour m'assister le souvenir de cet amour, et comme un vague espoir de vous revoir encore près de moi. »

4 février.

« Le comte de G... est revenu. Sa maîtresse l'a trompé. Il est fort triste, il l'aimait beaucoup. Il est venu me conter tout cela. Le pauvre garçon est assez mal dans ses affaires, ce qui ne l'a pas empêché de payer mon huissier et de congédier le gardien.

» Je lui ai parlé de vous et il m'a promis de vous parler de moi. Comme j'oubliais dans ces moments-là que j'avais été sa maitresse et comme il essayait de me le faire oublier aussi! C'est un brave cœur.

» Le duc a envoyé savoir de mes nouvelles hier, et il est venu ce matin. Je ne sais pas ce qui peut faire vivre encore ce vieillard. Il est resté trois heures auprès de moi, et il ne m'a pas dit vingt mots. Deux grosses larmes sont tombées de ses yeux quand il m'a vue si pâle. Le souvenir de la mort de sa fille le faisait pleurer sans doute. Il l'aura vue mourir deux fois. Son dos est courbé, sa tête penche vers la terre, sa lèvre est pendante, son regard est éteint L'âge et la douleur pèsent de leur double poids sur son corps épuisé. Il ne m'a pas fait un reproche. On eût même dit qu'il jouissait secrètement du ravage que la maladie avait fait en moi. Il semblait fier d'être debout, quand moi, jeune encore, j'étais écrasée par la souffrance.

» Le mauvais temps est revenu. Personne ne vient me voir. Julie veille le plus qu'elle peut auprès de moi. Prudence, à

L'HUISSIER EST ENTRÉ DANS MA CHAMBRE.

qui je ne peux plus donner autant d'argent qu'autrefois, commence à prétexter des affaires pour s'éloigner.

» Maintenant que je suis près de mourir, malgré ce que me disent les médecins, car j'en ai plusieurs, ce qui prouve que la maladie augmente, je regrette presque d'avoir écouté votre père; si j'avais su ne prendre qu'une année à votre avenir, je n'aurais pas résisté au désir de passer cette année avec vous, et au moins je mourrais en tenant la main d'un ami. Il est vrai que si nous avions vécu ensemble cette année, je ne serais pas morte sitôt.

» La volonté de Dieu soit faite! »

5 février.

« Oh! venez, venez, Armand, je souffre horriblement, je vais mourir, mon Dieu. J'étais si triste hier que j'ai voulu passer autre part que chez moi la soirée qui promettait d'être longue comme celle de la veille. Le duc était venu le matin. Il me semble que la vue de ce vieillard oublié par la mort me fait mourir plus vite.

» Malgré l'ardente fièvre qui me brûlait, je me suis fait habiller et conduire au Vaudeville. Julie m'avait mis du rouge, sans quoi j'aurais eu l'air d'un cadavre. Je suis allée dans cette loge où je vous ai donné notre premier rendez-vous; tout le temps j'ai eu les yeux fixés sur la stalle que vous occupiez ce jour-là, et qu'occupait hier une sorte de rustre, qui riait bruyamment de toutes les sottes choses que débitaient les acteurs, on m'a rapporté à moitié morte chez moi. J'ai toussé et craché le sang toute la nuit. Aujourd'hui je ne peux plus parler, à peine si je peux remuer les bras. Mon Dieu! mon Dieu! je vais mourir. Je m'y attendais, mais je ne puis me faire l'idée de souffrir plus que je ne souffre, et si... »

A partir de ce mot les quelques caractères que Marguerite avait essayé de tracer étaient illisibles, et c'était Julie Duprat qui avait continué.

18 février.

« Monsieur Armand,

» Depuis le jour où Marguerite a voulu aller au spectacle, elle a été toujours plus malade. Elle a perdu complètement la voix, puis l'usage de ses membres. Ce que souffre notre pauvre amie est impossible à dire. Je ne suis pas habituée à ces sortes d'émotions, et j'ai des frayeurs continuelles.

» Que je voudrais que vous fussiez auprès de nous! Elle a presque toujours le délire, mais délirante ou lucide, c'est toujours votre nom qu'elle prononce quand elle arrive à pouvoir dire un mot.

» Le médecin m'a dit qu'elle n'en avait plus pour longtemps. Depuis qu'elle est si malade, le vieux duc n'est pas revenu.

» Il a dit au docteur que ce spectale lui faisait trop de mal.

» Madame Duvernoy ne se conduit pas bien. Cette femme qui croyait tirer plus d'argent de Marguerite, aux dépens de laquelle elle vivait presque complètement, a pris des engagements qu'elle ne peut tenir, et voyant que sa voisine ne lui sert plus de rien, elle ne vient même pas la voir. Tout le monde l'abandonne. M. de G..., traqué par ses dettes, a été forcé de repartir pour Londres. En partant, il nous a envoyé quelque argent; il a fait tout ce qu'il a pu, mais on est revenu saisir, et les créanciers n'attendent que la mort pour faire vendre.

» J'ai voulu user de mes dernières ressources pour empêcher toutes ces saisies; mais l'huissier m'a dit que c'était inutile, et qu'il avait d'autres jugements encore à exécuter. Puisqu'elle va mourir, il vaut mieux abandonner tout que de le sauver pour sa famille qu'elle n'a pas voulu voir, et qui ne l'a jamais aimée. Vous ne pouvez vous figurer au milieu de quelle misère dorée la pauvre fille se meurt. Hier nous n'avions pas d'argent du tout. Couverts, bijoux, cachemires, tout est en gage, le reste est vendu ou saisi. Marguerite a encore la conscience de ce qui se passe autour d'elle, et elle souffre du corps, de l'esprit et du cœur. De grosses larmes coulent sur ses joues, si amaigries et si pâles que vous ne reconnaîtriez plus le visage de celle que vous aimiez tant, si vous pouviez la voir. Elle m'a fait promettre de vous écrire quand elle ne pourrait plus, et j'écris devant elle. Elle porte les yeux de mon côté mais elle ne me voit pas, son regard est déjà voilé par la mort prochaine; cependant elle sourit, et toute sa pensée, toute son âme sont à vous, j'en suis sûre.

» Chaque fois que l'on ouvre la porte, ses yeux s'éclairent, et elle croit toujours que vous allez entrer; puis, quand elle voit que ce n'est pas vous, son visage reprend son expression douloureuse, se mouille d'une sueur froide, et les pommettes deviennent pourpres. »

19 février, minuit.

« La triste journée que celle d'aujourd'hui, mon pauvre monsieur Armand! Ce matin Marguerite étouffait, le médecin l'a saignée, et la voix lui est un peu revenue. Le docteur lui a conseillé de voir un prêtre. Elle m'a dit qu'elle y consentait, et il est allé lui-même chercher un abbé à Saint-Roch.

» Pendant ce temps, Marguerite m'a appelée près de son lit, m'a priée d'ouvrir son armoire, puis elle m'a désigné un bonnet, une chemise longue toute couverte de dentelles, et m'a dit d'une voix affaiblie :

» — Je vais mourir après m'être confessée, alors tu m'habilleras avec ces objets : c'est une coquetterie de mourante.

Puis elle m'a embrassée en pleurant, et elle a ajouté :

» — Je puis parler, mais j'étouffe trop quand je parle; j'étouffe! de l'air!

» Je fondais en larmes, j'ouvris la fenêtre, et quelques instants après le prêtre entra.

» J'allai au-devant de lui.

» Quand il sut chez qui il était, il parut craindre d'être mal accueilli.

» — Entrez hardiment, mon père, lui ai-je dit.

» Il est resté peu de temps dans la chambre de la malade, et il en est ressorti en me disant :

» — Elle a vécu comme une pécheresse, mais elle mourra comme une chrétienne. »

« Quelques instants après, il est revenu accompagné d'un enfant de chœur qui portait un crucifix, et d'un sacristain qui marchait devant eux en sonnant, pour annoncer que Dieu venait chez la mourante.

» Ils sont entrés tous trois dans cette chambre à coucher qui avait retenti autrefois de tant de mots étranges, et qui n'était plus à cette heure qu'un tabernacle saint.

» Je suis tombée à genoux. Je ne sais pas combien de temps durera l'impression que m'a produite ce spectacle, mais je ne crois pas que, jusqu'à ce que j'en sois arrivée au même moment, une chose humaine pourra m'impressionner autant.

» Le prêtre oignit des huiles saintes les

IL EST REVENU ACCOMPAGNÉ D'UN ENFANT DE CHŒUR.

pieds, les mains et le front de la mourante, récita une courte prière, et Marguerite se trouva prête à partir pour le ciel où elle ira sans doute, si Dieu a vu les épreuves de sa vie et la sainteté de sa mort.

» Depuis ce temps elle n'a pas dit une parole et n'a pas fait un mouvement. Vingt fois je l'aurais crue morte, si je n'avais entendu l'effort de sa respiration. »

20 février, cinq heures du soir.

« Tout est fini.

» Marguerite est entrée en agonie cette nuit à deux heures environ. Jamais martyre n'a souffert pareilles tortures, à en juger par les cris qu'elle poussait. Deux ou trois fois elle s'est dressée tout debout sur son lit, comme si elle eût voulu ressaisir sa vie qui remontait vers Dieu.

» Deux ou trois fois aussi, elle a dit votre nom, puis tout s'est tu, elle est retombée épuisée sur son lit. Des larmes silencieuses ont coulé de ses yeux et elle est morte.

» Alors, je me suis approchée d'elle, je l'ai appelée, et comme elle ne répondait pas, je lui ai fermé les yeux et je l'ai embrassée sur le front.

» Pauvre chère Marguerite, j'aurais voulu être une sainte femme, pour que ce baiser te recommandât à Dieu.

» Puis, je l'ai habillée comme elle m'avait priée de le faire, je suis allée chercher un prêtre à Saint-Roch, j'ai brûlé deux cierges pour elle, et j'ai prié pendant une heure dans l'église.

» J'ai donné à des pauvres de l'argent qui venait d'elle

» Je ne me connais pas bien en religion, mais je pense que le bon Dieu reconnaîtra que mes larmes étaient vraies, ma prière fervente, mon aumône sincère, et qu'il aura pitié de celle qui, morte jeune et belle, n'a eu que moi pour lui fermer les yeux et l'ensevelir. »

22 février.

» Aujourd'hui l'enterrement a eu lieu. Beaucoup des amies de Marguerite sont venues à l'église. Quelques-unes pleuraient avec sincérité. Quand le convoi a pris le chemin de Montmartre, deux hommes seulement se trouvaient derrière, le comte de G... qui était revenu exprès de Londres, et le duc qui marchait soutenu par deux valets de pied.

» C'est de chez elle que je vous écris tous ces détails, au milieu de mes larmes et devant la lampe qui brûle tristement près d'un dîner auquel je ne touche pas, comme bien vous pensez, mais que Nanine m'a fait faire, car je n'ai pas mangé depuis plus de vingt-quatre heures.

» Ma vie ne pourra pas garder longtemps ces impressions tristes, car ma vie ne m'appartient pas plus que la sienne n'appartenait à Marguerite, c'est pourquoi je vous donne tous ces détails sur les lieux mêmes où ils se sont passés, dans la crainte, si un long temps s'écoulait entre eux et votre retour, de ne pas pouvoir vous les donner avec toute leur triste exactitude. »

XXVII

— Vous avez lu? me dit Armand quand j'eus terminé la lecture de ce manuscrit.

— Je comprends ce que vous avez dû souffrir, mon ami, si tout ce que j'ai lu est vrai!

— Mon père me l'a confirmé dans une lettre.

Nous causâmes encore quelque temps de la triste destinée qui venait de s'accomplir, et je rentrai chez moi prendre un peu de repos.

Armand, toujours triste, mais soulagé un peu par le récit de cette histoire, se rétablit vite, et nous allâmes ensemble faire visite à Prudence et à Julie Duprat.

Prudence venait de faire faillite. Elle nous dit que Marguerite en était la cause; que, pendant sa maladie, elle lui avait prêté beaucoup d'argent pour lequel elle avait fait des billets qu'elle n'avait pu payer, Marguerite étant morte sans le lui rendre et ne lui ayant pas donné de reçus avec lesquels elle pût se présenter comme créancière.

A l'aide de cette fable que madame Duvernoy racontait partout pour excuser ses mauvaises affaires, elle tira un billet de mille francs à Armand, qui n'y croyait pas, mais qui voulut bien avoir l'air d'y croire, tant il avait de respect pour tout ce qui avait approché sa maîtresse.

Puis nous arrivâmes chez Julie Duprat qui nous raconta les tristes événements dont elle avait été témoin, versant des larmes sincères au souvenir de son amie.

Enfin, nous allâmes à la tombe de Marguerite sur laquelle les premiers rayons du soleil d'avril faisaient éclore les premières feuilles.

Il restait à Armand un dernier devoir à remplir, c'était d'aller rejoindre son père. Il voulut encore que je l'accompagnasse.

Nous arrivâmes à C... où je vis M. Duval tel que je me l'étais figuré d'après le portrait que m'en avait fait son fils : grand, digne, bienveillant.

Il accueillit Armand avec des larmes de bonheur, et me serra affectueusement la main. Je m'aperçus bientôt que le sentiment paternel était celui qui dominait tous les autres chez le receveur.

Sa fille, nommée Blanche, avait cette transparence des yeux et du regard, cette sérénité de la bouche qui prouvent que l'âme ne conçoit que de saintes pensées et que les lèvres ne disent que de pieuses paroles. Elle souriait au retour de son frère, ignorant, la chaste jeune fille, que loin d'elle une courtisane avait sacrifié son bonheur à la seule invocation de son nom.

Je restai quelque temps dans cette heureuse famille, tout occupé de celui qui leur apportait la convalescence de son cœur.

Je revins à Paris où j'écrivis cette histoire telle qu'elle m'avait été racontée. Elle n'a qu'un mérite qui lui sera peut-être contesté, celui d'être vraie.

Je ne tire pas de ce récit la conclusion que toutes les filles comme Marguerite sont capables de faire ce qu'elle a fait: loin de là, mais j'ai eu connaissance qu'une d'elles avait éprouvé dans sa vie un amour sérieux, qu'elle en avait souffert et qu'elle en était morte. J'ai raconté au lecteur ce que j'avais appris. C'était un devoir.

Je ne suis pas l'apôtre du vice, mais je me ferai l'écho du malheur noble partout où je l'entendrai prier.

L'histoire de Marguerite est une exception, je le répète: mais si c'eût été une généralité, ce n'eût pas été la peine de l'écrire.

FIN

COULOMMIERS
Imprimerie PAUL BRODARD. (16291-2-08).

www.ingramcontent.com/pod-product-compliance
Ingram Content Group UK Ltd.
Pitfield, Milton Keynes, MK11 3LW, UK
UKHW031915260826
14628UKWH00003B/1219

9 782329 331034